小説　咲夜姫

山口歌糸

小説

咲夜姫

古事記（七一二年）、日本書記（七二〇年）に基づく。また諸説あり。

天地開闢《てんちかいびゃく》と呼ばれる、世界の誕生の際に生まれた神々の内に、伊邪那岐《イザナキ》と伊邪那美《イザナミ》がいた。彼らは兄妹であり、夫婦でもあった。

二人の元に行われた「国産み」により、多くの島々が生まれ、「神産み」によって多くの神々が生まれた。

神産みで誕生した最後の三神は、三貴子《みはしらのうずのみこ》と呼ばれた。男神にあたる伊邪那岐が、左目より天照大御神《アマテラスオオミカミ》、右目より月読命《ツクヨミノミコト》、鼻より須佐之男命《スサノオノミコト》を産み出したとされた。

天照は日の神、月読は月の神、須佐之男は海の神とされた。

その後、天照と月読の誓約《うけい》により、また多くの神々が誕生した。その内の長男にあたる神が天之忍穂耳命《アメノオシホミミノミコト》、更に彼の子にあたるのが、天孫と呼ばれる邇邇芸命《ニニギノミコト》である。

邇邇芸は祖神《おやがみ》らによって、葦原中国《あしはらのなかつくに》という名の世界、その主となるべく住まわされた。

邇邇芸はその後、訪れた笠沙岬《かささのみさき》で一人の美しい女神と出逢った。その女神は、山を司る神である大山津見神《オオヤマツミノカミ》の子で、名を神阿多都比売《カムアタツヒメ》といった。

邇邇芸は、どうか神阿多都比売を妻に迎えたいとした。天孫の求婚に、親である大山津見は喜び、神阿多都比売と、姉にあたる石長比売《イワナガヒメ》の二人を是非にと差し出した。しかし邇邇芸は石長比売の容姿が気に入らず、親元へと帰らせ、美しい神阿多都比売だけを妻とした。そのことを大山津見は怒り、こう伝えた。

「二人の娘を貴方に娶《めと》らせたのは、それぞれに誓約をしたからである。石長比売は石の様な永遠の命、神阿多都比売は美しくも儚い命を意味した。貴方が容姿に捉われ、神阿多都比売のみを妻とするのなら、貴方達夫婦の是より子孫の命は皆、木の花の様に儚い続きとなろう。天孫よ、貴方の所業によって人々もまた、産まれてよりすぐに年老いては醜く変わり、短い年月で儚く死にゆく定めとなろう」

「タケノハナの章」

江戸時代は中頃のこと。富士山の御膝元とされる駿河《するが》の国は富士の町の一角に、質素な竹職人の男がいた。名を甚六《じんろく》といい、代々続く職人一家の長男である。

彼、齢《よわい》は三十手前にして、竹細工の職を受け継いだ。それというのが、先代である父が先年に身体を患い呆気《あっけ》なく逝ったからで、二人いた弟も流行り病などにかかりすでに亡くなっていた。元より跡取りの筆頭だった上、弟が亡くなり、いよいよ他の当ても消え、本人も異心はないとしてあっさりと継ぎ今がある。

甚六はこの歳で今も独り身であった。

二歳下の妹もいて、こちらは隣町の商家へ嫁いで久しい。その家がまあまあ裕福な方で生活も良いので、甚六らの母親もそこへ移り住んだ。本人は遠慮したが、甚六も勧めた結果である。縁談諸々で用があろうと隣町なので大した足労ではなく、残された者からすれば留守に心配をする必要がなくなるので都合は良かった。

家には男一人、寂しい身の上ではある。毎日、自分で寝起きし、竹を取っては加工し、品を売るという暮らしで何とかやっていた。

ある冬の日の午後、妹が家を訪ねてきた。

「甚六さん。御機嫌良う」

玄関戸を慣れた手付きですいと開けると、軽々しい挨拶を述べた。甚六は畳に胡坐《あぐら》をかいて作業をするまま、知った声なので顔も上げなかった。

「ああ、お前か」

甚六が朝には竹林へ行き、昼からは加工へ時間を取ることを、妹はよく知っている。頃合い上手く見計らって、家を訪ねてきたわけだった。

「変わりはないようですね」

上がり框《かまち》に腰掛けながら、妹は懐かしむように、古びて潰れそうな屋内を見渡した。

家屋の造りというのが、この地方ではそれほどの変哲がない。

富士の麓《ふもと》の町には「富士おろし」と呼ぶ山風、それも日本で最も高い山から吹き下ろす風がびゅうびゅうと年中吹く。真北からその風、南東側には伊豆半島と挟まれてなる駿河湾を置き、とにかく風通しの良い地形である。夏は他方と比べて涼しく、山地らしい標高と眺望《ちょうぼう》も相まって避暑地とも捉えられた。

一方、その風で冬の今時季にはそれなりに冷え込む。だが地形の特性から、雪はほぼ山に降り、町にはまず積もらない。北方の国々のように天地から冷やされて凍えるほどの暮らしは強いられず、当然に雪や冬に対して人々の対策や知識は乏《とぼ》しく、自然と家の造りも大層なものとはならなかった。

「仕事の具合はどうですか」

妹は何の気なさそうに問うてきた。

「良くはないよ。この前も親父の鉈《なた》を一本、質屋に入れてしまった」

細く切った竹の籤《ひご》を編み合わせながら、甚六は言った。

「まあ、何ということ」

「仕方あるまい。だけど親父をよく知る人だからずいぶんと色をつけてくれた。おかげで向こうしばらくは大丈夫になった。日頃の行いが良いから山神様も慈悲をくれたようだ」

鼻を鳴らして笑う甚六に、

「何をおっしゃいますか」

妹は呆れた声で言うと、持っていた手土産をはいと言って甚六の近くへ置いた。

「何だい、これは」

「御裾分《おすそわ》けです。うさぎ餅」

「うさぎ餅だと」

甚六が作りかけの竹から手を離したので、小ぶりな手籠《てかご》の形をせっかく成した物がばらばらと少しほどけた。だが意に介せず、甚六は手土産の風呂敷包みをほどくのに夢中になった。

「ほう。久しぶりに見るね、これ」

甚六は行儀悪く、それを一個つまみ食った。餅は三個入っていた。

「うん、甘い!」

うさぎ餅は、国に留まらず江戸の東、京都の西まで知られるほど有名で、安倍川餅《あべかわもち》と追分羊羹《おいわけようかん》と並び駿河三大名物とも称された。駿河は富士山のおかげもあって澄んだ水の豊富な国で、食べ物の品質は総じて良いといわれた。

うさぎ餅を作っているのは富士より海岸沿いを西へずっと渡ったところで、清水と呼ばれる地域にある。餅の生地は薄く作られ、中に小豆餡《あずきあん》が目一杯詰められる。天辺《てっぺん》に満月を模した丸い焼き印を押すことから名がつけられたともいい、これを提供する茶店が客引きのために軒先でうさぎを飼ったことから名がついたともいわれた。

久しぶりと思わず声に出したのは、甚六が幼い頃にはよく誰それとなく貰って食べたからである。大人になった時分に御目にかかれなくなったのは、懐具合が理由に他ならない。

一個を喉に詰まる勢いで飲み込んだ後、もう一個を頬張り、甚六は作業を再開した。ほどけて行き先を見失った竹籤を慣れた手付きで掴み取ると、また手籠を編み始めた。

「御茶を淹れますよ、せっかくなので」

妹は座敷へ上がると茶の用意を始めた。

茶葉は買っても中々使わないので古い。甚六は自分で好んでは飲まなかった。だが、茶は駿河の名産である。妹が慣れた手付きでさっさと淹れた茶を頂くと、さすがに美味い。腐っても鯛とはまさにこのことだった。

妹は茶を淹れたついでに火鉢へ炭を足し入れると、自分の分の湯飲みに口をつけ、一息ついて家の中を見渡した。時折訪ねてくるのだが、嫁いだ身にとって生家は特別な懐かしさを感じさせるらしかった。

「守らないとねえ」

妹の呟くような言葉を、甚六はしっかりと聞き取った。茶の後味が、妙に苦く変わって感じた。

「守る。うん、まあ」

意味も至極《しごく》わかるので自信なさげの返事が口をついた。

せめてあと一人でも職人がいたなら稼業も上手い具合に運ぶだろうが、甚六の生半可な技術では、先代の名に少しずつ傷をつけ、やがて廃れさせてしまうかもしれないという不安は始終消えなかった。

何も男手でなくとも良いのだ。そう考えると、甚六が三十路近くなって独り身でぶらぶらと生きていることにも責任の一端がある。家族の早死にを責めるわけにはいかない。

縁談も以前はよくあったが、いずれも不首尾だった。甚六の性格に特段の問題があったわけではない。家計が頼りなさそうだとか、今回は縁がなかったとかいう漠然とした言い訳によってまとまらなかった。そのうちに勧める役目の母や妹も諦めたのか、話をよこさなくなった。よこすものといえば手土産の菓子くらい。いくら三大名物に名を連ねるといっても、うさぎ餅と縁談とでは比べようもない。

実は甚六も、甲斐性にあまり自信はなかった。最後に貰った縁談、その相手というのが出戻りの同じ年頃の女性で、いかにもつっけんどんな態度をされてこちらも機嫌が悪くなった。その後に向こうから破談を申し立てられ、ますます自信がなくなった。あの時のことがまだ記憶に新しい。当然、次への期待など持てるはずはなかった。

「仕事のことですが」

家を眺めるのに飽いたのか、妹は話し始めた。甚六は手籠を編みながら聞いた。

「今度、うちの近くの地主様が、家の竹垣を一新したいそうなのです。だから竹をたくさん仕入れてほしいそうです」

「へえ、それはすぐにでもやらせてもらえるのかい」

「もちろんです。うちの兄なら慣れていますよと紹介しておきました」

「さすがだね。明日にでも二、三本取ってくる」

甚六は出来上がった手籠を持ち上げ、下から横から眺めた後、小さく頷いた。出来栄えは悪くない。はい、と妹に手渡した。紹介料、手数料の意味合いとしたのだが、妹は当然のごとく懐から銭を出して甚六の元へ置いた。

「受け取りに来れば良いですか、またこの時刻くらいに」

「そうだねえ」

「わかりました。長男に持たせますよ」

妹には男児が二人いて、長男の年かさは青年というに近い。下手をすると甚六など置き去って、先に妻を娶るかもしれない。

「うん、頼む」

そう言うと甚六は、うさぎ餅の残り一つをつまんだ。

妹は家の仕事があるといって、腰を上げた。風呂敷をたたみ、受け取った手籠へ入れた後、その籠をまじまじと眺めては、

「腕は悪くないと思います」

と、意味深長な激励をした。

言い換えれば後は心次第、性格次第などと聞こえて甚六はあまり嬉しくなかった。てんで腕のない職人でも人当たりの良さで出世することはしばしばある。しかしそれも性格なのだから、ある意味で技術を習得することよりも変えるのは難しい。

「有難《ありがた》い。皆によろしく伝えて」

甚六は玄関まで妹を見送った。昼下がりの日差しの下を小股で進む後ろ姿は、いかにも

母親の風体である。幼い頃から見てきたよりも、彼女は少し肥えてたくましい。

駿河の国では、方々に良い竹林があった。そこで竹を採るために多くの人間が出入りした。作られる品々は国名にちなみ、「駿河竹」と呼ばれた。甚六も一介の職人とはいえ、その技を生業とする身分である。

竹というものはそもそも、木材と比べて扱いやすい。伐採から加工までの仕事が一人でも何とかやれてしまうので、甚六や先代の父のように家を工房にする者の他、この頃、兼業したり、武士が内職で担ったりすることも多かった。

甚六は翌朝早くから、近くの竹林へやってきた。そこは富士おろしがたっぷりと吹き込む、広い土地にある。大人の何人分もの高さに茂る竹の枝葉は、風にいつも揺られてはざわざわと騒いだ。若くまだ細い竹は時に、倒れそうなほどにしなった。

今回は竹垣に使うというので、体良く見積もって三本切るつもりで来た。普段なら一、二本程度をその場で短く何等分かにして背負い籠で持ち帰るのだが、今朝は大八車《だいはちぐるま》を引いてきてある。それにどっさりと積み、昼までに戻って妹とその長男が受け取りに来るのを待つ、そんな予定でいた。

甚六は道具を持って早速、竹を見定め始めた。

竹の取り方にはいくつかの注意が要る。竹というのは地面に根を張るのでなく、地下茎《ちかけい》を作り、別の竹とつながって生える。それが地面の上では隣り合わせるわけでもなく、地下茎同士が地中では交差したり、張り巡らされたりする。同じ地下茎の兄弟なら色や模様も似るので、それを頼りに選び、親竹と呼ぶ地下茎の大事な一本を必ず残さなくてはならない。竹材に適すのは大体三年から四年物とされ、それ以下だと若過ぎて頼りなく、それ以上だと丈夫さと色味に欠けた。

時季は、今くらいの冬が良いとされる。他の時でも取れなくはないが、良質とは限らない。寒い時季には竹は地から水を吸うのを止めるので、硬質で長持ちする物が手に入りやすい。対して、春以降に切った竹は、後に水分と油分、汚れなどもしつこく浮き出て良い品にできないのだ。

甚六は養ってきた勘で見定めた竹を、まずは一本、鋸《のこぎり》で切り倒した。竹の胴体を成す稈《かん》は、中が空洞なので、切るのは容易い。竹は切られた瞬間から硬くなり始めるので、作業としては、枝を素早く落とさないと後で偉い目に遭う。倒れた竹を支えながら、伸びる枝を全て根元から鉈で落とす。その枝は竹穂として別の用途があるので取り、葉は取り除いて竹林へばら撒く。これらは林の肥料となる。

高さを見積もって切ったところで、竹取りの一連が完了する。今回はそれを三本、甚六は手早く済ませると大八車の荷台へどかどかと乗せ込み、縄で縛りつけた。

それらを見下ろしながら、甚六は腕組みしてしばし佇《たたず》んだ。三本程度では地主屋敷の一辺にもなるまい。ひとまずはよしとしていたが、欲が出てもう一本行こうと決め、竹林をまた歩き始めた。

普段は足を踏み入れぬ奥まで何とはなしに進むと、甚六は妙な一帯に出た。

「む、何だ」

その辺りには、人の入った形跡が感じられなかった。足元は落ちたままの葉が敷かれ、見るからに古く年寄った竹が立ち並んでいる。

その竹のどれもが、低い枝に鮮やかな白色の花をつけていた。上向きに伸びた枝の先が、びっしりと花に覆われる。その花からは、だらりと提灯《ちょうちん》のようにぶら下がる何かが数多くある。栄えた町の賑やかな軒先、明るい喧騒《けんそう》をも思わせるそれは――、

(竹の花と、竹の実だ)

話にだけは聞いたことがあった。竹の花は一説に百年に一度つけるかどうかといわれる

幻のようなもの。見れば不吉なことが起こるとされた。竹の実を食べに鼠《ねずみ》が大群で押し寄せることから生まれた説とも聞くが、総じて不吉の前兆とされた。

甚六は持っていた鉈を構えてはみたものの、今さら切り落としたところで地に実が落ち、鼠が食うだけであろうと思い直し、結局、鉈は元に収めて、

（触らぬ神に祟《たた》りなし、だ）

と、背を向けてその場から逃げ出した。

大股で落ち葉を踏みしめると、がさがさと音が出る。音が立てば居場所は知れてしまうが、それでも構わずとにかく逃げる。富士からの北風が背にぶつかり、追い立てられるように甚六はひたすらに逃げた。今朝方、竹を取っていた地点まで戻ると、やり残しなどないか適当に見回してからさっさと竹林を出た。三本分の竹の積まれた車を早足でごろごろと引いて、町へと向かった。

帰りの道中、甚六はうんざりした。それでなくとも調子の悪い仕事の中で、どうしてさらに不吉と呼ばれるものに出遭うのかと。百年に一度の現象は、見方を変えれば幸運と言えなくもないが、結局それはこじつけ、取り繕《つくろ》いに過ぎない。やはり不吉なことに違い

ないだろう。

縄の内でもがらがらと音を立てる竹を振り返り、甚六は車を止めた。後部へ回ると、縄をきつく縛り直した。だが動き出すと隙間はわずかながら、またできてしまう。こうなったらと縕袍《どてら》を脱いで間に詰めた。防ぎようもない北風が身体に突き刺さるほどに感じた。歯がかちかちと震えた。

とにかく音を立てずに町へ戻らなくては…。どうしてそう思うのかわからぬまま、ただ一心に思った。道の後ろをじっと見つめるが、遠くまでも人どころか鳥の気配すらない。足元では風に吹かれて小石が転がった。空を仰げば、山頂を雲に覆われた富士山の胴体だけが覗いた。首のない、偉そうな翁《おきな》が胡坐をかき、雲の裏から甚六を見下ろしているようでもあった。竹の花を見つけたことを咎められ、罰せられる、甚六の心意には関係なく、すでにそれは決まっているかのように感じられた。

恐怖も相まってますます身体は震えた。甚六が急いでまた車を引き始めると、竹は静かになった。だが竹の音がしなくなると今度は車輪のごろごろという音が響き、居場所はどのみち隠しようがない。とにもかくにも、甚六は逃げた。

町内へ入ると、甚六は足を緩め、速度を落として車を引いた。すれ違った顔見知りの年配者が、この寒中に汗をかくほどの働きぶりは殊勝《しゅしょう》と褒めたが、それも見当違い。汗は汗でも冷や汗交じりだった。

家まで戻ると、車を軒先に置いた。竹林からここまでずっと絞められ続けた首をようやく離された気分で、甚六は両手を膝につき、背を丸め、地面を見ながら何度も深呼吸を繰り返す。汗が額を伝い、土にぽたりぽたりと落ちて、雨の降り始めのような染みになった。甚六の息を吐くに合わせて、汗は一滴ずつ拍子でも取るようだった。

「参った」

つい独り言が出て、汗まみれの身体を拭こうと屋内へ入った。

土間に干してあった使い古しのぼろを手に取ると、顔から首、着物の中まで手を突っ込んで胸板まで丁寧《ていねい》に拭いた。ぼろはそれだけでもう搾れそうなほどに汗を吸った。甚六はそれを見て、顔をしかめた。

「うう、寒い！」

外へ出ると、少し乾いて落ち着いた身体に今度は寒風が堪《こた》えた。車に敷き詰めてあった褞袍を手に取ると、ばたばたと叩いて着込んだ。濡れたぼろを濯ごうと、すぐ近くの井戸まで行こうとして、ふと無意識に振り返った。

玄関戸が閉じきっていない。その隙間からぴゅうぴゅうと風の音がする。甚六は不思議に思って隙間の前に手をやった。すると中から風が吹いている。風は冷たくも暖かくもない。はて、勝手口でも開け放してあったかと考えるが、確かめるのも面倒臭い。甚六は戸をぴしゃりと閉じた。

富士の麓はとにかく水が豊富である。あれほど大きな峰の山がどんと構えているのだから、内部に貯えられる量は計り知れない。雨が降り、雪が降り、いつも足されては地下の水脈や川などを伝い、麓まで流れる。その間に充分過ぎるほどに濾過《ろか》された水は、井戸でも日差しが真上に来た時に覗いたらば、底面の石の傷まで見えるほど澄んでいる。その水で暮らす駿河の人々は、他方に比べて肌艶が良く、長寿である。人の身体もほとんどは水が成しているとよくいわれる。その富士の恵みがあれば健康になるのは決まっていた。

甚六は井戸に桶《おけ》を下ろし、水を一杯、引き揚げた。手で触れる縄も桶も凍るほど冷たい。

「こんにちは」

声の方を向くと、近くの神社の若い修験者《しゅげんしゃ》がいた。顔見知り程度で、名前も思い出せない。こういうところに甚六の甲斐性なしの一面が出る。相手の年頃は、甚六と同じくらいである。

「ああ、どうも」

甚六は挨拶を返した。

「寒いのに御苦労様です」

「ええ。冷えますねえ」

季節の会話を二言三言交わした後、甚六はぼろを井戸水で濯いだ。一方、脇に立つ修験者は用事も忘れたようにいつまでも北の空を見遣っている。つられて甚六も見た。

北は富士山がそびえる方角である。先ほどまで被っていた雲が払われて、山頂まで全て姿を見せていた。そこに帰路背中に感じたような威圧感はなく、雪で白くなった雄大な峰だけがあった。

「明日にまた一塗りされそうですか」

甚六は山頂を指差して尋ねた。

「この寒さじゃ間違いないでしょうね」

修験者は頷きながら応えた。

富士の山頂を顔や頭に例えて、雪化粧、冠雪《かんせつ》などという。その富士の御顔でわかるのが周囲の気候で、今日は冷え込んだなと感じる翌朝にはたいてい雪を被っていた。例年大体、秋の終わり頃までには初雪を塗り、冬の冷え込んだ翌日にもう一塗り、さらにもう一塗りと厚化粧してゆく。冬の深い時季には白というよりも銀色に輝く。駿河の女性は気高い湧き水のおかげで化粧要らずの地肌自慢だが、大元である富士はなぜか何層も塗りたくるのである。それというのも、その山の地肌は決して美しいものではない。結局、春夏に見る素賓《すっぴん》より秋冬の白厚塗りの方が遥かに人々を魅了した。

気候を報せる役割は後追いで役に立たないこともあるが、今日明日の天気はいつも予見してくれた。富士山の頂にかかる雲の厚みで、雨の到来がよくわかった。ただ冬だと雨とならず雪となって山頂にばかり集まるので、この時季に限ってそれも怪しい。

甚六は、顔を今は出した富士山を見て、山の気まぐれを考えてはいたが、そのうち今朝の不吉が脳裏を過ってまたぞっとした。ぼろを急いで拵ると、修験者に挨拶をしてさっさと引き返そうとしたのだが、

「あっ」

と思いついたように足を止めると、

「もし神社などで竹の品が必要になったら声をかけて下さい。仕事はできますので」

修験者へ売り込みなどした。向こうは一瞬目を丸くしたが、すぐに微笑を浮かべて、わかりました、と応えた。

甚六はそんな自分が自分でないように思えて、

（何を急に頼もしいことを口走ったのだ、俺は）

と、不思議な気になった。


気休め程度には温む日差しにぼろをかざしながら、家路に就いた。ゆっくり歩いても四半刻とかからない。甚六はその短い間に、先ほどの自らの態度と言葉が我ながら清々しいものだったなと思い返した。相手が驚いたのも当然で、あんなに商人らしい人当たりを、甚六はこれまでできた試しがなかった。何しろ一人の仕事だ。人の目に職人と映るだけでは足りない。上手く振る舞わないと、存在すら忘れ去られてしまう。ようやく、少しは進歩したのだろうか。

妹は昨日、片手間に作った手籠でも「腕が良い」と褒めてくれた。が、実際のところ、先代の腕には到底及ばない。要するにあの時は、身内の贔屓目《ひいきめ》で言われただけである。無愛想な職人気質を貫くならば腕を磨くしかない。その道がもし難しいのなら、人たらしになるほかない。

考え事が過ぎて、気がつくと家の場所よりずいぶん先まで歩いていた。誰にも見られていないが、甚六はぼろを乾かすために歩いたふうを装いつつ、踵《きびす》を返した。家に着くと、軒先の車には竹垣用に切った長めの竹が積まれてある。竹垣に腕の見せどころは少ないが、努力してみる気はあった。その一方で、はて自分が、そんな気になれる人間か、と訝《いぶか》ってもみた。

玄関戸に手をかけ、開くと、中からびゅうっと風が逃げた。そういえば、と甚六は先刻気にかかった勝手口のことを思い出した。玄関戸はほんのわずか開けたところで閉め、裏手へ回ってみた。

勝手口は、隣の家との間にある。手を広げたら壁に当たるほどの幅の路地で、真昼しか日は当たらず、風は縮こまって勢いを増し、吹き抜ける。昔は隣家が建っていなかったので親の代まではまあまあ使ったらしいが、今は好んで入り込む必要もなく、表側だけを使用した。

その路地に踏み入り、勝手口の前まで来た。戸は開いていない。ここを開けずに、風が勢い良く抜ける穴など他にあったか。あの風は勘違いだったかと、甚六は首を傾げた。また表へ回る用もないので、甚六は勝手口から屋内へと入った。ろくに使わぬ台所を抜け、居間へ出ると、甚六は驚いて、持っていたぼろを思わず落としてしまった。

「は」

居間の真ん中に、白い着物を着た女子《おなご》が正座していた。

髷《まげ》にも足りなそうな、結っただけの髪を見るところ、歳の頃は四、五歳ほどと知れた。女子も気付いて、甚六に視線を向けた。見つめ合うが、子供が大人の男へ向けるようなおどおどした目の泳ぎはまったく見られない。

（知り合いか）

近所や通る道すがらの家々などでその顔を見たことはない、おそらく初対面だ。

「お前は誰だ」

問われても何も言わず、女子は甚六をじっと見続けた。その迷いない眼差しに甚六の方が目を逸らした。

（どういうことだ、これは）

甚六は動揺していた。落としたぼろを踏んでしまい滑った。ぼろは踏まれて土まみれになった。

女子のことをまたよく見てみると、顔立ちがいやに整っている。肌も白い。その年頃ですでに美人の相貌《そうぼう》をしているのだから、長じたらきっと…。不穏な感想が浮かんで甚六は思わず目を引かれてじろじろと観察してしまった。

「すまん。あの、ここは俺の家だ。お前、家を間違えていないか。なあ」

女子はそこで初めて意思を表した。首を横に振って、ここは自分の家だという意味を示した。

「いや、そんなはずは」

甚六は内装や家具など眺め回した。散らかってもいるので見ていて気分の良いものでもないが、見飽きた自分の家には違いなかった。また女子へ目をやると、向こうは正座からまっすぐの宙を見つめ、何やら寛いでいる。これではもう甚六の方が勝手口から侵入した、泥棒、暴漢、のごとくにされてしまったようなものだ。

甚六はとりあえず、勝手口の戸締まりを確かめに行った。よし、と戻ってくると、今度は表側の戸を確かめに進んだ。戸を一旦は開け、右、左と見たところ、

（あ、まずい）

遠くから妹がその長男と道を連れ立ってくる。理由はわからないまま、何とかしなくてはと、行動に移した。

甚六は居間に上がり、ぽかんと見上げている女子の袖を掴むと、とにかく立たせた。その身体は落ちたぼろを拾い上げるがごとくに軽い。背は甚六の半分ほど。腕は顔と同じく白色をして、なおかつか細いので白竹《しらたけ》を連想させた。切り落とした竹を火で炙った後、天日に干して作る竹材のことである。熟練の職人の製作だと顔も映るほどに鮮やかな白が出るが、この女子の腕も皺《しわ》一つもなくまさにそのようだった。

が、見惚れている場合ではない。甚六は女子の手を引いて、家の中を見渡した。家財道具を詰めてある棚と箪笥《たんす》が並ぶその向こうに、壁との隙間があった。そこまで引き連れていくと、

「ここにしばらく隠れるか」

訊いたが、女子はぽかんと甚六の顔を見つめるばかりで何も言わない。

「頼む。悪いようにはしない。今だけ時間稼ぎにつき合ってくれ」

甚六は返事にもう期待はせず、言うだけ言うと女子を隙間に立たせた。大人には無理があるが、子供ならすっぽりと収まる。甚六は一度離れて、肩などはみ出ていないか確かめ

た後、また近寄って言った。

「すぐ済むから、な」

ぽん、と肩に触れると、そこは骨など入っていないかのように柔らかく、指が吸い込まれそうな感触がした。甚六は妙な気持ちになった。

迷子なのか、物を言わないので何やら理由があるのかもしれない。きっと甚六の家を選んだのは単なる偶然だろうが、だとしても運が悪い。とにかくこの後、どうするか考えろ、と甚六は自身へ問いかけた。気の利いた返答はあるわけもなく、知恵のなさが身に染みた。

女子を隠して間もなく、玄関戸の向こうから妹の声が聞こえた。

「いますか、甚六さん」

「はいよ」

返事を聞くが早いか、妹はもう戸を開けていた。長男を先に入れて、本人が後に続いた。今日は冷え込むから、昨日見たよりも分厚い、布団のような羽織を着ていた。長男にもそれらしい贅沢そうな物を着せていた。

甚六は火鉢に炭を足して、火を起こした。

「あれま、早過ぎましたかしら」

「いや、水汲みに行ったりして忙しかっただけさ。竹は取ってあるよ、外に見えたろう」

甚六は長男と目が合った。頷くような小さな会釈をすると、向こうはゆっくりと深く頭を下げた。会うのはしばらくぶりで、背が高くなった。甚六はじきに抜かされよう。すらりと手足も長く、格好もずっと良い。

妹は表へ出た。竹を確かめたらしく、良さそうですね、と言って戻ってきた。

「お前は先にそれを引いて戻りなさいよ」

妹はそう言って、長男だけを外へやろうとした。長居をする気だと甚六はすぐにわかった。すかさず視線を、土間、奥の隙間と順に移した。居間と隣り合わせにある台所に立った後、もしも振り返ったら隙間の女子に気付かれる。

「ちょっと俺、頼み事されて忙しいんだ。だから明日にでも来て、ゆっくりしてくれよ」

「そうなんですか」

妹は訊き返しながら、いつものように屋内を懐かしみ始めた。甚六は焦った。

「そうなんだ。ちょっと用事があって出るから。ところで竹垣のそれ、明日も運ぶかい」

身振りまで交えて妹の注意を引くと、ようやく視線はまっすぐこちらへ来た。

「ええ、一応に見てもらいまして、明日にまた訪ねますよ」

「なるほどわかった。そうしたらまた取っておくから、今日は御免、これで」

甚六は妹の身体を外へ押しやった。それほど忙しいの、と妹は不思議そうに訊き返したが、甚六に答える気はない。妹のふくよかに見えた肩も背も触れるとごつごつして心地悪く、不格好だと感じた。

「頼んだよ。あ、車はどうしようか」

甚六の元には大八車が一台しかないので、今日中に戻してもらえないと明朝は竹林へ出かけられない。背負い籠で行ったら二本分で精一杯というところで当然、足りないだろう。

「じゃあお前、後でもう一度ここまで荷車を戻しに来られるかしら」

妹は息子へずうずうしくまた頼んだ。息子は快諾したので甚六はちょっと驚いた。一応は遠慮して、

「いや、俺が夜に取りに行くよ。もし来なかったら明日行くから」

と言っておいた。

「悪いわね。忙しいのに」

「実はそこまでじゃない。取りに行くくらいの暇はあるさ。とにかく今は御免よ」

まくし立てた後、「はいはいそれでは」と二人の背を押すように見送った。ごろごろと大八車を引く勇ましい長男と、その側に手だけ添えて歩く母親の背を、最後まで見届ける余裕は甚六にはなかった。まだ声も届きそうな距離で見切りをつけ、すぐさまに家へ入った。

戸を後ろ手で閉めると、息が切れた。ああ、と頼りない声まで漏れた。手で戸を押さえたまま、屋内を見回すと、しんとしている。

「おい」

小さく呼びかけてみた。ことっ、と音が返ってきた気がしたが、家鳴りだったのかもしれない。妹に懐かしまれる筋合いいない散らかった屋内からは、要するに何の物音も聞こえない。

甚六は居間へ上がり、箪笥の手前に立った。隙間の奥は、角度のせいでまだ見えない。

ふと思った。これでぱっと覗くと、きっと誰もいない。すべては甚六の見間違い、一瞬の夢でも見た、ということになれば今後も変わらずに暮らせるのだ。

そう望みながら不思議な気持ちで、そうっと隙間に顔を寄せた。

だが女子は、いた。

隙間に身体を収めた先ほどの体勢のまま、身動き一つ取らなかったかのようにじっと立っていた。改めて姿を見ると、薄手の衣装の丈が、年上から譲り受けたかのように長い。袖口は手の指先まで覆い隠すほど余り、足先まで伸びた裾は踏まれていた。

視線はまっすぐに、しなびた木の壁を見つめている。そのまつ毛が長くなだらかな曲線を描き、子供とは思えぬほどに成熟していた。尖った鼻先にすらりと細長い手の指など、そこかしこから大人が感じられた。一度は成熟したものの、故あってまた子供に戻り、その折に戻し忘れた箇所が鼻や指やまつ毛だった、というような…。

女子がいたこと自体には落胆を感じたはずの甚六だが、消えていなくて良かったという思いがなぜか湧いた。

「お前、どこから来たのだい」

尋ねても、やはり何も言わない。ため息をゆっくりと呑み込み、甚六は平静を装った。

居間の中央まで戻って火鉢を確かめると、さっき点けてくすぶっていた火はもう消えていた。傍に置いてあった火打ち石と打ち金をかちかちと鳴らしては、火種を吹いて起こした。炭に火を渡した後、振り向くと、隙間から女子が顔だけ覗かせていた。

「おいで。暖まるから」

自分でも信じられぬほどの優しい声が出て、甚六は驚いた。女子は、するすると裾を引きずりながら歩いて出てきた。火鉢の近くで、今度は正座ではなく膝を抱えて座した。

「その裾の長いのは不便だな」

甚六が言うと、女子は抱えた裾を自ら引き上げ、脚までをさらした。

手に比べると足の指は丸くて短く子供らしい。甚六は観察ついで、脚を伝って着物の裾から陰になる方まで目を走らせた。女子は火鉢の赤いのに興味があるらしく、こちらの視線などには気付かない。甚六はつい無遠慮に見た。そのうちに正気に戻ると、首を戻して、

（馬鹿者が）

と自分を戒めた。

火鉢の前で一刻ばかり温もると、甚六はとりあえず、考えがまとまった気がした。

この女子が捨て子であれ迷子であれ、一旦は神社に連れてゆくべきだ。尋ね人なら神社にはまず話が入るだろうし、仮に引き取り手がなさそうな場合でも、神社の子となれば良い。女子であることは気になるが、他に方法があろうか。それに、と甚六はまた女子へ目

をやると、今度は視線がぶつかった。

このように美しい子を捨てる親というのは、おそらくこの世にはいない。この子には何か事情が隠れている。易々とは覆らぬ深い事情が。

「お前、自分の名前がわかるかい」

訊いても女子は答えない。

「じゃあどこで生まれた」

やはり答えはない。

「あんまり喋らぬと失語の者とみて、またどこかの野へ放られるかもしれん。それが嫌なら、一言でも喋ってみてくれるか」

甚六が言うと、女子はしばらくじっとした後、口を小さく開けて、

「あ」

と、発した。

声があることに甚六はひとまず安堵した。だが知りたいことには黙したままだ。さらに頼んでみた。

「あ、じゃ駄目だ。失語でもそれくらいは出る。何か言葉を言えよ」

女子は視線をふと避け、右に左にと動かした。しなやかなばかりでなく量も豊かなまつ毛が、目線で横に、瞬きで縦に合わせて動く様子が、まだ年若い野鳥の羽ばたきのようだった。何物にも邪魔されず、傷みのない羽で優雅に空を舞うようである。

女子は視線を落ち着かせると最後に甚六の方に戻した。そして口を開けて、

「たけ」

と、言った。甚六は熱湯でもかけられたかのように背がかっと熱くなった。周りを見ると、至る所に竹がある。干してある竹材や、作り置いた品々、細工の残骸など落ちていた。甚六は慣れて感じないが、この家には青竹の清涼な匂いが満ちている。

「竹か」

甚六は、ふむ、と唸った。

「俺は竹職人をしている。親の跡を継いだが、腕も人間も今一つで、うだつが上がらない。だから」

そこで言葉が切れた。何を自己紹介などするかと思えば、今度は愚痴まで言おうとする、それも子供相手に。

「かい、なし」

そう言われて甚六は訊き返した。

「え、何と」

「かいなし」

「言葉も知っていたか」

女子は静かに頷いた。甚六は目を合わせるのも辛くなり、うつむいて畳の目を見た。あちこち傷み、へこみ、色のくすんだ部分も目立つ。

「そうさ、俺は甲斐なしだよ。頼ったところで何も出ない」

甚六はうつむいたまま、ふてくされたように畳のささくれをむしった。その頭と髪に向かい、女子が首を横に振っている気がした。不意に自嘲《じちょう》の笑みがこみ上げたが、下唇を噛みしめて自分をごまかした。

「迷子でなくて」

甚六は顔を上げずに訊いた。

「親御も見当たらぬと」

訊くというよりも自分に事を確かめるように言った。

「それじゃ何か。急にこの世に降って生まれてきたっていうのか。不思議な出生の形もあったものだねえ」

茶化してもみたが、自分への何の慰めにもならず、余計に虚しくなる。顔をやや上げると、火鉢の中で煌々と燃える炭が目に入った。時折に、ぱちぱちと音を立てて爆ぜ、細かな灰を噴き出している。

甚六は近くに放ってあった箸ほどに細い竹材を一本掴むと、火鉢の中へ差し込んで炙り、素早く抜いては、浮き出た油と汚れをぼろで拭き取り、また炙ることを繰り返した。強く熱の上がった部分を見定め、そこへは息を吹きかけて少し冷まし、竹の面へ均等に熱が当たるように調整した。子供の頃からこんな遊びばかりをしたので、手慣れたものだった。

この作業は油抜きと呼ばれ、竹細工には欠かせない。伐採、日陰干し、油抜き、最後に加工へとつなげるのがいわゆる白竹細工、これ自体を竹細工とも呼ぶ。採ったまま使う青竹細工というのもあり、こちらは良質の竹が取れる冬にしかやれない。性質も細かには異なり、何よりも品の色に応じてやり分けられた。

竹材がすべて具合良く炙られると、甚六は仕上げに強く振り、風に当てて熱を落ち着けた。眺めながら、まあ良いかと呟いた。

火鉢の簡単な炙りで、白竹の棒が出来上がった。竹は自然に変色し、青から黄、白へと変わるが、炙って整える白は光沢からして違う。力強さを感じさせる青竹とも違い、白竹には独特の品性があった。

古びた竹材を使った作業で、よくよく見れば白の中に灰色がかった斑《まだら》や、くすみなどもあるが、少し離れると気にならぬほどの品ではある。

「ほら、綺麗なものだろう」

甚六は白竹の棒を女子にかざして見せた。女子は口を丸く開け、見惚れていた。

「あげるよ。餞別《せんべつ》になるか知らんが」

女子は手を伸ばしてきた。その大人びた親指と人差し指の開かれた間に、甚六は白竹の棒を挟んでやった。

女子はその棒をまじまじと見つめて、しばらくの間じっとしていた。甚六は照れ臭さをごまかすように立ち上がると、雑にたたんである厚手の羽織を一着取って着替えた。それはすっかり冷たくなっていて、着てしばらくは余計に寒い。身震いしながら、両腕をさすった。

「とにかく一度、神社に行かないか。近くにあるから。さもないと仕方がない。ここに居座られても」

女子は顔だけ向けたが、それだけで肯定も否定もなし。無表情の雁首《がんくび》となった。甚六は、それが抗《あらが》う心、要するにかぶりを振る意味かもしれないと勘繰《かんぐ》ってみたが、なぜ抗われるのかは想像もできない。

はあ、と甚六は息を深く吐いて、

「もう良い。俺だけ一応は行く。隠れ続けることなんてどう考えても無理だ。ここに暮らすなら好きにして良いが、存在まで消せるものかい。人が来る度に隙間へ隠れてそんな不便があるかよ。俺だって人からどう噂されるかわかったものじゃない。罪人扱いされて俺が消えたら、お前だって困るだろう」

まくし立てると、女子はこくこくと首を縦に振りはした。

「ええと、じゃあ」

甚六は部屋を見回して、竹の長いのを二本拾った。寸法は悪くないと見ては、勝手口へ行き、閉まった戸の脇に合わせた。一節分切れば丁度良さそうだ。

戻って今度は表の戸にも同じくしたらば、寸法は同じだった。甚六は鋸を取って、置いた竹に片足と左手を乗せて押さえ、一節を切り始めた。ぎこぎこと鈍い音が部屋中に響く。切り終えたところで支えの手を離し、落とす部分へ持ち替え、切り口の最後がしなってささくれないようにした。それでも少しはできてしまうささくれを鋸で削り取って、まずは一本。さらにもう一本、全く同じように切って作った。

その竹棒を表口の戸脇に挟み込むと支《つか》えとなり、もう外から開けられない。勝手口の分は女子に持たせた。

「俺が出た後に、戸のここへそいつを嵌《は》めて誰も入ってこないようにしろ」

女子は竹の棒を両手で持ったまま、頷いた。

「俺が戻ってきた時には声を出す。そうしたら開けてくれ。良いな」

女子はまた頷いた。まあ信用はして、甚六は勝手口から狭苦しい路地へ出た。戸の裏からごとごとと音がしては、静かになることで完了が告げられた。念のためにと甚六が戸へ手を伸ばすと、向こうからも確かめようとしたらしくもう一度がたがたと揺れた。これで、竹の支えを退けぬ限りはどうしようと開かない。

「御苦労。すぐ戻るから、待っていてくれよ」

返事はないが、頷く人形の表情だけ思い浮かべて納得し、甚六は路地を抜けて町へ出た。

駿河の国の信仰は、江戸やその他諸国とは形が違う。厳密には幕府の御達しによって、日本の国々は神社と神道崇拝《しんとうすうはい》を勧められたが、駿河には富士山を祖神とする山岳信仰が栄えている。これ自体は登山参拝を行とする伝統的なものであり、広めようとして広まるものでもないからして、仏教や基督教《きりすと》ほどの弾圧は受けずに済んだ。

仏教宗派や神道の神社も町にはある。しかしこの時世、仏教はとにかく大人しくすることを強いられたので、目立った布教活動は見られなかった。求められたら応える、といった程度でいた。神道の方も、神社に務める神職は悪くいえば適当に派遣された人間で、立派な説教などできたものではなかった。こうした事情で、駿河の民心は一層富士山へと向けられた。

富士信仰を司るのが、御師《おし》と呼ばれる人である。彼らは神職とは認められないが、民よりは偉い位の、微妙な位置にいた。名は「御祈祷師《ごきとうし》」に由来する。要は祈祷、神への祈りを指導する者という意味である。

御師は富士信仰の社《やしろ》に務め、山へ参拝者が集まる夏の時季には、宿坊《しゅくぼう》という特別な宿を開いて人々を持て成した。富士の参拝はいうなれば登山、一日で行って戻れるほど易い道程ではなかった。

開山時季以外には多くの御師が町へ下り、富士信仰を説いて回った。場所は選ばず、神社を使うことはもちろん、町のそこかしこで講釈は行われた。

甚六は、知っている富士信仰の神社を訪れた。

仏教諸々の宗派に属する寺と、富士信仰や神道でいうところの神社とは別物なのだが、どちらも神仏を祀《まつ》り、説く場所であることは同じだ。

敷地へ足を踏み入れ、辺りを見渡した。神社は参道から正面に向き合う拝殿《はいでん》と、裏手の本殿、おそらく修験者たちの寝床となる離れが造られてある。境内はこぢんまりしたもので、裕福な地主や元締めの屋敷の方がよほど広かった。

社殿は、富士、神道、仏教の各宗派とも見た目にはほぼ同じ造りでありながら、多少の相違がある。屋根の材料に顕著《けんちょ》に現れ、寺は瓦や銅板を用いて荘厳《そうごん》な造りなのに対して、神社の屋根は茅《かや》や木材などを用いている。この辺り、自然信仰を起源ともする神社の決まり事でもあった。社には千木《ちぎ》、鰹木《かつおぎ》などといって今では飾りとして見られる屋根の形状にも特徴がある。内装については職人や神職でもない限り知る由はないのだが、一見の違いについては参るだけの人々にもよくわかった。

鳥居をくぐり拝殿へ向かうと、庭の隅で掃除をする修験者の姿を見つけた。偶然にも昼時に井戸で会った人物である。向こうも甚六に気付くと、遠くで会釈をし、両手に持った竹箒《たけぼうき》を足元へ置いて、急ぎ足でやってきた。

「御師様はいらっしゃいますか」

挨拶も端折《はしょ》って甚六が尋ねると、修験者はこくりと大きく頷いてから踵を返した。離れの方へ向かい、間もなく御師を引き連れてきた。修験者は遠目に甚六へ会釈をすると、掃除の仕事へ戻った。

「これは甚六さん。何用で御座いましょうか」

御師は、歳の頃が五十近く、甚六の親ほどの年配者である。

「ええ、どうも。あの、折り入って相談したいことが」

甚六は訊きながら、早く戻らねばと、急く気持ちになった。寒さは厳しいが晴れた日中に呑気な気分でいる場合ではなかったのだ。

御師は甚六の心中を察してか、神妙な面持ちに変わった。

「相談というのは」

「ええ、それが」

甚六が口ごもると、御師はそれも察したかのように、甚六の背に手を添えて奥へと促した。本殿へ上がると、回廊《かいろう》をさらに連れていかれた。

着いた先は客間だった。八畳の広さに床の間があり、申し訳程度に掛け軸と花が飾られてあった。

「どうぞお座り下さい」

御師は隅に重ねられた円座《えんざ》を一つ取って、甚六に勧めた。甚六は座らずに話し始めた。

「御師様。町で最近、孤児に関する話など出ていますか」

「む、孤児とは」

「尋ね人かもしれません。どなたかが捜されているとか」

御師は腕を組み、口を結ばせたまま声を唸らせて思考した。すぐに記憶は辿り終えたと見えて、

「いや、最近は何も聞いていません。そのような話があったかも知れぬが、いつだったか、思い出せません」

首を横へ振った。とにかく、と言って御師は円座へまた促した。甚六は、今度は従った。御師も自分の分を持ってきて対面に座した。

富士の町が田舎だとはいえ、川縁でも山林でも、商売柄で踏み入る人は必ずいて、行方不明者の遺体など意外とすんなり見つかる。甚六は経験まだないが、竹林でもどこそこの誰々が捨て置かれていたなどの話は度々あり、又聞きで知ることもあった。

人が見つかるとそれを、届け出があった尋ね人や、手配が出ている「お尋ね者」の人相書きと照らすなどして当たりをつける。国を跨ぐと難しいといわれるが、それでも数多くの身元がわかった。大人でも子供でもたいていは、何かしらの事情がつき物なのだが、個別の尋ね人は長い年月を経て、いずれ忘れ去られていく。

「甚六さん。そのようなことを尋ねられるのは、もしかすると身内に何かあったのですかな」

御師が低い声で訊いてきたので、甚六は思わず、あ、と声が出てしまった。

「いや、違うのです。実は先頃、竹を取りに家を留守にしたところ、その間に見知らぬ子供が入り込んでいまして、それで、本人には何度も訊いたのですが、事情を喋りませぬ。捨て子ならともかく迷子なら、こちらに何か話が来ているのではと思い立ちまして」

御師は呆然《ぼうぜん》とした様子で、はあ、と言った。

「それはまた、偉いことで」

「それで話はどこからも」

甚六が再度訊くと、御師は今度もはっきりと首を横に振った。

「そうですか」

「ですが今日の今日には何とも言えません。甚六さん、話が来ればもちろんまた伝えますが、御奉行所の方へも私からそれとなく尋ねてみます。新しい話が来ているかもしれない」

「はあ、助かります」

恐縮する甚六に、ところで、と御師は続けた。

「その子供というのは、男ですか」

甚六は一瞬、答えに躊躇《ちゅうちょ》した。だが隠して済む話ではないと思い、正直に言った。

「女子です」

御師の眉間に、ぐっと皺が寄った。

「年頃は」

「五歳くらいかと見えました」

御師の表情は険しくなるばかりである。ただごとではないと判断されたように感じて、甚六は不安になる。ただ、当の本人は寂しがってもおらず、どうやら親御を見つけて解決という単純な話ではなさそうだ。

そのことも甚六は御師へ伝えた。御師の険しい表情が若干緩んだ。

「迷子、ではないと思うのですが」

甚六は本心から告げた。御師もすぐさま頷いた。だが、

「子供の気持ちというのは、中々わかりませんよ。幼くとも驚くほど独り立ちしている子もいます、特に女子は」

首を傾げながら言った。甚六は感心して相槌も出なかった。

「育ちはあまり関係ないかもしれません。その子にとってはただの遊びであって、事の重大さに気付いていないのかもしれない」

そう聞くと、甚六も頷けることがあった。とにかく本人が落ち着き払っている。もしただの好奇心で今は楽しんでいるというのであれば、そのうちに飽きて帰りたがるかもしれない。

不意に、白竹を物珍しそうに眺める女子の顔や、隙間に隠れてじっと待つ姿が甚六の脳裏に浮かび、なぜか、胸が詰まるような気がした。

「御師様。このことはできるならあまり広めずにおいてもらえますか」

「まあ、それは容易いでしょうが」

「身内が隣町にいるので、相談してみます。とりあえずは、女子を孤児扱いせずにできるかもしれません」

「良いでしょう。身寄りがないと知られれば、悪い輩《やから》が近付く恐れがあります。それに」

御師は言葉を切って、後を続けず黙って頷いた。甚六は、独身の自分も輩の一人と見なされているようだと察した。思い過ごしかもしれないが、正直言えば、きっぱりと否定できない自分もいるのだ。

するとまた、火鉢の前で膝を抱えて暖を取る女子の姿が目に浮かんだ。その時の自分の馬鹿さ加減には呆れたが、諭《さと》す気にもなれない。そんな場面はこれからもありそうで、甚六は人として男としての何某かを試されているような気がした。誰が試すのか。それは、やはり富士の神であろう。

「もし人探しの話が御奉行所に届いていたら、すぐに甚六さんへ報せますよ」

「有難いです」

甚六は両手を前に突いて、頭を下げた。土下座に近い格好となった。最悪の場合、神社に預けたいという思いは、甚六は言葉にしなかった。御師を男とみなして疑う心もわずかにあったが、それ以上に甚六の心から、幸とも不幸とも取り難い女子の儚げな姿が離れなかったからだ。あの子の意思は今、甚六か、竹工房のぼろ家に向いている。頑なほどに居座る姿勢からは、妙な執着心が感じられた。孤児となった身の上でも生きていかなくてはならない。だから、単純な大人にすり寄って執着を装っているだけかもしれない。それにしても哀れではないか。こう考えるのは、いつの間にか俺に親心のようなものが芽生えたからか…。

と、そこまで思い巡らせたところで甚六は、

（考え過ぎだ）

と、自分を叱った。

家に急ぎ足で戻った後、表の戸に手をかけてがたがたとやるうちに、そうだったと甚六は思い出した。急いで帰った割には約束の方は忘れている。

「いかん、いかん」

呟きながら裏手へ小走りで向かった。面識ない農婦がすれ違いざま、こちらを見てふっと笑った。傍からは寒くて早く入りたいだけの男に見えるのだろう。

「おい、帰ったよ」

裏手の路地へ入り込み、戸の前に立つと言った。どんどんと叩いても報せた。耳を近付けると、中から小さな足音が聞こえる。ほどなくして裏側から竹を外す音がごそごそとした。甚六が戸に手を添えると、向こうから開いた。

なぜかその時の再会、顔を見た瞬間のことを甚六は生涯通じて覚えていて、事あるごとに思い出すことになる。

「ただいま」

そんな言葉も何年ぶりかなと、甚六は嬉しくもむず痒い気持ちになった。女子の方は甚六に目もくれずに屋内へ戻った。それが慣れた仲のように映り、甚六も嫌な気はしなかった。

居間の方へ入ると、表の戸の竹が転がっているのに気付いた。よく見ると戸も隙間が空いている。

「あ、すまん。まずは表のそこを開けたのか」

女子に訊いたが、そうか返事は滅多にないのだ、と思い出して目線を向けた。女子は火鉢の前で温もりながら、白竹の棒を持っていた。その姿は、思い違いとはわかっていても、今まで静止していたような佇まいを感じさせた。

「御免、表の戸を開けさしてしまって」

甚六の言葉に、女子は目を閉じてゆっくりとかぶりを振った。

「誰か、留守中に訪ねてきたかい」

女子はまたゆっくりと、かぶりを振った。

その仕草は戒律《かいりつ》に生きる比丘尼《びくに》のようであろうか。といっても世俗《せぞく》にまみれた甚六には知りようもないのだが。火鉢に照らされていても白い肌は透き通るよう。しかし、穏やかな表情からは包み込むような優しさを感じる。

ただの迷子でないことだけは、確かにわかる。

「誰も来ないよな、こんなところに」

甚六は表の戸口の竹棒を拾って、傍の壁際に立てた。それを見て、ふいに正月の竹飾り、門松を思い出した。その注文を取る時期がもう近いのだ。誰も来ないからと放ってはおけない。竹職人としては、あるまじきうかつさだ。竹垣の注文を受けていることも半分

忘れていた。甚六は、

「参ったなあ」

わざとらしく口に出した。忙しくなるのは良いのだが、本心を言えば、あまり有難くない。仕事で追求したいのは数ではなくて、一つ一つの「値打ち」なのだ。それはそれとして、生きるための糧を得るに目の前の仕事をこなさなければならない。だから、頑張らなくてはとわかっているつもりなのだが…。

甚六があごをさすりながら、物思いに耽りかけた時、火鉢がばちばちと突然音を上げた。甚六は我に返って振り向いた。

すると、女子がその辺から拾ってきたらしい竹片を火鉢で炙っていた。遊んでいるのかと、甚六はさほど気にも留めずに居間へ上がってぼんやり眺めてみるが、本人の目は存外真剣で、それにいつの間にか見惚れていた。見様見真似、それも一度見ただけにしては手付きが良い。白い着物に白い肌、長い指が掴んだ竹が、元の黄茶《こうちゃ》色から徐々に白んでいく。その様はまるで、火によってではなく、白色が手から竹に移って染め上げられていくように見えた。

だが、竹の扱いは一朝一夕に身につくほど甘くはない。女子の持つ竹の白い色は斑になって、そのうちに火が移って燃え始めた。甚六は竹をさっと奪い取ると、振ってその火を消した。先端からまだ煙を吹く斑な白竹を見つめながら、甚六は言った。

「俺もお前くらいの歳の時、よくこうして遊んだ」

女子は失敗した白竹と、甚六の顔をじっと見比べた。子供らしく目を丸くさせているが、やはり言葉はない。

「よく燃やしたよ、こうやって。親父が使う予定でいた大事なものも勝手に炙って白くしてしまったこともあるし、寸法違いで切り落としもした。ひどく怒られた。罰として竹林に放られて、置き去りにされたこともある。おっかないだろう」

甚六の思い返す場面には生きていた弟もいたが、まだ物心つかない頃のことであり、空想のようでもあった。ただ父親だけは鮮明で、髪がまだ黒く皺もそれほど深くなかったと面影が懐かしくよみがえった。そこにいた甚六は竹ばかり見て、竹ばかり触って、嗅いで、過ごしていた。物言わぬ竹とどれほど向き合ったところで、何を相通じ合うことができようか。結局、幼い日々からの経験がどれだけ意味があったかは、さっぱりとわからない。この歳になっても「腕がない」と言われても仕方はない。

現実に戻った甚六は、押し迫る暮れに向けて仕事をせねばと思い至った。よし、と曲がりなりにも気合いが入る。白竹の失敗作は火鉢に放って炭の足しとした。

「そうだ。神社に行ってきたのだが、尋ね人などの報せは来ていないという。お前自身が何も言わないのでは埒《らち》は明かない。俺は無駄なおつかいをしてきたんだぞ」

甚六が言うと、女子は口を開いた。漏れる息に混じって何か言葉も吐いた。

「何」

甚六が質すと女子は、

「ありがとう」

と、言った。

その礼が決め手となった。この女子は迷子ではないと甚六には確信できたのである。親と再会を望むのが迷子の常であろうが、この子は全く違っている。詮索《せんさく》すれば心の闇を呼び覚ましそうな気もして憚《はばか》られる。それは追々でも良いだろう。

「結構。だけどお前、名前くらいは教えてもらえないか。お前、お前ではまるで嫁のようではないか。俺も変な気にもさせられる」

甚六はそう言って、すでに変な気になっているかもしれないと思ったのだが、それでも女子は何も応えないので、話を先に進めた。

「では、俺の方で勝手に呼び名をつけても良いか」

女子が頷いたので、甚六は面食らった。

しばし、考えた。またあごに手を当てて、今朝は剃らなかった無精髭を何度も撫でた。

「では、お竹で良いか」

言いながら甚六は鼻から息を漏らして笑ったが、女子はこくりと頷いた。

「良いわけがないだろう。冗談だ」

その名は珍しくはないが、色白なこの子には似合わない。

「白竹ではどうか」

それも女子は頷いて肯定した。ははあ、と甚六は察した。

「さては、どうでも良いと思っているな。呼ぶ身にもなってみろ」

それはぶんぶんと否定された。

この先、この子が意思を表せるようになった時にも、違和感を覚えない名を持たせてはやりたい。元々、想像もつかぬほど立派で美しい名があったのかもしれないのだ。もしかすると、良家の…と、甚六は暴走する思いを止めた。

記憶を辿れば、竹の花と実から逃げてきたところに現れたのがこの子である。月並みだが、花にちなんでみたらどうだろう。

「そうだ、咲代《さきよ》としよう。お前は、白い花の咲く月夜のような佇まいだ。夜とつけるのは奇妙だから、代の字で読む。気に入ったか」

とまで訊いた。女子は、お竹と白竹の時よりは不満の度を下げて、わずかな間を置いた後、一応は頷いて認めてみせた。

「良い名前でないか。容姿とも合っている。ここにいる間は咲代でやってくれ」

甚六はその言葉への反応は確かめず、立ち上がって両手を天井へ向け、伸びをした。ううん、と自然に声も出た。土間の隅に置かれた竹製の背負い籠を取ると、道具一式をそこへ放り込んだ。

「明るいうちにもう一度、竹を取りに行く。夜には正月飾りの門松をこさえる。それと妹の所へ荷車を取りにも行かなくてはならん」

予定をつらつらと伝えたが、咲代は瞬きをするだけで、何一つ理解していないようだ。

甚六は居間へ上がり、火鉢の炭を退けて消した。

「一緒に行くぞ。働かざるもの食うべからずだ、わかるな」

今度は抗わず、咲代は黙って立ち上がった。手まですっぽりと覆う袖を、甚六は折りたたんでやった。すぐ元に戻りそうだが今はやりようがない。さらに問題の長い裾は、どうするかとしばらく思案した。

「着替えが要るか、やはり」

甚六は古い箪笥を開けて童《わらべ》の着物などないか探した。この家に一人となって久しく、大概の物は売り払ってしまった記憶がある。寸の合わぬ着物など真っ先に持っていってしまった。

諦めかけた時、奥から一着小さな褞袍が出てきた。甚六や弟らが子供の時分に着回した物で、色味は濃紺で男児のふうだが、贅沢はいえまい。

「ほらよ、もはやこれしかない」

咲代へ渡すと、のろのろとした動作で羽織った。大きさは合っている。

「その褞袍の中で着物を引っ張って帯を締め直せ。すると裾の面倒がつくだろう」

甚六は自分の前襟部分をぐいぐいと動かす身振りで教えた。だが咲代へ意味は伝わらず、やってやる羽目になった。

褞袍の懐へ手を入れて、着物を上から引っ張ると、隙間から平らな胸の地肌が見え隠れした。だらりと余らせながら帯できつく締めた時には、体温が伝わってきた。その熱が存外高いのは、子供だからか女だからか、知らん。甚六は頭が真っ白になる思いで続けた。仕上げに縕袍の前を縛ると、若干着膨れはしたが一応それらしくなった。

甚六は咲代を見下ろし、鼻から長い息を漏らした。鼻腔を間近に突いたのは、咲代の身体から発する匂いだった。

体臭という不快の類ではない。甘くもあり、つんと来る要素もある。咲き乱れる花々から、同じ印象を受けたことがあるような気もする。子供は乳臭いなどとよくいうが、それとも別物だった。

ふむ、と甚六は一時考え込んだが、俺が知らぬだけでそういうものかと勝手に納得して、支度を再開した。衣服はどうにか調った。

「履物はあるのか。あるよな、そうでないと地面から生えてきたことになって、名前も筍《たけのこ》とでもつけ直さないといけなくなる」

言われるや否や、咲代は上がり框の小脇に置かれた草履《ぞうり》を指差した。

「それがお前の物か」

甚六は一度納得して、再びそれを凝視した。草履はどう見ても大人用で、咲代の小さく丸い足には合わない。

「この草履がお前のか、本当に。親御の物を勝手に履いてきたのではないか」

咲代は頷いたが、前者は諾、後者は否としたいらしく、

「おやのでない」

と、つけ加えた。親がいるのだなと、当然とはいえその真偽が知れた。だがそれは別として、どうも解せない。

「親のでないとして、どうして大人の履物を突っかけてきたのかわからん」

言った後に舌打ちが出た。それを咲代に履かせようとしても案の定、大き過ぎた。このまま竹藪に足を踏み入れたら絶対に怪我をする。本来なら厚めの足袋《たび》や脚絆《きゃはん》だってつけなくては務まらぬ仕事である。

「途中に店で童用の履物を買ってやる。それまではぶかぶか歩け」

甚六は先に家を出ると、置いてあった籠を背負った。咲代も出てきた。その歩き方というのが、足元を見たり手のひらなど見つめたりと、とんと落ち着かない。子供でも人手として助かるのか、足手まといになって何もかも遅れてしまうのか、思いやられる。甚六はまた、深いため息が出た。

戸を閉めると、咲代はその戸口の閉まったところまでも心配そうに見回した。

「竹をつっかえ棒にするのは今はやらんで良いから。早く来い」

先に歩き出した甚六に、咲代は緩々の草履で小走りし、やっと追いついて並んだ。そして何の気もなさそうに、甚六の着物の裾をぎゅっと掴んで歩いた。

（畜生め）

甚六は自身の定めを呪いたくなった。


この日二度目、竹林へやってきた。日が西へ傾き始めていた。富士おろしは始終吹くので、いつに来てもざわざわと竹の枝葉の擦れる音がする。

甚六は気が急いた。背負い籠を適当な場所へ下ろすと、鋸を持ってうろうろと竹を選び始めた。いつもは昇ったばかりの朝日の下で見ているので、傾いた日では品定めも要領を得ない。むきになってじろじろと竹を睨んだり、触ったりして、とりあえず良さそうな物を見つけた。

門松に用いる竹は、青ければ青いほど威勢良く見える。どちらにしても竹は時間経過と日差しで色褪せてしまうので、時季物の門松には最も色の長持ちする物、要は切る段階では青過ぎるほど色の濃い物を選ばなくてはならない。そもそも、日向に置くことは勧められない。

　今日取る竹はあくまでも見本用として作るためなので、まあまあの色を甚六は選んだ。門松は名の通り、松の枝葉が主役である。実際に目立つのはどちらなのか曖昧なところ。結局、竹よりも松の方が縁起物としては上位にあるため名付けられたという。

　竹だけを扱う職人には専門外なのだが、門松に関してだけは松の枝を切って一緒に加工してしまう。そうした職人は多く、甚六も竹細工を父親より教わる過程で松の飾り方だけは教わっていた。紐縄の縛り方などと同じ括りで、竹細工を生業にするには学ばなくてはならない技術の一つではあった。

　門松には土台部分、袴と呼ばれる欠かせぬところがある。それは蓆《むしろ》か、竹で作られる。甚六が作るなら当然に専門の竹を使う。袴の色合いは、上の青竹を目立たせる意味でも黄色い物を使う。白っぽくても良い。

　日の落ちる前には竹と松まで取って帰りたい。さっさと選んだ竹を切ってしまおうと鋸を手に構えた時、ふと思い出して、甚六は後ろを振り返った。

　少し離れて、咲代が竹藪を眺め回している。行きがけに甚六が買い与えた、童の草履を履いて。歩きは軽やかになり、心なしか嬉しそうだった。

自由にしている子供は無視して、甚六は選んだ竹の根元を鋸で切り始めた。枝葉が風で騒ぎ立てる中、ぎこぎこと鋸の立つ音も響いた。その音に気付いたか、目線の脇に咲代の姿が見え隠れしている。

「危ないから離れていろ」

咲代は一歩二歩と後退りした。その様子も甚六は目の端で見た。

鋸で竹の稈を斜めに切り、咲代のいる方とは別方向へ押して倒した。後ろへ目をやると、咲代は尻餅をついていた。甚六は地面を注意しながら近付いて、

「つまずいたのだな、それに」

鋸の刃先で指し示して教えた。咲代のすねほどの高さに育った筍が顔を出していた。顔というよりもう胴体である。

甚六は倒した竹の枝を切り落としながら、咲代に話しかけた。

「竹は食えるんだぞ。地面から頭を出してすぐくらいならな。茹でて柔らかくした後、食う。美味いぞ。食いたいか」

咲代は頷いて見えたが、ただ足元の筍を見下ろしただけのようにも見えた。

「そのでかいのはもう食えたものじゃない。育っていつかは、切る。後は、そうしてそ

この籠や、家の塀や、正月の飾りになる」

　甚六は思いつく限りの竹細工のよろずを挙げた。箸、笊《ざる》、柄杓《ひしゃく》、茶道具、楽器にも多く用いられる。武器や罠にもなる。矢継ぎ早に挙げられることに自分でも感心しつつも、甚六は矛盾を感じた。それだけ用いられる材ならば、なぜ職人の生活が困窮《こんきゅう》するのか。

　枝を落とし、稈も切って籠へ入れると甚六は、咲代を連れて竹林を出た。近くに知った松林もあり、そこで適当な枝を切っては籠へさらに入れた。ひと段落し、帰路に就く。咲代はやはり甚六の裾を掴んで離さない。

　道中、甚六は立ち止まって、後ろを見た。一緒に咲代も振り向いた。

　富士おろしが道の先から砂粒や枯れ草などを飛ばしてくる。その先には風の元ともいうべき山が、西日の色に染まってそびえていた。それは、平らな頂上から左右一様な稜線《りょうせん》を描いている。頂上には火口が開き、数百年ほど前には大きな噴火が起こった。その頃から富士参拝が盛んになったことは、この地で生まれ育った者なら誰もが知っている。

　現在もなお、噴火を防ぎ鎮めるために続く信仰と、参拝の道といって良い。甚六が懇意にしている年配の御師でさえも、天まで届きそうなあの頂上まで登っては参拝し、また下りてくるというのだから感嘆《かんたん》させられる。

地震が起これば、富士山は、地面と一緒に怒ったような唸り声を上げる。甚六も幼い頃から何度も経験がある。

隣では、咲代も真面目な眼差しで富士山を見ていた。この子は駿河の生まれなのだろうかと、甚六はふと考えた。どこかから歩いてきたにしても、そう遠くからではないはずだ。隣国の相模《さがみ》か、遠江《とおとうみ》辺りだろうか。だとしても子供が歩ける距離ではない。荷がなくても数日はかかる。国を出る前に野垂れ死ぬのがきっと関の山だ。

(するとこの目、俺と同じく故郷を見る目か)

甚六は可能性を一つ一つ潰して、やはり咲代は駿河の生まれに違いないと感じた。そのうち本人が漏らすか、帰りたがるか、何かしら事は起こるだろう。まさかこのまま物も言わずによたよたとついて回って、年老いてゆくことなどなかろう。自分の方がおそらく先立つ身だから、それでは心残りになる。やはり男手一つには持て余してしまうかもしれんなと、甚六は詮無い思いに捉われた。

家に戻り、荷を全て下ろした後、甚六は咲代を連れてまた外へ出た。距離にしたら一里もない、容易い道中ではあった。咲代も火鉢の温もりは好むようだが、歩き回るのも苦とはしないふうである。

「御免下さい」

甚六は玄関先に立って声を発した。閉まった戸の奥からは明かりも見えて人の声も聞こえてきて、いかにも家庭という感がある。

甚六は滅多にここを訪れない。来れば歓迎され、土産も一杯持たしてくれるとわかっているのだが、相反して気分は悪くなる。だから遠慮しているのだ。妹が頻りに訪ねてくる理由も、こうした甚六の思いと関係しているようだ。

今日も、表の脇にでも見慣れた荷車さえ置いてあれば勝手に引き揚げることはできた。だが、庭の方へしまってあるらしい。せっかくだから寄っていけという心配りが、伝わってくるようだった。

どのみち今日は、寄らなくてはならない用がある。

はいよ、という声が奥から返ってきた。こなれた返事からして、すでに自分だと知れている。すぐ隣には咲代がいる。甚六は不安とともに待った。

すぐに、がらりと戸が開いて、妹が顔を出した。

「あら、甚六さん。御足労なことで」

そこで妹の挨拶は途切れた。

「お前。折り入って相談がある」

脇で肩を縮こませている咲代を見た途端、硬直してしまった妹へ、甚六は言った。

とにかく、といわれて甚六と咲代は家へ上げられた。屋内は玄関を抜けてすぐに客間があり、御師に通された神社の客間と内装や雰囲気も似ている。甚六はずいぶん前に見た、という程度の記憶しかなかった。上がったのは久しぶりだ。

この家には、妹夫婦と息子二人に、甚六の母、加えて旦那の親御が暮らす。敷地には母屋《おもや》と離れがある。一家の内情までは甚六は知らないし、知るつもりもなかった。

客間には、話を聞いて妹の旦那もやってきた。甚六と同じ歳になる彼は、この町でよろず商売を仕切っている。甚六と同じく先代の跡取りだが、手腕のほどは住処を見ればよくわかる。身も固めて男児ももうけたのだから先も明るい。

わが身と比べ卑屈になるほど腐ってはいないが、敢えてへつらうのも面白くない。甚六がこの家を進んで訪ねない最も大きな理由がそれだった。

ただ今回、甚六は悪びれてはいない。

「それで」

粗方の説明を甚六から受けた後で、妹は言った。

「上がり込んでいたこの子をどうするか、と」

隣に座る旦那、甚六にとっての義弟と顔を見合わせた。双方目が引きつってとても見られたものではない。ようやく先に表情を整えた義弟が、甚六に向けて口を開いた。

「何とかなるとは思いますが、なあ」

妹へまた顔を向けると、一応頷きで返してきた。

孤児のこと、それなりに生きてきたのなら道筋が開けぬ話ではない。若い親が流行り病でぽっくり逝く、いざこざに巻き込まれて死んでしまったなど。後は、できるだけ裕福な家へ貰われていけば良い。その腹積もりは甚六にもあった。

「ええ。だけども気の毒な話ですねえ」

妹は咲代へ手を伸ばした。咲代はその手に、珍しい物でも見るように目を向けるだけで、褞袍の袖に隠した手は指先すら出さない。

「この格好も気の毒だから、どうにかしてやってくれんかな」

甚六は、咲代の褞袍の前襟を引いた。

「あれま。ちょっとこっちへいらっしゃい」

妹は立ち上がると、戸襖《とぶすま》へ向かいながら手招きをした。咲代はやはり動かなかったが、甚六が背をぽんと叩く拍子に立ち上がり、ついて行った。

義弟と二人きりになると、甚六は一気に居心地が悪くなった。親類とはいえ余所様でもあり、元より落ち着ける関係ではない。

「神社には話を通してあるのですよね」

義弟はすでに聞いた話を反芻《はんすう》し、自分でうんうんと唸った。

「まあ、それはすぐに」

「すると、先といってもそれほど先ではないか、いやしかし何とも言えないか」

甚六も充分重ねた思案を義弟も同じようにしている。親は見つかるか、見つかっても事情を抱えているか、もう生きていないか、など。結局のところそれらは思案であって、真実とは全くもって違うかもしれない。

義弟は、商売上手だが家では物言わぬ静かな男だという。だから妻が昼間からふらふらと隣町まで遊びに来てしまうのだ。

「はあ。何とも言えない」

甚六の何とも言えないは、義弟よりわずかに進んだ感慨である。何よりも咲代の出方にかかっている。望んでやってきたようでもあり、帰りたがっていないようにも見える。仮に親、あるいは親となりたい人が現れたとして、咲代がそれを歓迎するのか。先方がいかに裕福だとしても、当人の心は動くのか。心配は尽きない。

二人の会話はあまり弾まず、おずおずしたやり取りになった。開け放された戸口からは、味噌を炊くような匂いがする。そういえば甚六は、今朝以降何も食べていなかった。三度の飯より優先されること、この世には意外とあるものだなあ、と妙に納得した。

ぐう、と腹が鳴った。甚六はけしからんと腹を手で押さえた。

戸口から足音がして、二人は戻った。咲代は寸法のよく合った着物姿に変わっていた。

「ああ」

甚六は言葉が出なかったが、感動した。感謝もした。

「うちに女の子はいませんので、それは長男の着古しですよ。色味はどちらにも合うような物があって良かった」

妹の説明を聞いてみると、確かに男装のようでもあり、生地も古びてはいる。言われなければわからない。着物の色は駱駝《らくだ》色とも呼ばれる薄茶色、控えめな女らしい風体にも見えた。

「また買い与えますよ」

「よろしく」

応えたところで、ここでお別れか、と甚六は実感した。相手の態度からして問題なさそうだ。慌ただしかったのは一日だけだった。咲代の顔をちらと見ると、向こうもじっと見返した。着物を譲り受けても嬉しいふうには見えない。甚六が視線を逸らしても、いつまでも、こちらを見ている。

里子の明け渡しの場面はこんなふうなのか。甚六にとって今後まずないこと。妹と義弟はまるで里親になったように、今日から家族となる幼子に話しかけた。

「名前は何と言うのかしら」

問われて答える子ではない。甚六は我関せずで、余所見を続けた。

「言わないねえ」

「恥ずかしがっているのかしらね」

夫婦はまだこの子の難しさを知らない。

「甚六さんは何と呼んでいらしたの、今日のこれまで」

甚六が教える前に、

「さきよ」

咲代が自ら大きな声で名乗った。

「あら、良い名前ねえ」

「甚六さんにつけてもらったのかい」

義弟の問いかけに、咲代は何度も頷いた。

「本当は」

甚六は声が上擦って一度、咳払いをした。

「本当は、お竹が良いらしい。だけど止めておいた」

「お竹っていう感じじゃないですねえ」

妹も甚六と同じ意見で難しい顔をした。当の咲代は、こくりと頷くと、冷たい目で甚六を見た。

「竹屋の拾い児でお竹じゃあ、飛んだ笑い者だからな」

甚六は吐き捨てるように言った。

「咲代という名前、似合っているよ」

義弟は穏やかな口振りで言った。男児しか知らない親にはきっとない、慈愛を感じさせた。

名乗ったが最後、咲代はやはり黙りこくって二人の質問を無視し続けた。様子を見ていた甚六が切なくなるような、一方的な態度だった。さて二人が哀れか、咲代が哀れか、双方ともに不憫《ふびん》だと、甚六は思った。だが穏やかな夫婦に、咲代もどう応じて良いかわからないだけかもしれない。決して不躾《ぶしつけ》な子ではない。今はぎごちなくても、そのうちに打ち解けて本当の親子のようになれるだろう。

甚六は食事の用意があると誘われた。父母や子供らと同席してあれこれ訊かれることが気になり、遠慮はしたが、この客間に膳を持ってくるという。あれよあれよという間に、甚六と咲代、妹と義弟が食膳を向かい合わせることになった。

食事中、妹はしきりに咲代へ話しかけた。無視はされ続けるのだが、元々めげるという感覚そのものがないらしい。子供相手にはそうした計らいが正しいのか、甚六は知らない。

せっかくの馳走を美味いと感じる余裕もなく、甚六は食べ終えると、さて、と腰を上げた。

「それなら車だけ引き取って俺は帰る。すっかり邪魔してしまい、申し訳なかった」

不器用に挨拶と会釈だけすると、脇に置いていた羽織を着込んだ。見下ろすと、咲代は膳の前でじっとしている。食事にはほとんど手がついていない。

「達者でやれよ。たまに遊びに来るから」

そのつもりなど全くなく、甚六は子供に対して嘘の言葉を飾った。咲代は膳を見つめたまま、人形のように動かなかった。


玄関から出て、裏手へ回ると荷車を見つけた。

空になって軽い車を引きながら、甚六は道を戻り始めた。外はすっかり暗くなり、家々には明かりが灯り、煮炊きの匂いと湯気が道まで立ち込めてくる。店を営む軒先では提灯がぼんやりと光りつつ、夜風で小刻みに揺れては人目を引く。

甚六の足取りは何となく重い。今朝からの行動を顧みれば、疲れて当然ではある。竹取りにわざわざ二往復することは珍しく、加えて心労も重なったらしい。ごろり、ごろりとゆっくりと車を引いて歩いた。

竹垣の件は帰り際に聞いて、品質は申し分ないとのことだった。明日以降いよいよ忙しくなる。竹もどんどん採っては運び、門松も見本を仕上げておかなくては。注文を受ければその分の青竹を暮れの時期、採ってこなくてはならない。青竹の色は日毎に落ちるので、早過ぎると黄色くくすんで、正月の縁起物にはふさわしくなくなってしまう。人気の工房や職人なら暮れは徹夜で作業することもあると聞いている。

そこまで多忙ではないにしろ甚六は、人手が欲しいなあ、見習いでも良いのだけれど、といつもの思いが堂々巡りに湧いてきた。

甚六は、小さな橋を渡って街道へ出た。月明かりと星々の瞬きで道はぼんやり照らされている。富士の山肌は暗くて目に映らず、冠雪の部分だけが宙に浮かんで見えた。近くの木々の葉が揺れると、少し遅れて刺すような寒風が甚六の身体にもぶつかった。その度に肩がすくんでますます足取りは緩慢《かんまん》になった。

甚六はまた、今日のことを思い返した。頑なで口の重い女子、でも心は微妙に通じ合っていたようにも感じた。大人よりもよほど難しそうな子供相手に中々頑張った。無愛想のせいで懇意な常連も少ない自分によくできたものだと、褒めたくもなった。

よくよく考えれば、当初から隠す必要などなかったのだ。ぱっと引き渡して、自分は何事もなかったように細々と仕事を続けていれば良い。さすればこのように、余計な思いも湧かなかったろうに。

いきなり、子を突きつけられて右往左往。情けないことだが。普通、縁組が先でそれから子をもうけるものではないか。それが今、どこかに寂しさが残るのはなぜだろう。はあ、と甚六は白いため息をついた。それは、風に吹かれて南の方へ消えた。

縁組か、と甚六は少し前向きになった。過去の破談のことは忘れて、不思議と、どうして自分ほどの者が今まで独りだったのかと開き直る気にもなった。

はあ、とまた白い息をつき、とぼとぼと進んでいると、

（甚六さぁん）

という声が追いかけてきた。女の甲高い声だった。甚六は車を止めると、周囲を見回した。道以外は山林で、声が山からならばただごとではない。一目散に逃げるべきかと不安を覚え、甚六は竹の花に出くわした時の記憶がよみがえった。

そのうちに、また呼ばれた。今度は方向がわかり、甚六は道の後方を見た。遠くに人影と、提灯らしい小さな光が揺れている。

「誰だ。ああ」

訝る前に正体はわかった。甚六にはにわかに理解できない光景だった。妹と義弟、それ

に咲代が背負われている。

「どうした」

甚六は心配が先走った。義弟は黙って背の咲代を下ろすと、咲代は、とことこと甚六の前まで来た。

うつむく顔を覗き込むと、その頬が濡れている。

「何があった、これは」

指で拭ってやると、妙に温かい。

「甚六さん」

妹が声をかけて、近くへ歩んできた。

「あなたが帰った後にこの子、泣き出してもう大変。わけを訊くと、帰りたいと言って」

甚六は意外にも驚きはしなかった。ただ、泣くという感情があったのかと、それには感心した。

「帰りたい、か」

甚六の呟くような言葉に、咲代は頷いた。頬に残った涙が垂れ落ち、地面に玉の模様をぽつぽつと描いた。

（これほどの涙を泣いて流したのか、この子が）

またそういう涙を、何に向けて流すのだろう。哀れな自身か、甲斐なしの俺か。たかが数年の生涯で、世の情けを憂《うれ》えるはずはないし。きっとその小さな身体から見上げる、身勝手な大人への恐れなのかもしれない。

甚六は自分の羽織の裾でもって、咲代の頬を拭った。まぶたの内にたっぷりと溜まった涙は瞬きであふれ出し、甚六の袖がそれを受け止めた。

「急いでいたのでこれしかないですけども。何も食べていないから、後であげて」

妹がよこしたのは竹の皮の包みだった。

「有難い」

受け取ると甚六は、咲代の前にやった。縕袍の両袖から白い手が伸びて、しっかりと掴んだ。

「甚六さん。服など入り用なら、明日に色々と持っていきますから」

「わかった」

「仕方のないことかと思いまして、その」

「ふうむ、わかっている」

甚六はもう、覚悟を決めてしまっていた。涙だけでなく、か細いこの子の身を受け止めなくてはと。どこに愛着を持たれたのかはわからない。覚悟した自分の心情も不可思議だ。こんな気持ちになったことは今まで一度たりとない。縁遠い身には知る由もないが、伴侶《はんりょ》を求めて踏み込む一歩と似ているのかもしれない。

妹も、後ろでしんと控えた義弟も、後は何も言わなかった。甚六は軽く手だけ挙げて二人へ別れと詫びの意を伝えた。すぐ隣に咲代が並んだ。拭き取られた後に新しい涙は流れず、すっかり乾いて元の黒い目と白い頬となった。

歩き始めてすぐに甚六は、足取りの軽くなっている自分に気付いた。吹きすさぶ夜風も何やら心地良い。疲労など初めからなくて、それは単純な頭が差し向ける、ただの悪戯《いたずら》でもあったように。

しばらく行った所で、かさかさと隣から音がする。見ると、咲代が歩きながら、受け取った竹皮の包みを開いていた。それを甚六もずっと横目で見ていた。

包みからは白く丸いものが二つ。一つはつるりと丸い形、もう一つはちょっといびつだった。甚六はすぐに正体がわかった。

「右が握り飯。先ほどの膳の」

咲代へ教えた。

「左はうさぎ餅だ。先日俺も貰って食った。甘いぞ」

咲代は歩きながらじっと、それを見つめた。この子は何でも見つめるのだなあと、甚六は今さらながら思った。目に映るもの全てが珍しいのだ。さぞ楽しかろうと。

「それな、清水の方で売られている名物だよ。妹の家も一応は、その地に近い。天辺の色は焼き印で、満月を模したそうだ」

甚六はあごでしゃくって天を指した。咲代は見上げた。

「な。月に似ているだろう。風情がある」

咲代は長くは月を見上げず、視線を落とした。そして顔を包みの握り飯へ近付けて、ゆっくりとかじりついた。

「腹が減っていたか」

咲代は頷いた。飯で膨れた頬が、つき立ての餅のように艶を帯びた。

「俺も、人の家の飯というのは苦手だ」

甚六は咲代の頬についた飯粒を人差し指の腹で取ってやると、それを自分で食べた。

「ココロザシの章」


咲代の親を名乗る人、探す人は一向に現れなかった。

だが咲代は徐々に、また怪しまれることもなく町へ知られていった。それというのも妹が一役買って出て、咲代を友人夫婦の孤児と説明したからである。

一度は預かったが手が足らず、兄の甚六へ預けた。

当人も懐いたので問題ないとした。

孤児であること自体は事実で、哀れな境遇こそごまかせなかったが、最善の方法であった。

無愛想な職人と思われている甚六へ子供が懐いたので、町の人々の印象もにわかに変わったようである。存外、懐の深い人と思われたせいもあってか、甚六の他者への態度も柔らかくなった。自覚したこともあるが、何より、女子の存在がそうさせたのであろう。

評判が良くなると、以前よりも多く竹の品の注文が舞い込むようになった。甚六はその全てを快く引き受けた。竹で作るよろずの品を丹精《たんせい》に仕上げては、客に買ってもらった。

そうしているうちに、町のそこかしこに甚六の竹細工があふれた。女が竹製の桶で水を巻き、笊で米を洗い、竹箒で表を掃く。店に入れば竹製の箸、匙《さじ》、器などどれも甚六の手による品ばかり。

甚六の努力の甲斐もあってか、竹細工それ自体への人々の関心も高まり、あちらこちらに新たな竹職人が工房を構えた。再開した職人の話も噂になった。総じてこの町では竹が愛されるようになったのである。元は駿河竹と呼ばれていた技と品の復興ともいえた。

咲代の方はというと、言葉は元から知っていたようであった。字を学んで覚え、会話もどうにか人並みにはなった。出生を気にかける人もその頃にはいなくなり、どこでも本当の親子のように扱われた。歳の頃合いも不自然ではなく、連れ立って歩けばそれらしく見られた。

竹細工の仕事も、咲代はよく手伝った。刃物を扱うところまではさすがに甚六はさせなかったが、女が担える工程、つまり編んだり飾ったりなどは正直、甚六よりも丁寧でしっかりしていた。手の指も細く長く、器用に動かした。

縛りや編みの作業に心の行き届いた品は、長持ちする。竹の選定、切断などの大まかな加工よりもそれらは品質に影響した。耐久性はもちろんだが、品の良い仕上がりになった。色は時が経つと褪せてしまうが、そうなってもなお凛と映えるためには、やはり細やかな手作業が欠かせなかった。

要するに、咲代が甚六の声価を高めたようなものである。

甚六の竹細工の値打ちは、前よりも一段上がった。それというのも町で力のある大地主が、甚六の竹細工を褒めて太鼓判を押したからである。その話が御奉行所にも届いてからは、藩の偉い様にも知られるところとなって「彼の竹職、見事なり」などと評された。甚六にとってどこか他人事のようにしか思えなかったのは、御上に直接呼ばれたわけではないし、職人歴もはるかに長い名人が他にもいたからでもある。

何にせよ、値打ちが上がったことは正直嬉しく、対価も気兼ねなく受け取って、暮らし向きはずっと楽になった。元の小さな家は引き払い、二人で町に立派な屋敷を持った。

だがその甚六の出世よりも、咲代の成長ぶりが人々の関心を集めていた。まだ江戸時代の中頃、駿河の国の富士の町での話である。

甚六は暮れの多忙を乗り越えて、少々気が抜けていた。

朝方は竹林へ出て、戻ると頼まれた品々の製作に取りかかる。咲代は手伝いもするが、最近は身の回りのこと、要は煮炊きや掃除、買いつけなどにも挑戦していたので、竹の方へあまり手は貸さなかった。どちらにしろ、甚六には大いに助かった。

家の敷地には、離れも造ってあった。使い道はまだ曖昧で、そのうちに役立つかもとは踏んでいる。例えば母親を暮らさせたり、誰かを居候《いそうろう》させたりなど。竹材の倉として使っても良い。だからその時のために、甚六は客間のごとく大切に維持した。畳敷きで造りもまあまあである。かつて甚六が寝起きした居間よりも広く立派だった。

仕事は、母屋に土間の工房を造って取り組んだ。裏手へ回ると直接入れて、大八車もその口へ置いてある。内装や間取りなどの雰囲気は、前の仕事場と似せていた。人の家を借りている気分になっては落ち着かぬと思ったので、住み入る時に造り変えたのだった。

甚六がその作業場の腰掛けでぼんやりしていると、勝手口の向こうから声がした。

「御免下さい」

そう言ってから、甚六さんとつけ足した。妹の訪問だとすぐにわかった。

「はいよ」

甚六が返事をするのと同時に、妹が戸を開けて入ってきた。

「御機嫌良う」

「また、久しぶりに来たね」

妹は近頃、甚六の元を訪ねていなかった。以前の半分も来ない。理由は次子《じし》を身籠っていたからでもあるが、竹細工が評価され、親の形見を質屋に入れるほどの困窮からは脱したとみて安堵したからに違いない。そんなに暇ではないのだ。

妹は上がり框の円座へ腰を落とした。家の中をまじまじと見回す癖は抜けないらしく、視線が落ち着かない。その余所見の隙に咲代が奥から現れ、茶と菓子を乗せた盆をすっと近くへ置いた。

「あれ、咲代さん。御免なさいね、わざわざ」

妹は振り返って一瞬びくりとしたように見えた。挨拶を述べながら、咲代の顔から足の先まで、目を見張っている。

咲代は会釈と挨拶を返すと、目も合わせずにそそくさと奥へ消えた。立ち居振る舞いは慎ましやかになったが、相変わらず声はか細い。甚六は咲代と寝食をともにするうちに耳が良くなった気がする。

「すっかり持て成される立場になってしまって、嬉しいやら恥ずかしいやら」

妹はたどたどしい手付きで湯飲みを掴むと、口をつけた。持て成しといっても居間にも上げずにいるのはどうかとは思ったが、甚六は鼻でふんっと笑っておいた。少し得意げにもなった。

「今日は何用だい」

ええ、と言って妹は湯飲みを置いた。

「仕事の調子はどうです」

「暮れを越えて気が抜けた。最近は暖かくなってきたから余計に駄目だ」

「まあ、嫌だこと」

妹は口を真横に広げ、呆れた様子で言った。だが真剣味は薄く、また呑気に茶をすすって菓子に目を落とした。

出されたのはここらの名物、十団子《とうだんご》である。東海道では知られた銘菓《めいか》で、尾張《おわり》の方では違う字を当てて藤団子《とうだんご》といった。北東に位置する陸奥《むつ》の国では、同じ物をあられ餅と呼ぶらしい。

団子だから串に通して売られもするが、一般には数珠を模して、麻糸でつないで売られる。名の通り、十個で一組とした。ここでは、糸からは外されて竹皿に五つ盛られ、竹串を添えられた独特の形で出されていた。

「前よりはずっと良い生活だ。広い家も持てた。ただ元来、俺は大した人間でないからさ。めっけもの、みたいなものかね」

甚六は暗に咲代を讃える意味を込めた。妹は竹串を訝しげな目で眺めた後、そうっと団子に刺して、口へ運んだ。ようやく満足げに、うんうんと頷いた。

「どのみちそろそろ竹の良くない時季に入るから、のんびりするよ。そういえば親父も小春日和にはよく昼寝をしていたね」

「そうでしたっけねえ」

妹は首を傾げながら二つ目の団子を食べ始めた。主人の商売の方が順調かどうか、その体型の変貌で粗方わかる。通年、良いと見えた。

甚六も父親の昼寝の光景など思い起こすとあくびが出た。特に妹へ尋ねることもない。久々といっても、時折はやってきている。鳥が飛んできて屋根に止まる程度の情景に過ぎない。

妹は団子を食うのは止め、竹串を置いた。落ち着かなそうに奥へ一度、目をやってからまた甚六の方を向いた。神妙な面持ちに、甚六は気付いた。

「咲代さんのことですが。本当は兄様をうちへ招待して訊こうと思いましたけど」

妹は淡々と話し始めた。

「回りくどいね。どういうことだい」

「成長が早過ぎないかしら」

は、と甚六は訊き返した。

「そうかね」

「不自然なほどですよ」

何が不自然かと、甚六はせせら笑った。

「それでさっき、目の前で変な顔をしたのかい、お前は。失礼だなとは思ったよ」

「だって私と背丈がもう同じくらいではないですか」

聞こえてはまずいと思ったのか、妹は声を潜めた。

「子供だから背も伸びるさ」

それにしても、と妹は納得しない。

「ふむ。いつも見ているから俺には何ともわからん。咲代の背が伸びたのが気になるという話かい」

甚六は咲代の身の回り、例えば着物や履物、髪の髷結いなどしばらく見てやっていない。自分でやりますといつ言ったか、それも記憶に確かでないが、竹の仕事が忙しくなった頃にもう、手のかからなくなった気はしている。

「背だけでありません。あっという間に大人になりましたよ、咲代さんは」

甚六は仕方なく立ち上がり、奥の居間へ進んだ。歩きながらため息が出た。

言われたところで、どうこうならない。子供というのは元々面倒なものだろうに。

甚六が居間の戸襖を声もかけずにずいと開けると、

（いつも見ているからやはりわからん）

咲代は正座し、字など書いていた。風が半紙をふわりと浮かせたので気付き、こちらに顔を向けた。しばし無言。二人は見つめ合った。そのうちに咲代の方からぷいと逸らしては筆を再び動かし始めた。

甚六は戸襖をそっと閉めて、戻った。まだ温もり残る腰掛けに座ると、上がり框の妹に、

「いつも見ているからわからん」

首を振った。当然に妹は納得しない。

「兄様はそうでしょうけども、たまに見る私にはわかります」

「何がわかる」

違い、早さ、などと妹は曖昧に食い下がった。

「そうかい。なら自分で確かめたらどうだ。服を脱がせて、からくりでも探したら良いさ」

甚六は冗談で言ったのだが、妹は本気にしたらしく、立ち上がると憤ったかのように早足で奥へ入っていった。甚六はその間に、妹に出された団子の残りを盗み食いし、茶も飲み干した。

腰掛けに戻って佇んでいると、野鳥のさえずり、今日は優しい富士おろしのささやきに混ざって、奥から妹と咲代の声が聞こえたような気がした。否、咲代の声ならば戸を隔てたらまず聞こえるものではない。あれこれ尋ねたり訝ったりとする妹の早口なら、まあ聞こえるだろうが、さて聞けたところでどうなるのか。

甚六は、音よりもその光景を思い浮かべた。妹が両手を伸ばし、咲代の着物へ触る。抵抗もされず、咲代の着物がするすると流れ落ちるところを。

（いかんな）

甚六はとっさに脳裏からその想像を消した。

言われれば、確かに成長はした。それは当然として、ではどれくらいの年月経ったかと、正月の回数を思い起こしてみる。情景は思い起こせても、日々それぞれに違いなどまず見当たらない。変わらぬ姿で竹を取り、暮らしてきただけなのだ。

奥の戸襖の擦れる音がして、妹が戻ってきた。上がり框まで来て、団子と茶がなくなっているのに気付いたが、何も言わずに座った。

「何か変わっていたかい。俺もわざわざ見ないぞ。一緒に暮らしているといっても。この家になってからなど、寝る間も別にしている」

「変わりはないですけども」

「それはそうだ」

「ただ、大人です。成人」

妹は胸に手を当てて言った。何を言いたいのかと甚六は訝った。

「あの子の年齢は不明なのでしたよね」

「五歳くらいかなと俺は見ていたが」

「それから今までで、成人しますか。甚六さん、落ち着いて考えて御覧下さい。あれから何年経ちました」

「変なことを訊くね。俺もつい今しがた思い起こしていたのだけれど。暮れの多忙を何回、あの子と過ごしたかってところで、ええと」

「まだ三年しか経っていませんよ」

ああそう、と甚六は返事だけ出たが、にわかに不信感が募り、表情が強張った。

咲代の今の姿は、すっかり大人ではある。出逢った時には子供だった。歳の頃は推しはかれば五歳。では三年の月日でいくつになるかというと当然、八歳か。

「確かにおかしいねえ」

甚六は思わず言った。意味深長な笑みもこぼれた。

「だけども。もし最初が印象よりずっと年上だったら、今が大人びて見えるだけということ、あり得るのではないかい」

「あり得ますか」

認めるとも、反論するとも取れる微妙な口振りで、妹は言った。

「今が例えば十五歳だとするよ。三年前にここへ来たのだから、十二歳。見えなくはないかい」

甚六は言ってみて自分で馬鹿らしくなってきた。あのちょこまかと歩く小童《こわっぱ》が十二歳だったわけがないと。

「ううん」

妹は低い声で唸り、甚六も次の言葉が出なくなった。兄妹は同時に小首を傾げた。

「考えたってどうにもなるまい。女子の方が早熟とは言うだろう」

「言いますけども」

「もう良い」

甚六は手を振って、話を終わらせた。

「本人ならわかるだろうから、折を見て尋ねてはみる。だけど期待しないでおくれよ。あの子はもうどう見ても大人になっているし、元々詮索するような質問には答えない」

妹も同調はした。思えば咲代の来た日の夜、夫婦揃って数え切れぬほどの質問をしても無視されたのだった。

女同士なら、自分以上に親しくもなるかとは、甚六は考えていた。時折訪ねる妹にも、近所で会う女性にも、入った店で向こうは接客なので当然に愛想良くても、咲代は心を許す素振りは決して見せなかった。人によっては腹を立てたかもしれない。顔立ち良く肌も白く、男の目を引きそうなので余計だ。

とりあえず今日のところはと、妹は家を後にした。甚六は、しばらくはやってこないだろうなと思った。

竹の成長は早い。若い時分には日に三尺ほども伸びる。三尺というと凄まじい。大人の女の背丈が五尺足らずなので、二日で追い抜く計算である。それほど早く大人になり、後は天高くに枝葉を茂らせ、どんなに強い風が吹こうと絶対に折れることはない。切られずずっといられたらば、百年の先に一度、花を咲かせるという。

咲代の成長には、甚六はすでに不審を感じていた。いつも見ているからわからんと言ったのは本当だが、よくよく思えば不自然なことに気付く。ただそれを、人からも覚られ始めたのは具合が悪い。出自も不明な女子があっという間に大人に変わり、この先どうなるのか、気にするのは自分だけで良いはずだった。

足元に転がる竹の切れ端がふと目に留まり、甚六は拾った。眺めてみると、色味の具合で年齢が三歳ほどとわかる。

さて咲代が凄まじい早さで大人になったことと、この竹に何の関係があるのだろうか。

甚六は、咲代が初めて自分の前に現れた日、暮らすことになって最初の夜のことを思い出した。

甚六は布団を一組しか持っていなかったので、仕方なく一緒に寝た。起きている時でも火鉢の温もりなど好んで近付いたので、寒がりではあるのだろう。咲代は夜着《よぎ》へ潜ると顔も出さず、丸まり、まだ小さかった身体を甚六の腹の辺りにしがみつけた。甚六は鼓動が速まって中々寝付けずにいながら、静かにしていた。夜着の隙間や生地から、中に潜った咲代の発する花にも似た匂いがすり抜けては、甚六の鼻腔をこれでもかとくすぐった。

翌日になって妹が訪ねてきた折に、夜着と布団を一組買ってくれた。だがその夜に別で寝ようとした時、向こうが嫌がった。言葉でなく態度で。形だけは二人前の寝床を敷いたが、咲代は潜り込んできてやはりくっついて寝た。

しかしこれ、妙な意味でなくて本当に寒かったのだろうと甚六は捉えている。その証拠に春先には自分の夜着で寝るようになり、以降はくっつくことはなくなった。次の冬も冷え込んだが、もうそうはならなかった。丸まってしがみつくのは、その時点の身体の大きさゆえではなかったのか。

子供が外を出歩いて大人に見られたら、大きくなったねえとはよく言われる。咲代も言われたが、そのうちにやはり不審がられた。子供が子供として大きくなるのなら微笑ましいが、いやに早く大人に変われば皆顔をしかめる。妹が気にするまでもなく、甚六も近所の者も気にしていたのだ。言葉にするかどうかの違いだけで同じように思っていたのである。

成長に関しては、まあ強引にあり得たとするにしても、それ以上に解せないことがあった。

「すみません」

か細い声で言いながら、そそくさと上がり框の盆を下げに来た咲代を見ては、

（綺麗過ぎる）

甚六は改めて思った。

今、それなりの格好をし、それなりの暮らしができているから、まず清潔感はある。髪結《かみゆ》いも近くの人にやってもらい、着物も良いのをあつらえている。だが身なりは所詮《しょせん》身なりである。真に美しいとされる人は、裏を見ても心を見ても調っているものだ。

「咲代や」

声をかけると、盆を両手に乗せ置いたまま、振り返った。

「さっき、妹に何か言われたかい」

咲代はまつ毛をうつむかせると、何も言わずに背を向け、奥へ消えた。定かではないが、帯の締め方などにほどいた形跡が見られた。その背から羞恥心のようなものが感じ取れた。

(もう年頃か)

近頃、家の事を進んでやるようになったのも、年頃となった気分や意識からかもしれない。

(と、なると…)

甚六は急に近所の知り合いや、客でも顔の広そうな人物を思い浮かべた。幾人か、当てはあるのだが、甚六自身が独り身のせいであろうか。

(男に仲介の労をとってもらうのは避けたい)

と、どうしても思われた。結果、気持ちは決した。

「咲代。髪結いへ行くかい。俺も春先で仕事があまりないから、たまにはつき合いたい」

土間で盆と竹串を濯いでいた咲代は、黒目がちな目を大きく見張った。

一介の身分では女がわざわざ髪床へ通ったり、呼んだりすることは珍しいのだが、忙しい商家や、遊女《ゆうじょ》などはより美しく装おうと手慣れた人へ頼むという。

「髪結いは、この前に行ったばかりです」

咲代は、あつらえてからしばらく経った着物姿。髪は通った先で結ったらしい、島田で流行の髷に落ち着いている。遊女のような派手さとは無縁ながら、顔は小さく控えめな人柄と美しさを醸している。

「この前っていつ」

さあ、と咲代はあやふやに答えた。

「覚えていないならそう前ではないだろう。さあ、行ってみないか」

甚六はまるで子にするように、咲代の手を引いた。うつむくとはっきり見えるまつ毛にしろ、つなぐとよりわかる長い指にしろ、出逢った時から変わっていない。それに引っ張られるように、身体が成長したようにも思えた。


町へ出ると手は離した。甚六は道を咲代に教わりながら前を歩いた。つい最近までは親子に見られた二人だったが、今も人にそう映っているかは怪しい。

季節は春めき、行き交う人の肩の強張りも緩んだ。弾むような足取りというべきか。甚六も軽やかに歩を進めた。桜は今が見頃で、道脇に植わった枝垂《しだ》れ桜の並木がそれぞれ、小川の水面へ触れるほどに枝先を伸ばしている。薄桃色の花弁は、散って道を彩った後、掃いて捨てられるか、川へ落ちれば流れて、いくらかは駿河湾まで出た。そして、その先どうなるかは誰も知らない。

咲代が使った髪結い床は、この辺りには一軒しかない。髪結いは野外でもできるし、自分で調える人も多いので、わざわざ屋を構える例は少なかった。

ここです、と咲代に言われて、甚六は建物を見上げた。町屋の一角で、建物自体が広く高く、看板には確かに「髪結床」とある。張り出し屋根で日陰になった軒端には縁台が置かれ、髪の調った女たちが喋っていた。

（この雰囲気、いかにも…）

せっかく春の陽気に緩んだ甚六に緊張と躊躇の影が差した。

先に暖簾《のれん》をくぐって入ると、女特有の甘い匂いが鼻を突いた。甚六はなまめかしさに目が眩んだ。

「いらっしゃいませ、あらあ」

下仕《しもづか》えらしき女が、奥の暖簾をめくって声を上げた。咲代のことは知っているらしく、顔を見るなり相好を崩した。対して咲代はというと眉一つ動かさない。

「今日はどうされますか、旦那様も御一緒で」

ああ、と甚六は曖昧に応えた。旦那様だか親父様だかわからぬ自分は置いて、咲代の髪など良くしてやってくれと頼むと、咲代は奥へ連れていかれた。甚六はその後戻ってきた女に、

「女将はいらっしゃいますか」

と尋ねた。

「ええ、いらっしゃいますよ。上で会えます」

礼を言うと甚六は、玄関からすぐに見える広めの階段を上がった。二階にも廊下があってどの部屋だかわからずにいたが、通りがかった女にまた訊くと、奥の間がそうだと教えられた。

豪勢な絵柄が描かれた、いかにも主の部屋らしい戸襖の前へ座して、

「御免」

声をかけた。男のような凄味ある声ですぐに返事が来た。

「はいよう」

「ええと私、いつも世話になっている女の、家の者で、名は甚六と申します。今日は折

り入って、御相談がありまして」

挨拶が済むが早いか、戸襖が向こうから開いて、歳の頃四十過ぎの小柄の女が現れた。

「お入りなさい」

先ほどの声の主がこの人かと甚六は一瞬訝ったが、呼び込む声は確かに同じだ。異様な迫力に感心しながら、奥へ入った。

町に唯一の髪結い床の主が男でなく女であることは、誰もが知っている。元は江戸にいたとか、大地主の隠し子であるとか、とかく噂もつきまとったが、繁盛はしているらしい。

甚六も、今度の件で咲代のことを深刻に考え、相談相手なら同じ女性で力もありそうなこの女主人が良いとすぐ目星をつけたのだった。

話に聞く限りでは、声どころか姿形も男顔負けということだったが、その点、甚六は拍子抜けした。

女将の部屋は客間も兼ねたふうである。隅には今時季は使わない長火鉢に、小棚などもある。階下や窓外からは女たちの甲高い声はひっきりなしに聞こえ、男の甚六は落ち着かない。

本人の座る座布団には、脇息《きょうそく》まで添えられ、厳めしい。甚六を前に座らせた後、自分はそこへ片肘を乗せて胡坐を傾けると、

「あんたが咲代さんの主人」

そう言って甚六を一瞬指差した。

「そうです。主人というか何というか」

もごもごとする甚六へ、女将は眉を片方吊り上げて顔を向けている。眉毛は墨で描かれていて、目もよく見ると墨で縁を取っていた。もはや模様である。

「咲代さんの身寄りだったね、そういえば」

女将は噂を思い出してか、面のような顔を上下に揺すった。

「それで今日、あんたまで同行して何の話だい」

「ええと」

甚六は話の要領を得ないながらも、咲代の縁談の面倒をみてほしいと、どうにか伝えた。咲代が見たところすでに成人に達していること、本人の性格から考えて、男が仲に立っても、はかどらなそうなことなど。咲代の無口もすでに承知なのか、そうだねえ、と女将は相槌を打ってきた。甚六のこともよく知っていて、又売りや譲り受けではあるが品

も数々持っていると言った。

「ほら、あれも」

女将が指差した部屋の片隅には青竹を編んだ飾り籠が置かれてあった。甚六はどうも、と頭を下げたが、それは咲代が籤《ひご》を何十本も使って仕上げた品だった。

そこまでは、甚六は明かさなかった。

「それで、咲代さんの縁談をまとめたいと。なるほどねえ」

「そのような世話をされることもあるのですか」

「ああ、あるよ、ある。甚六さんだけが考えるわけじゃないよ、娘を持つ親は誰も慎重になっては女のあたしのとこへよく相談に来る。ただね」

女将はあごを引き、上向きに睨むような視線を甚六へくれた。

「売られる女もたくさん連れてこられる」

髪結いの上客は町の御大尽ばかりではない。遊郭《ゆうかく》もそうで、あまり表は出歩かない遊女たちが、唯一こっそりと訪れるのが髪結い床であった。そんな遊郭とのつながりを頼って、髪結いの所にやってくる者もいたのだ。

「そういうつもりではないものね、甚六さんは」

「ええ、全く違う」

甚六は女将の迫力に圧倒されながらも、決して間違えのないように答えた。

「咲代さんなら、遊女になったたって相当なものにはなるだろうけども。まあ嫁ぎ先でも良いとこを探せると思う。任せてみるかい、あたしに」

「はあ。それは御願いしたい」

甚六は言いながら横目でもう一度、飾り籠を見た。至って気立ては良く、教えれば見事な才覚を示すあの子が、春を売る必要などあろうはずはない。見目が際立っているから、女将の言いようもわかるが、勝手な想像には嫌悪感を覚える。

「変な心配はしないでおくれよ。こちらも咲代さんにふさわしい、育ちの良い男だけを見立ててみるよ。しばし時間をおくれ」

「何卒よろしく」

甚六はへつらうように頭を下げた。想像していたより数倍は不気味な女だったが、悪いようにはされまい。用は済んだと、退出しようとすると、

「気になるのだけれど」

呟きにしてはよく通る声に、甚六は振り向いた。

「あんたら二人は正式な縁組はしていないのでしょう」

「縁組と申しますと」

「養子縁組」

「あ、していません」

それなら、と女将は脇息から肘を離して、甚六に向き直った。

「あんたが貰えば良いのでは、咲代さんを」

「はぁ」

咲代が竹のようにぐんぐんと成長したので、甚六とは見た目にもう親子でなくなってしまったらしい。甚六は、出がけに手を引いた時の感触を思い起こした。はなから大人びていた手の指に続く腕、さらに肩や背に至るまで今は成熟している。昔、裾をつまんでついてきたあの女子、手を引くだけで浮かび上がりそうなほど軽くて儚かったあの身体が女になってしまった。親のつもりで縁談を探しにきて、お前が貰ったらどうかと訊かれるようでは、自分はもはやあの子の親とはいえまい。

甚六が返事に窮するのを面白がるように女将は笑い、

「まあいいよ。探すから気にしないで」

そう言うと、手を振って追いやった。

戸襖を閉め、廊下を行く間も甚六は、最後の言葉ばかりが耳に残った。きついご冗談を、と笑って受け流すこともできたはずなのに、黙りこくっておどおどしたのは、甚六が今の咲代をただの拾い子と思っていないからに他ならない。

階下へ降りると下仕えの女に鉢合わせ、愛想の良い顔から、まだ済んでいませんよと伝えられた。

「見ていかれますか、咲代さんを」

女は快く勧めてくれたが、

「いや、外で待つと言伝《ことづて》しておくれ」

甚六はすぐさまに断った。場違いな所へ来てしまった。立ち込める女の匂いと、なまめかしい空気は、自分の知るどことも違う。

建物から出たところで、甚六は強張った肩を自分で揉んだ。後ろからは軒端の女たちの喋り声がいまだにする。振り返らずに道の向かいの川縁まで駆けた。

（まるで無理矢理につき合わされた気分だ）

縁石に腰掛けると、桜を眺めながら、咲代を待った。

秋と冬に忙しくなる竹職人は、春と夏には覇気を失う。冬の時季に多めに竹を取って干しておき、後で加工する方法もあり、甚六もそうしてあるのだが、夏前には尽きて手空きになる。専業の竹職人が少ない理由の一つだ。

邪念が募るのは暇のせいだろうか、と甚六は川面を流れる花弁を見ながら思った。いらぬところへいつまでも意識を向けてみても、先に大した光明はない。見送った花弁は流れに乗りきれず、ついには縁の石垣に引っついて止まった。

大人になってしまったものは仕方ない。だがいくら美しいからといって、拾い子を良家へ嫁がせようとする心はいかなものか。縁にあやかろうという狡猾《こうかつ》さも透けて、傍目に良くは映るまい。甚六は果たしてどうするのが正解なのか、迷いの渦の中にいた。

現れ、育ち、美しくなった。いつも、ただこの子に良かれと思って、目の前のことに対してきたが、こうして佇んでいると自信はなくなるばかりである。

川面に映る自分が風に揺られてぼやけた。そこへ、ぼうっと人影が現れた。甚六は波紋が鎮まる前に、ほのかな花の香りで誰とわかった。

「綺麗にしてもらえたね」

甚六は振り向く前に、もうそう言っていた。咲代は、影をたたえつつも華やかな表情でそこに立っていた。

「それが流行りの髷」

訊くと、小さく頷いた。髪床に入る前とは微妙に違う。東海道五十三次の宿の一つ、駿河の国は島田宿を発祥とした、その名も島田髷は町では長いこと流行している。甚六は詳しくはわからないが、同様の髷姿の女人よりも、美しさは格別だと感じた。

咲代は、紅が引かれた唇をやや突き出して、

「確かめてみたのですが」

そっと話し始めた。

「うん」

甚六は努めて平静を装い相槌を打った。

「ついこの間、来たばかりでした」

咲代はそう言ってまつ毛を伏した。髪結いに頻繁に通うのははしたないことなのか、遊女のように見られて恥ずべきことなのか、甚六にはわからない。

「そうかい。まあよしとしようよ」

「どうして誘ったのですか、急に」

ううん、と甚六は困った。だが秘密にしても仕方がない。

「少し歩こう」

道の先に立った。ゆっくりと進むと、咲代もうつむき加減でやや後ろをついてくる。やはり親子には映りそうにない。

「あの髪結い床の女将はこの辺りでは顔の利く女性でね。だから」

腰裾に触れるものがあった。見ると、咲代が後ろからつまんでいた。

「お前の縁談を頼んできた」

裾は離された。

「嫌かい。大人になったら誰だって嫁ぐものさ」

「したくありません」

「うん」

「嫁ぎたくありません」

甚六が歩を止めると、咲代も止まった。うつむいてこちらを見ようともしない。紅を引いた口をへの字に曲げている。そんな仕草は珍しかった。

ふむ、と甚六は息を吐いてから手招きし、また二人で歩いた。今度は真横に並んだ。

「無理矢理決めることでないから。俺にそんなことができる道理もないし」

甚六もふてくされた言い振りになってしまった。だが本当のことを言った。咲代はそれを察して、

「御心遣いは有難いことです」

などと言う。礼儀は自然と身についていて、甚六は親のように嬉しかった。

「まあ良いさ」

ふと辺りを見ると、店の軒先の客や主人らしき男、すれ違った男たちも皆、咲代を振り返っては見惚れている。成長に驚き、美貌に釘付けになる。身なりも整えたこの子の前では、男は誰もだらしなく口を開けて魅せられるままだ。

物事にほとんどの関心ないと見える咲代も、実は周りを気にすることもあって、今は男という生き物を少しずつ理解し始めているのかもしれない。背丈が筍くらいの頃からこの町で暮らす本人が一番、周りの目の変化に気付いているはずだ。

容姿に恵まれるということも良いばかりではない。容姿に惹かれるだけでなく、女人の心まで見据えた立派な男に出会わなくては不幸にもなる。

咲代はせっかくしてもらった化粧も、帰ってからすぐ、ごしごしと紙で拭き取ってしまった。

甚六は冬の冷える時期に取っておいた竹材を使って仕事をした。品を頼みに来る人も絶えず、暇な日常からは上手く逃げおおせた。つまらぬ想像も膨らまず、淡々とした仕事と、わずかな社交とで日々は回った。

冬以外に竹を取ることは望ましくないので、自然、青竹細工は休業となる。頼まれても青い品は作れない。今時季に使えるのは取って干しておいた竹材で、すっかり黄色くなったそれを火で炙って油抜きし、黄色を淡くする。白とは呼ぶのだが、加減によってはまだ黄色味を帯び、細工にして日差しに当たるとくすみが出た。春夏に売られる新鮮な竹細工は皆、白竹である。

甚六は縁談を頼んだ日以来、咲代を見る度に妙な気持ちになった。親として縁を勧めるがその実、自分が未婚というのは、どういう了見かと。咲代も納得した上でまだしたくないと言うのなら、自分が先に嫁を迎えるべきなのだが。

どの道、本人にはすぐに訊けず、甚六は機を待った。

髪結い床での相談から十日ほど経った。

「咲代。部屋へ入るよ」

甚六は礼儀正しく声をかけた後、戸襖をそっと開けた。咲代は畳に正座し、戸には背を向けている。覗き込むと、白竹の籤《ひご》を編んでいた。

ええ、と咲代は小さな声で言った。それは甚六にした返事でもあり、籤編み中ですよ、と断ったようにも聞こえた。

甚六は隣に座して、しばらくはその手付きを見つめた。作業は緩慢で、生業にするには物足りない動きだ。だがゆったりとした指の優美な運びが目を引いた。籤を新たに持ってきては、重ね置く。すでに六角形を描いて置かれたそこへ、一本ずつ足しては編み込み、また編み込み、籠の立体ができていく。

「御話が、あるのですか」

咲代は籤を持つ手を一時止めて、訊いた。離すとばらけるだろうそれを、細長い指はしっかりと掴んだ。

「この前の縁談のことなのだが。日も経たし、もう一度相談したいと思った」

甚六が話し出すと、咲代はまた手を動かし始めた。油抜きの済んだ白竹は、青竹に比べると硬く、細工に力を要する。作る籠が小さければそれだけしなりもきつく、編むのは難しくもなる。

「どう見てもお前は年頃であるし、縁を結ぶのは当然のことであって」

甚六は話しながら、籠に片手を添えた。動かぬようにしてやるだけで、いくらかは作業が楽になる。

「当然のこと…」

咲代は籠を固定してもらったことで、手作業に気を集中できるようになったのか、指の運びから硬さが抜けた。

「そうだ。俺みたいに見つけそびれて腑抜けるよりはお前、若くて綺麗なうちに良縁に落ち着かねば。先々も穏やかに暮らせるようにしないといけない」

俺の方が先に死ぬ、とは敢えて言葉にしない。

咲代は力強く丁寧に、籤を編んでいく。甚六はいよいよ形を成してきた籠に身を乗り出し、両手で支えた。

何年かともに暮らし慣れているとは思っても、これほど近付くと咲代の匂いは新鮮だ。同じ女でも、髪結い床の鼻につく刺激とは違い、ほのかな甘みがある花のような香り。確かめたことはないが、咲代の手がけた竹細工には、竹の地の匂いに、指や吐息から伝わった香りも混ざってはいるのだろう。

咲代は手を止めた。

「志」

「何」

甚六は咲代の手から籠を取り上げて、余って出た籤の先を内側へ編み込んで整えた。

無理をしたなと思いながら、その品を見回した。しなりの戻る力の強い白竹で作るには小さ過ぎる。だが竹を知る人からみればこの手籠は珍しい品にはなった。一般にその希少価値は伝わるものでない。

「志とは何」

甚六は手籠を咲代に差し出した。

「結婚をしても、先々が穏やかとは思えません」

咲代は手籠を受け取って眺めた。

「確かに。お前の考えることもわかるが」

話しながら甚六は、咲代がいったい何歳なのかと考えた。顔立ちは、幼くも大人びても見える。落ち着きは大人のもの。だが、心はまだ子供だろうか。

結婚をしても、と咲代はまた言い、

「男の方が浮気をしては、報われません。嫁いだ先を去るのも理由がどうあれ、気が引けます。ですから、志のある方ならば、間違いなく先々まで安心かと思います」

すらすらと喋った。甚六は夢中で聞いた。

「高い志を持った男であれば、嫁いでも良いと」

咲代は静かに頷いて、顔を甚六へ向けた。

自分で化粧した顔の方が、床で人にやってもらうよりも、ずっと綺麗だと甚六には見える。髷は変わらず艶を帯びている。

「また髪結いへ行って、調えてもらうかい」

何気なく訊くと、咲代は目をつむってかぶりを振った。それには甚六は、思わず鼻をふんっと鳴らして笑った。

進展ありと甚六は見た。浮気が怖いと咲代は言う。何を見知ってそう思ったかは闇の中だが、甚六はともかくも一筋、光明を見いだした。髪結い床の女将も良家の男で選ぶと約束はした。志ある者も中にはいるだろう。少なくとも甲斐性なしの竹職人などは交じっていまい。

時を同じくして、町に噂が流れた。それは「竹細工職人の甚六の養子があれよあれよの間に大人に変わり、嫁ぐ相手を探している」というものだった。髪結い床の女将の話が漏れたのだろう。

「その女、目を見張るほど美しい。日の下では月のごとく静かに佇み、月の下では日のごとく身体が光を放つ有り様である。声を発すること、表情を変えること珍しく、見られた者は出世し、裕福になるという」

このように言われた。甚六への皮肉めいた内容や嘘も多く交じっていた。

家には、咲代を一目見ようと多くの男がやってきた。敷地の周りにはいつも男がうろついて油断ならなかった。彼らも彼らで互いに足の引っ張り合い。覗こうと試みたり、強引に入り込もうとしたり。それを止める者もいた。そのうちに身内に連れ戻され姿を消した者がいるかと思うと、また別の男がのそりと現れてうろつくという具合だった。

中には、頼もうと玄関から来る大胆な者もいて、甚六はとりあえず顔を見て名を聞いて、その場は帰した。もしまた来たら、その時には一縷《いちる》の望みもなくなるぞと念を押した。色恋に目の眩む男というのは、気だけは前向きなものだ。来たら望みがなくなると言えば、わずかなりと可能性があるから待ちなさいという意味に聞こえるのか、男たちは行儀良く去った。二度と会うまいと思うのは甚六だけだった。

甚六はこのままでは危ないと思い、家の前に一人、浪人を雇って置いた。この時季、気候も穏やかで昼夜を問わず人は外にいられたから、本当に油断ならなかった。浪人が木刀で何者かを叩く音や悲鳴が、甚六の仕事中にもよく聞こえた。

咲代はいよいよ外出すら危うくなったので、髪結いも部屋へと呼ぶしかなくなった。用がなければ幾日でも家で過ごす質なので、本人はそれを苦とするようには見えなかった。

うろつく男たちも相変わらず減らず、木刀打ちと悲鳴の止まぬある日、甚六の元を髪結いの下仕えの女が訪ねてきた。

「女将は足が最近悪いので、文《ふみ》を預かってきました」

女はそう言うと玄関先で懐から紙を出し、読み上げようとまでしたので、甚六は制して奥へと促した。表に立つ浪人には、

「ちと秘密の話をするから、周囲の奴らを追い払っておいてくれ」

そう言って銭を持たせた。浪人は鼻の穴を広げながら受け取ると、木刀を腰帯より抜

き、敷地の周囲を巡り始めた。

奥の間へ咲代も呼び、甚六と並んで座り、使いの女と向き合った。

「ええ、では読みます」

女は正座した膝に紙をはらりと広げて、読み始めた。

「この度、甚六様は養女、咲代の縁談につきまして、ええと」

たどたどしく読み上げた内容は要するに、縁談の候補がそれらしく揃ったという報告だった。その候補には、何々家の子息、辺りを取り仕切る地主の子息、はたまた武家の子息など、甚六もよく聞く名が連なった。後日、その者たちがこぞって訪ねてくるともいう。

甚六は無意識に構えてしまい、口元も強張り、喉が渇いた。なぜか咲代が立ち上がり、

「御茶を淹れます」

言って、出た。

用は済んだと見え、女は正座をもじもじとさせた。読み終わった文は甚六の近くへ置かれた。拾って文面を確かめると、いつかの印象の通り力強い字が躍っている。

「そうか」

甚六も初めての手前、言うべき言葉もわからず、うんうんと唸って格好をつけた。

「良さそうな縁を、選んでもらえて有難い」

女も黙ったまま、こくりとした。外から男の痛がる叫び声が聞こえ、小さな肩をすくめた。

文の冒頭に、話が漏れて大変になってしまったことを詫びる旨があった。末尾にも重ねて、同じことに触れて詫びていた。

こっそりと進められていたら平穏だったかもしれないが、なってしまったことは仕方がない。それに甚六は、誰かをと選んで決められるほどの人脈もなく、まして自分も独り身である。

また、木刀が叩きつけられる音と男の悲鳴がした。同時に咲代が茶盆を用意して戻った。動きにどこか急かされるような粗さが見えた。

茶をすすりながら三人、黙って過ごした。外から時折騒ぐ声がする。原因がどちらにあったにしろ、今のこの家に人を上げるのは得策ではない。

「さて」

という甚六の声に急き立てられるように女も立ち上がると、家をそそくさと後にした。

肩をすくめたまま小走りで行く後ろ姿は、気の毒としか言いようがない。

茶盆を片付けようと甚六が手に持つと、

「甚六様」

咲代に呼ばれた。うん、と甚六は返事をしつつ出た。咲代もついて出た。

「私のせいで御免なさい」

「いや、俺が全て悪い」

洗います、私が、と咲代に茶盆を取られたので、甚六はその足で表の様子を見に庭へ下りた。

庭に飾り気はなく、踏みならされた道と変わりない。所々に砂利が散っている。広さもなく、離れと家屋をつなぐちょっとした隙間程度のものであった。隅には元々から銀杏《いちょう》が植えてあり、枯れ葉の落ちる秋には退屈凌ぎに手製の竹箒を泳がせた。

草履で砂利を擦る音をさせると、反応して離れの裏から男が飛び出して、何も言わず振り返りもせず走り去った。

（情けない）

甚六は、同じ男として彼らの愚行を恥じた。

養女の先々明るい話の一方で、独身の養父のような男の縁談もまた取り沙汰され始めている。すっかり遠のいていたのだが、仕事が上向いてきた頃から、妹がまた持ちかけてくるようになった。広い世間には晩婚もいるし、出戻りも二度目も三度目という女もいる。そんな中、恵まれないながらもそれなりに名を上げつつある竹細工職人ならば嫁も探せるだろうといわれた。だが甚六は、自分から話を断っていた。今は時期でないという、理由にもならない言葉しか出なかったので、妹にはすぐに心中を察し取られて同情された。

「咲代さんのこと、連れ子みたいに思わなくても良いのに」

その頃には確かに連れ子みたいに思えていたが、今はもう違うのだ。自分などは仮に死ぬまで独りでも良いと思われて、心配は咲代の将来のことしかない。美しいからいずれまとまろうと楽観していたが、男という生き物の情けない面ばかり目にするようになって、甚六は心中複雑だった。

部屋へ戻ろうとして踵を返すと、

「いたのか」

咲代が土間の戸口に立ち、こちらを見ていた。甚六は砂利を踏みながら近寄った。

「心配はいらん。志のある者。必ず見つけてみせるさ」

誓うように言うと、咲代は目を伏せ、すぐにまた甚六をまっすぐに見つめた。

女将の文面にあった約束通り、後日、男たちが訪ねてきた。人数は合わせて五人。それぞれが皆、一見して育ちの良い精悍な若者だった。

甚六は彼らを奥の間へ促しつつ、表に置いた浪人へ、

「今日も秘密がある。よろしく頼むよ」

と言って駄賃を渡した。当て字にするなら、さしずめは打賃だろう。浪人はそれを受け取って木刀を手に見回り始めた。間もなく、どこからか絶叫と打音がした。

奥の間へ男衆を並べた後、甚六は咲代を呼びに行った。部屋の前で、

「今、大丈夫かい」

声をかけ、襖を開いた。過ごす時間の増えた部屋には甘い香りが充満し、咲代は相変わらず清楚に、そこにいた。

「外で見られる輩と違い、志のありそうな若者たちが来た。お前の気も乗るかもしれないよ」

急かすよりはと、甚六は隣に腰を落として、ゆっくりと告げた。咲代はまつ毛を羽ばた

かせて、そっぽを向いた。その仕草が甚六には、悲しげにも照れているふうにも見えた。

「会います」

そう言って差し出した手のひらを、甚六は引き揚げるように取って立たせると、咲代を連れて廊下を戻った。

「このことが済んだならば」

咲代が背へ声をかけてきた。

「うん」

甚六は止まって次の言葉を待ったが、振り向くと咲代は口を結んだまま、続けない。

「何となくわかるよ。皆まで言うな」

情けないというよりも恥ずかしくなって、つないだ手を小さく振った。

奥の間へ着くとまず、咲代を通す前に、甚六が戸襖から覗いた。男たちはそれぞれに対決するように、じっと正座で耐えていた。

「君ら」

甚六が呼ぶと、五人は姿勢をさらに正した。着物の裾と畳の擦れる音が、ずるずるとけたたましく鳴った。

「この度の御足労に感謝したい。だがうちの子を見た折に、外をうろつく馬鹿者のように声を上げるとか、目を爛々《らんらん》とさせるだけなら、すぐにお帰り願う」

五人は表情もさらに正して、一斉に甚六へ頷いてみせた。

（上手く運んだら、俺がここにいる誰かの義父のような立場になるのか）

甚六は、咲代を部屋へ引き入れた。まるで一世一代の傑作を披露するような場にも思え、気を引き締め、覚悟を決めた。

咲代の姿を見ても、五人は声も発さず、努めて冷静を装っている。しかし、皆瞬きも忘れて一人の女を見つめている。すっかり虜となっていることは隠しようもない。

甚六が出逢った時、咲代はまだ子供だった。美しくなるとの予感はあったが、所詮は子供。色香を感じるという次元にはなかった。だから今まで、平静を保って暮らせた。尋常ではない成長ぶりを指摘されてからも、自分にとって咲代はゆっくりと大人びてきたようにしか見えない。声を上げるほど感心したり、目を見張って動けなくなったりとすることはない。甚六に最初に芽生えた親心がそうさせるのだろう。

甚六は咲代を隣に座らせ、五人に向き合った。五人の目は甚六の隣に集中している。

「ええと」

甚六が声を発すると、五人は我に返って真正面を見た。

「今度、うちの咲代を嫁がせようと思い、髪結いの女将に婿探しを頼んだ。そうして君らが集まった。文を貰ってはいるが、改めて一人ずつ、まず名乗ってはくれないか」

小さく何度も頷く者がいれば、深く一回頷く者も。並んだ順に一人ずつ名乗り、家柄と歳なども述べた。五人のうち二人は地主の息子、あと二人は武家の息子、残る一人は商家の元締めの息子だった。五人ともに長男で、跡取りとなる身分であることも明かした。全員、端整で甲乙つけ難い美男子だった。

よくもまあ、と甚六は感心した。これほどの前途有望で見目も良い男を五人も集めたものである。こうなるともう、甚六の目には全員が同等に見えてきて、選ぶことなど至難に思えてしまう。

「ふむ。皆立派で安心はした。するともう」

と言って、隣を見た。

咲代は目を閉じたまま、まるで興味のなさそうにしていた。甚六にはそれが礼を欠くように見えた。五人はそれぞれ悔しそうに項垂れたり、唇を噛んだり、拳に力を込めたりして、じっと耐えている。自分の家柄や魅力の不足を思っているのか。だが、いずれも見当外れな自責でしかなかった。

「咲代」

甚六が優しく声をかけると、咲代はまぶたをゆっくりと開き、五人を見回した。視線を受けた五人の表情はぱっと明るくなり、口元に笑みさえ浮かんだ。

「今、この方々を知って、語りたい思いはあるかい」

咲代は尋ねられ、甚六の方を向いた。甚六に気持ちの高ぶりはない。静かにこの場に臨んでいる自分をどこか誇らしく思えた。五人の眼差しは釘付けのままだ。

「志を」

咲代は甚六にだけ聞こえるくらいのか細い声で言った。すっ、と五人ともに正座を滑らせ、大胆な者は半歩分ほども咲代に近付いた。甚六は彼らを押し返すように、手のひらを前へかざした。

「わかった。ええと」

甚六は、五人それぞれに厳しい目を向けた。

「咲代は、家禄や家柄、商売などに興味を示していない。計りたいのは、志、この一点のみである」

にわかに呑み込めないのか、五人はぽかんとしている。甚六も以前にそうなったのだから無理もない。

「志とは…」

言ったそばから甚六は口ごもってしまった。志とは何か、自分の心に急いで問いかけてみると、竹細工のことが思い浮かんだ。いつだったか自分が、幼い咲代の着物の裾から覗く肌にしばし目を離せなくなった場面をも思い出した。

「不埒《ふらち》でなく、直向きであり、浮気をしないこと。わかるな」

甚六は自分に質すように、五人へ訊いた。五人とも頷いて肯定した。外からはいつにも増して大きな悲鳴と、木刀の叩きつけられる音が聞こえてくる。珍しく、浪人の怒号も交じっている。

「もし守れないなら、命でも代えられん。それが守れるなら、咲代を嫁がせるに相応しいといえよう」

一人が、あの、と発言した。

「何だい」

「志、わかりました。が、すると我らの優劣はどこに」

ふむ、と甚六は考えてしまった。助けを求めるように隣へ顔を向けると、

「志の優劣」

咲代は目を閉じたまま言った。

「この者らは、お前が良いといえばすぐにでも快諾する気でいる」

甚六の言葉に、五人は皆、首を縦に振って同意した。

「お前が思う、志の優劣とやらを説明してやれ」

はい、と咲代は従うと、まっすぐ透き通るような声で説明を始めた。甚六は咲代の吐息に混ざる芳香にすぐに気付いた。説明を聞く五人はすでに皆、夢見心地。腑抜けた顔をだらしなく、さらしている。

「伊豆半島のある山に、あられ石と呼ばれる石があります。

あられ石には様々な形状があり、霜柱のように細く連なる形や、珊瑚のように太く寄り固まる形もあり、栗の毬《いが》のように尖る物もあります。

そのあられ石の大きな結晶を、採っていただきとう御座います。希少、幻ともいわれるゆえ、山にあらず、海岸にある、川にあるともいわれるそうです。志のより高い人でなければ、とても見つけられないでしょう。その石を無事に採ってこられた方へ嫁ぐ決意が御

座います」


咲代は話し終えると、両手をずっと広げて、

「これほどに大きな物と聞きます」

と、つけ加えた。その幅は三尺を超えていそうだった。

五人は唖然《あぜん》とし、説明の終わったことにも気付かぬ様子だった。甚六が咳払いをすると
それを合図に皆、夢から覚めた。

「ええ、言った通りである。咲代のいう志の優劣とは、幻ともいえる石を採ってこられるか否か。天をも味方につければきっと適うであろう」

甚六は咲代を見た。咲代はゆっくりと頷いた。

「これは良い考えと俺も思う。呑気にやっていたら先を越される。浮気者には到底成し遂げられんことだ。もし二つ、その幻のあられ石があったとしても、先着した者が勝つ。その時こそは」

良家の美男子五人それぞれの目を見つめながら、甚六は約束した。

「咲代を嫁がせる」

夜。食事を終えた甚六は、縁側でぼんやりと佇んでいた。風は温く控え目にそよぐ。春らしく空は霞み、月と星々も姿を潜めた。

庭を眺めると、揚々と葉をつける銀杏の木が目に映った。月明かりも風も頼りない中、じっと一本、朝の日を待っている。

さらに遠くの道を見遣ると、向かいの商家が、甚六の家の様子を気遣って置いた辻行灯《つじあんどん》の光の内に、見張りの浪人の影が伸びていた。

浪人のこれまでの働きには甚六も感謝している。夕刻、近いうちに役割も終わろうと告げると、本人はその後、竹細工を学びたいと言い出した。甚六は、今回の件が落ち着いたらば、諸々手ほどきしてやろうと約束をした。

甚六はすでに、表の口に立て札を置き、今度の婿探しの件は間もなく落ち着く旨を書き記してある。周りをうろつこうが、強引に訪ねてこようが、もはや無駄足とわかる。後はやぶれかぶれに浪人と喧嘩をするのが落ち。ごろつきどもにはやりようはなくなって、一夜目にしてもう静かになっている。

ことことと音をさせつつ、咲代が縁側に出てきた。手には木桶を抱え、中に水を張った茶碗が一口。その脇に房楊枝《ふさようじ》が転がっていた。咲代はどうぞ、とささやく声で言って甚六の隣に腰掛け、庭へ目を向けた。

「いささか落ち着いたようだ」

甚六は房楊枝を手に取り、歯を擦り始めた。

「それは結構なこと」

興味のない素振りはするがやはり女である。物騒な様子が静まって安心したらしく、ふう、と長い息を吐いた。

「あの浪人がね、竹細工を学びたいと言い出した。どの程度本気かわからないが、近いうちに教えてやろうと思う」

「それも結構なことで」

「その頃には、手伝いも雇おうかとは思う」

甚六は房楊枝を噛みながら、思いを明かした。

この家での生活は一人では手に余る。雑用も何も追いつかずに、竹細工もやり難くなってしまう。人を雇って手を空けなくては暮らしが成り立たない。

「それもまた、結構なことで」

「咲代よ」

呼んでから甚六は、噛んでいた房楊枝を桶に捨て、茶碗の水を口へ含むとうがいをした。終えた後、咲代へは向かず、霞んだ夜空を見上げると、

「あの場で言った、あられ石という物。本当にあるのだろうな」

内心びくびくしながらも、やはりここは親代わりとして質さねばならない。咲代も遠くの空を見ながら、

「実在します」

と、答えた。

「それに、きっとあのどなたかが、持ってこられると思います」

む、と甚六は眉間に皺を寄せた。

「そうか。お前に嫁ぐ意思もあるとわかって嬉しい」

「甚六様」

「何だ」

「雇うのは女中でしょうか」

甚六は返答に窮した。咲代の口からそんな言葉が出ると、妙に構えてしまう。無意識に真意を考えてしまうのだ。

甚六が気の利いた答えを探す間に、咲代は続けた。

「私がもし、嫁いでも妻として物足りなく、出戻るようなことがありましたら、その時は甚六様」

「待て、言うな」

甚六はその先を制した。自然と語気は強まり、命令調になった。

咲代はずっと甚六にあれこれと気を配ってくれている。掃除にもまめで、白竹のような腕で床を拭く時もある。料理にも幾許《いくばく》か心得があり、御裾分けで魚など貰えば、土間でぱたぱたと上手に焼いた。決して不味くなどない。

きっとどこに嫁いでも、落ち着いてはくれるだろう。竹編みまで器用にこなすほどなのだから。

それに、と甚六は思う。

「お前のような女を妻として迎え、誰が文句を言う。お前は黙って寝起きするだけでも絵になる」

「それは、褒め言葉」

「当然だ」

咲代の表情は晴れることなく、ただ朧月《おぼろづき》を見上げている。

「心配なら明日からでも、どこかへ通って修業をするか。妹に師匠を頼んでみようか」

甚六は、咲代と面識のある妹を薦めた。妹は立派に妻と母親をこなしている。

「それも気恥ずかしいか。では適当な誰かに家に来てもらおう」

何も言わぬ咲代へ、甚六は一人で会話に区切りをつけた。二人の間に置かれた桶を掴むと、立ち上がって廊下を戻った。と、咲代がすっと追い越してきて、桶を取り返そうとした。

「俺がやる。お前は」

女中などでないと言いそうになり、慌てて言葉を呑んだ拍子にしゃっくりが出た。甚六は片手を口元へ添えながら逃げた。土間まで下りても、咲代はまだ気まずそうに後ろをついてきた。

「気に病むな、些細なことを。それよりもお前」

甚六は使った房楊枝は捨て、茶碗を濯ぐ勢いで問いかけた。

「今年で、いくつになったのだい」

咲代は土間には下りてこず、甚六を見下ろして、

「いくつに見えましょうか」

訊き返した。甚六は鼻息を噴き出して、しゃっくりをぶり返した。

「面白い言い返し方ができるのだな。後世まで伝わりそうな、粋な台詞だ」

何がですか、と咲代は恥ずかしそうに顔を伏せた。


「伊豆にどうやらあられ石という物があって、その巨大な石を持ってこられたら甚六さんの娘を娶ることができるらしい」

元々選出された五人への課題が、やはりどこかから漏れて、無数の男たちが伊豆へ向かったという。行方知れずになった男たちの家族や知り合いにいきさつを聞くと、たいていは、伊豆へ向かったらしかった。呆れたことに、町からかなりの数の男が姿を消していたのだった。

甚六はそもそも、あの五人以外が仮に巨大なあられ石を持ち帰ったとしても、咲代を嫁にやる気はなかった。五人が選ばれた後に出された課題なのでそれは当然で、どれほどの良家の者だったとしても、その道理は曲げられない。

一方で、甚六たちの暮らしは平穏になった。一人か二人、ごくたまに現れることもあったが、以前に比べればずいぶんましである。浪人も刺激が足りぬ様子で退屈そうに過ごし、不心得な者を一人でも見つけると、枯れた大地で狼《おおかみ》が獲物を狙うがごとくいつまでも追いかけ回した。

甚六は決めた通り、咲代へ煮炊きやその他諸々の仕事を教える人を頼んだ。それは近所に暮らす、子育てなどが落ち着いて暇のある女たち。同性でも美人へ興味が湧くものなのか、出入りはひっきりなしで喜んで何人もが教えに来た。あまり数が多いと咲代が身構えないかと案じたが、咲代は自然に触れ合っていた。

出入りする女たちから、白竹細工を注文されることも多くなり、甚六はにわかに忙しくなった。咲代が品によっては甚六よりもずっと腕が立つことは、皆には秘密にしておいた。嫁入りに竹の技は必要ではない、あくまで趣味だと考えていたのだ。

幾許かの月日が流れて、初夏になった。道沿いの桜は散って、どこもすっかり新緑へと変わった。

その日、伊豆の方から引き返してきたという人がやってきて、甚六へ言伝をした。それによると、山ですでに一人があられ石を採り、今は帰路の途中。他に採った者がいたという話はなく、すでに多くの男が諦めて密かに富士まで戻っているか、伊豆からどこかへと去ったらしい。石を採った男は何者か尋ねたが、不明だという。

甚六はその人物が去った後にすぐさま、咲代へも知らせることにした。咲代はその時、手習いの合間の休憩だった。縁側では誰の家かわからぬほどに、女たちが図々しく顔を並べては茶をすすり、喋り声を庭に響かせていた。咲代は慎ましく静かに座っていた。

「先生方。咲代を少し借りますよ」

甚六は咲代の肩をぽんと叩き、手招きして奥の間へ向かった。廊下をついてくる咲代の足音と気配をかき消すばかりに、女たちのお喋りは続いている。

甚六は咲代を部屋へ引き入れ、戸襖をぴたりと閉めると、立ったまま言った。

「石を持ち帰る者がいるらしい。今しがた、言伝があった」

咲代は表情を変えずにただ、そうですか、とだけ応えた。

「上手くは行ったようだ。それだけ教えたかった」

咲代はまた同じ言葉を繰り返した。その顔を甚六は下から覗き込んだ。

「嬉しくないのか。不安だろうが、女なら誰もが通る道だ。うちの妹だって、そこの縁側の人らだって皆、そうした不安を越えて今、笑って過ごしている。笑顔の陰には涙ありという。そもそも泣くほどの不幸などないのだが」

咲代はどこから見ても並外れていた。だからといって、甚六は特別扱いしたくなかった。その美貌に磨きをかければ、江戸か京にでも連れていって、一介の竹職人などが足を踏み入れることのできない所へ嫁がせることもできたろう。だがそうしなかったのは、本人にその気を感じなかったこと以上に、甚六の心に理由があった。

「かしこまりました」

咲代は小さな声で言った。

「嫌なら断ることもできる」

甚六が言うと、咲代はここで初めて目を合わせた。瞳はわずかに潤みを帯びている。甚六の瞳に同じだったかもしれない。

「世には当人同士が望まないまま夫婦になることはあるが」

それが世の習いだとしても、甚六は素直に頷けない。甚六は自分が大した男ではないという自覚があった。どれほど竹細工を評価されても、出世して裕福になろうとも、その自覚は揺らぐことはない。

「俺のように自由を選ぶこともあり、か」

甚六は迷いを隠さず、正直に話した。が、咲代は静かに首を振った。

「あなたも人の親となる日が来る」

「何っ」

甚六は驚いて訊き返した。咲代も自身の言葉に動揺したようだった。すぐにいつもの表情に戻り、

「私も御話した手前、志を貫きとう御座います」

甚六は頷き返し、子供だと思っていた咲代の凛とした一言を噛みしめた。


何日か後、言伝の通りに一人の男が甚六の家へやってきた。男は荷車を引き、そこには大振りの布などが数枚、覆い被せてあった。無論、何を覆っているかは誰もが容易に想像できた。

男は着くなり、庭へ回った。そこへどすんと荷車を止めると、縁側で迎えた甚六に向かって、地面へひざまずいて籠った声で口上を述べた。甚六がまあまあとなだめると、男は顔を上げた。

顔は包帯で半分隠れていた。片目と鼻と口に至るまでだった。籠った声は怪我のせいかと甚六は覚った。その顔、正確には髷の具合と目の形には覚えがあった。

「確か、お前は」

甚六は記憶を呼び戻しつつ、男へ言った。男はあの時並んだ五人のうちの一人、地主の家の生まれだ。端整な相好に印象が残っている。

「御覧の通りであります。伊豆のはるか奥地の山より、このあられ石を見つけて参りました」

うむ、と甚六は厳粛さを演じようとはしたが、驚きの方が先を行った。荷車に乗せられた石、今は布に覆われて隙間から輝石の表面を覗かせるその大きさにまず、目を見張った。

「このような物を」

咲代は持ってこいと命じたのか、と信じ難く思った。もし知っていたなら止めていたろう。若い男子とはいえ、単身で山から掘り出せる代物ではない。その方面には疎い甚六でも容易に想像できた。

はっ、と男は気合いの入った返事をした。よく見ると指のほとんどにも包帯を巻いている。痛々しいばかりの苦労が知れた。

その石を家へ持ち込むこと難儀極まりなく、とりあえずは竹工房へ荷車ごと入れることにした。甚六は男を奥の間へ通し、咲代も呼んだ。五人の男を二人で迎えた場に、幾月後の今、事を成し遂げた一人の男と二人がまた対峙している。今度は正式な挨拶の場となろうか。

月日をかけて男らは大変だったろうが、甚六にとっては有難かった。なぜなら、咲代はすっかりと女らしい器量を身につけ、周囲の人々からも申し分なしと認められていたからである。機は熟した、まさにそう言えた。

「君が来る少し前、噂で聞いた。見つけ出した者がいると。ただあの五人のうちかはわからぬとのことで、心配していたのだ」

男は咲代へ向けていた片目を、まっすぐに甚六へ戻した。

「伊豆の方には、我らの他にも数十人、いえ、百人は超えようという男らが集まっていました。その皆が、あられ石の巨大な結晶を探して山を採掘し、地形まで変わってしまったとまで、噂されました」

「何ということ」

「我ら五人は近い場所にいました。ですがそのうちに一人また一人と脱落し、去ったと思われます。私もここを最後と決めて山肌を掘りましたならば、遂にあの石を見つけることができたのです」

男は思い起こして感極まったか、見えている片目から涙をこぼした。

「怪我はその時に」

甚六は恐る恐る問うた。

「はい。掘る最中に、石などがぶつかります」

男の着物は、多分新調した真新しい物だが、顔、手の指に至っては一目見ればひどい状態であること、よくわかる。その内に隠した身体もずいぶんと傷んでいるのだろうと、甚六は案じた。

隣をちらと見ると、咲代は飄々《ひょうひょう》としている。男は話が途切れる度にちらりちらりと咲代へ視線を送るが、応える素振りは全く見せない。甚六はその態度も案じて、

「君。とても済まないと俺は思う。知っての通り、この子を娶ろうとする男があまりに多過ぎて、このような難題を押しつけねばならなかったのだ」

はい、と男は応えた。

「承知しています」

どこまでも遜《へりくだ》るこの若者が、甚六は気の毒に思える一方、感動もした。自分がこの若

者と同年だとして、いくら美しいとはいっても一人の女にこれほどこだわることができるだろうか。全身を傷めた挙句に素っ気なくされても、片目で熱い視線を送り続けられるだろうか。

（この者の志、並々ならぬ）

咲代は以前、五人と対座した時と同様、長い瞬きを繰り返した。眠気に耐えているようにも見える。それは緊張なのか、思案している証しなのか。

もし咲代がここで、さらに難しい課題を彼に提示しても、彼は即座に受けるだろう。もう試さずとも志はわかる、と甚六は思った。

「結婚の話、これより進めよう。君は志を見事に示した」

甚六は厳然《げんぜん》と言い放った。

「咲代も良いか」

問うと、咲代は目をぱちりと開けて、男を見つめた。その時間がまた長い。男の方が耐えられなくなって目を逸らした。

「良う御座います」

男の片目から涙があふれ出した。甚六も貰い泣きしそうになり、覚られぬようぐっと堪えた。娘の嫁入りを決める父の気持ちというのはこれかと、感じた。

男の傷の程度は見た目以上にひどく、一度は自家に戻り、医者に診てもらった後に再訪すると言った。甚六は彼のために駕籠《かご》を呼び、賃料まで渡した。

駕籠を見送った後、甚六は離れに行き、部屋を確かめた。特に不足はない。咲代や他の女たちが出入りしていたので、すでに部屋として整っていた。離れの中、居間となるここを甚六は、咲代へ明け渡そうと決めていた。

明朝には、相手方の家を訪ねようとも決めた。場所は何となくわかる。先々の相談もあるだろうが、彼が長子《ちょうし》である以上、咲代が向こうへ嫁ぐ以外の形はまずあり得ない。離れを使うにしても今日限りか、長くても数日というところか。

甚六は咲代を呼び、その旨を粗方、説明した。咲代は静かに訊き、甚六について離れへ入った。細めた目で内部を退屈そうに眺め回すところへ、

「前の家と少し似ているだろう」

甚六がそう言うと、咲代の目が懐かしむように丸く変わり、

「似ております」

と言った。口の端も、ほんのわずかだけ上がった。

離れに咲代を残したまま、甚六は戻って縁側へ腰掛けた。夜空でも眺めようとしたのだが落ち着かず、作業場へ移った。そこには彼の持ち帰ったあられ石の結晶を乗せた荷車が止められている。改めて見ても、顔をしかめさせられる。その心は驚嘆であり、嫌悪のようでもあった。

甚六は火鉢に炭をやった後、意味もなく竹を加工し始めた。短い竹の稈を鉈で縦に何度か割り、棒状の竹材を作った。

思えば毎日、一人黙々と竹を採り、加工をした。丸一日、誰とも言葉を交わさぬ日も多かった。朝の早いうちに竹林へ出て、昼頃こそこそと帰っては以後、家から出ることはない。備えてある物を食い、夜になれば寝る。朝を迎えて同じように過ごす。達観するならば、それこそ人が生きることとも取れるが、物寂しい思いも残る。

甚六は自問した。戻った家に忽然《こつぜん》と咲代が座っていた時。咲代が妹の家にいられず、自分とともに暮らすと決まった時……。

（お前は嬉しかったのか）

火鉢で竹材を炙り、白く変わった表面をぼろで拭き取っては、具合を見てまた火に炙る。料理人が鰻など魚の炙り加減を見定めるのも似ている。魚に比べて、香りは微々たる手がかりに過ぎないが、色を見る目は同様に大切なのだ。

（きっと、俺は嬉しかった）

甚六はそう思った。真に望んで孤独にいるなら、町中に家を構える必要すらない。竹林の脇に小屋でも建てて、そこで一生、竹と向き合っていればよかった。だが、甚六は先代の家に一人残って暮らし、生き残りの息子として町の竹職人を続けた。咲代が先日ふと漏らした、あなたも人の親になるとかいう言葉、あれは元より自分自身が思い描いていたのだ。

白竹が具合良く色付いたので、甚六は傍へ置いた。別にこれで何かを作ろうという気はなかった。現在でも嗜好品を一切やらぬ甚六にとって、ただ炙ってみるそれは煙草を燻《くゆ》らせる行為に近いかもしれない。

今日より先、今度は自分が誰かをここへ迎えるだろう。誰かと問うて浮かぶ顔は一つもないが、咲代の嫁入りのためと女たちが集まってはあれこれと教示したように、自分にも必ず人の力と心が入り、きっと縁をまとめようとされる。順は逆になってしまったけれども。

かけ声のような調子が微かに聞こえ、甚六は勝手口から顔を覗かせて庭先を見た。道には駕籠が止まっていた。担ぎ手の二人が乗っていた男を気遣う様子が、影の様子で見て取れた。

甚六は屋内へ戻った。腰掛けに座り、腕を組み、目を閉じた。庭の砂利を踏む、男の足音がする。おそらくは離れに向かってかける挨拶が、確かに聞こえた。

きっとこれで良かった、甚六はそう強く思った。念じるというに近いほど思った。

もう一本、甚六は竹材を炙った。手際良く作業したはずだが、出来上がった白は汚れの浮きも目立ち、色もくすんでだらしなくなった。十年、それ以上やっている人間の仕事とは到底思えない。

甚六はいよいよ落ち着かなくなり、部屋をうろうろと歩き始めた。縁側にわざと出て通り過ぎてもみた。離れの戸口や窓障子は、中の灯りでぼんやりと橙色に染まっていた。

土間に出ると、最近まで賑やかに通ってきた女たちの気配、それに従う素直な若い女の気配の名残が感じ取れた。

咲代のいつもいた居間の襖を開けると、まず懐かしい匂いが鼻をくすぐった。そこで初めて甚六は、どうして男が姿を見ることも叶わぬ女のために周囲に潜んだのかわかった。

この香りは吹き抜ける風に乗って町へ流れ出ていたのだ。

居間の風景は、女子と大人の女がここで同居しているような趣《おもむき》がある。字を書き連ねた半紙の束や、売らずにおいた手製の編み籠などある一方で、鏡台や箪笥には女の日々嗜む事跡《じせき》がある。この部屋で、咲代は大人になった。

甚六は、奥の間へも入ってみた。ここはつい先刻に座して、覚悟を決めた場所だ。志を見せようとまではしたが半ばで折れた良家の若者らも、いつか並んでいた。

縁側をまた横切って、甚六は作業場へ戻った。横目に見る景色にやはり変わりはなかった。内部のことは想像すまい、何があろうと。

戻るとまた腰掛けた。何をする気もせずにぼうっと見回し、あられ石のところで目が止まった。なぜか今は興味が湧く。甚六は立ち上がってその石の前まで行った。まずは腕を組み、隙間だけ覗いたが、気になって被せてある布を退かした。

甚六は、あられ石を知らない。こういうものかと思いつつ、まじまじと眺めた。その石は巨大であるが、隙間から透明らしい表面を覗かせる時はいかにも凄そうに感じさせた割に、全体は不細工だった。形は丸く整った風だが、表面は透明とはほど遠く、半透明とすら呼べない。白とも違う淡い赤味を帯びていた。甚六にはそれが、血でも染み込んだように見えた。咲代は別に、高価な物を求めたわけではないから、姿形を疑うべきではないのだが。

甚六は怖々《こわごわ》、表面に触れた。確かに石、大きさからして岩であるから、当然に硬い。拳を握って、こつこつと当ててみた。戸を叩くような音で変哲はなかった。だが叩いた拳、指の節を確かめると、湿っている。よく見ると先ほど触れた指先も少し湿り気を帯びていた。

この岩は濡れている、あるいは。甚六は手についた湿り気に鼻を近付けた。特に匂いはない。妙な予感が先走って唇へゆっくりと当てた。その唇を舐めると、

（塩か）

甚六はすぐに思い当たった。もう一度、岩へ手をぬるりと当て、大胆に舐めた。間違いなく塩辛い。

（あられ石は塩なのか）

勝手口へ行き、庭へ顔を出した。離れの灯りは点いている。

疑いの心が募り、いよいよ甚六は歩いて、離れへ向かった。庭の砂利を踏む一歩ごと胸が強く波打った。

「すまんが」

戸の前に着くと、声をかけた。ざわざわと、風が吹いて枝葉の揺れる音がした。

「咲代や。いるかい」

返事はない。思えば当然だが、甚六は納得できず、また声をかけた。

「咲代や」

やはり返事はなかった。いやまあ仕方ないと自分だけを納得させ、甚六は戸に手をかけ、わずかに開けた。隙間の奥に、よく見慣れた部屋と似た風景の一片が覗けた。

「いるのかい」

今度は隔てるものなく、中へ確かに声をかけた。これで返事がないのはやはりおかしい。甚六は戸を全て開けた。


広がる光景を目の当たりにし、甚六は頭の中が瞬時に沸騰したように熱くなった。

そして咲代の名を叫びながら、敷かれた寝床へ駆けつけていた。

咲代は天井へ目を向けたまま、動かない。着物ははだけ、羽織一枚だけに頼りなく両袖が通してあり、その手もだらりと両側へ広がっている。脚も全てあらわにされ、捨て置かれた人形のごとくそこにあった。この場所、他には誰の姿もない。

甚六はその身体を揺すぶりながら、名を呼びかけた。目がふと動き、こちらを捉えた。生きているとわかり、途端に甚六の目からは涙があふれた。まず、命は無事だった。次に大事なのは何か。

慌てふためきながらも甚六は、咲代の肌に傷などないか見回した。顔から首元、胸から腹と見た。その全てが透き通るほどに白い。もう甚六の知っていた子供の身体ではない。続いて腰から足までを見た後、下腹部へ目が無意識に行って、また涙がじわりとにじんできた。

着物を両肩にかけさせて前を閉じると、その半身を持ち上げて抱き締めた。甚六は言葉にもならぬ呻《うめ》き声が口から漏れて止まらない。背中に細い指の手がそっと触れ、それが慰めるように、優しくさすってきた。甚六は立ちながらにして泣き喚き、咲代は倒れながらにして慰めた。

すまない、すまない、と何度も謝った。咲代は何か耳元へささやいたが、聞き取る余裕が甚六にはなかった。

思えば幾度か、覚るきっかけはあった。甚六は今でも自分を未熟者と知ることがあるが、年若な男はそれ以上に心の未熟を知る場面があるだろう。それを学んでは心を鍛えていくのだが、時に箍《たが》が外れることがある。甚六はその道理を知る自分が、どうして年若たちの未熟さを察することができなかったのかと悔やんだ。自分が彼らの頃、冷静さを保っていられたか、志を貫けたかと問われたなら、できなかったと答えるしかない。彼らも当然に、できなかったのだ。

力の抜けた咲代の身体を甚六は背負い、離れを出た。声に気付いてか、表の浪人が駆けつけていた。本来なら、怒鳴りつけるところだ。殴り、非難し、追い出すことさえしただろう。だが甚六は彼を見て、何の怒りも、不満も湧かなかった。心にあるのはただ悲哀のみ、それもほんのわずかだった。

「熱い湯を用意してくれんか。工房の火鉢が点いてあるはずだから」

甚六が涙声で言うと、浪人は頷くや否や駆け出した。甚六は歩きながらその背を見送りつつ、感謝した。有難い、と言葉を思い浮かべると悲しくなった。背負った咲代の身体は、子供の時よりもだいぶ重くなった。

居間に寝床を用意し、咲代を寝かせた。

作業場へ行くと、火鉢の上には五徳が置かれ、その上に薬缶《やかん》も置かれて湯気を上げていた。浪人の姿はもうない。おそらく表を見張っている。

甚六は湯を桶に注ぎ、水を足して温《ぬる》くした。それを居間へ持ち込み、寝かされた咲代の腰のすぐ脇へ置くと、立膝の姿勢で構えた。

ためらうと、二度と動き出せなくなる気がする。甚六は手燭《てしょく》を灯すと小脇に置いた。咲代の羽織をまくり上げ、下腹部を見た。その少し下も見た。そこには性毛が生えていた。甚六はそこへ両手の指を添えて、人の耳かきでもするかのように覗き込んで確かめた。詳しい状態はわからぬが、その暗闇、咲代の体内の奥が、何物かによって今も侵食されている。甚六はぬるま湯を手に掬《すく》い、そこを丁寧に洗った。指に生々しい柔らかさが返ってくる。中からはどちらのものとも知れぬ液がどろどろと出てきた。血も多く出た。甚六はその全てがなくなり、ぬるま湯が澄んだまま吐き出されるまで何度も注いでは掻き出した。ぐつぐつと茹だるような音がして、まるで自分までおぞましい行為に加担しているような錯覚に捉われた。その光景が目に浮かびそうになると、頭を何度も強く振って消し去った。涙は自然とまたあふれ出た。

咲代から最後の湯が吐き出されると、甚六はそこへ布を当て、拭った。

「一通り、済んだ気がする」

ぼそりと、こぼすように言うと、甚六は汚れた惨状を片付けた。寝床も新しいものと取り換え、湯など諸々も全て表へ捨てた。

済むと今度は作業場にある岩を荷車ごと運び出し、離れの脇へ止めた。中へ入り、ここで初めて部屋の様子を改めて見た。

（前の家と少し似ているだろう）

（似ております）

そう言葉を交わし、二人が別れた後の部屋だ。中は散らかっていない。抵抗し争ったような、明白な形跡はなかった。ただ、脱いだ、おそらくは脱がされた着物の類は寝床の近くへ無造作に置かれていた。目にした甚六のまぶたが自然に閉じた。諦め、無抵抗の女の衣服を剥ぎ、覆い被さって支配する男の姿。甚六は、また胸の奥が沸々と煮えたぎるようだった。これは、いかなる感情か。

寝床の脇には蝋燭《ろうそく》がある。まだ灯っているそれを手に取ると、外へ出て、荷車の岩に被せてある布へ当てた。

間もなく火が移った。

表の戸口から蝋燭を中へ放った。布団の上に転がり、そこからも煙が出始めた。火は布を燃やしながら塩の岩を溶かし、荷車も炭へと変えていく。離れへと燃え移り、ゆっくりと確実に広がる。

赤々とした炎はごうごうと、聞いたこともない音を立てた。それは毎夕空を染める日の色、否、荒ぶる山の噴火に見えた。地響きを伴ったあの力は、神の怒りとも考えられている。が、甚六の目の前に広がる炎は怒りというよりも、限りない悲哀をたたえて燃え上がっている。

（全て、なかったことにしたい）

初めからここはなかった。婿探しもなかった。男もいなかった。だから何事も起こらなかった。甚六の思いに応えるように火は勢いを増した。

離れは、広く取った路地を隔ててどことも隣り合わせていない。そこだけが野焼きのような火柱を立てていた。近所の者もそれを見た。ただ、人は集まっても火を消そうとする者はいなかった。家の主である甚六が平然と火を目の前にしている。憚られるように皆納得するしかなかった。ただの大きな野焼きだと。

庭に植わる銀杏の木も燃えて、倒れた。それが家屋の柱を押し倒し、建物は一気に崩れ落ちた。さすがに人々はざわめいた。それまで空へ伸びていた炎は地へと沈み、柱や壁、畳や家財などを燃やす小さな火の群れへと変わった。

やがて勢いも収まり、人々もそのうちに引き揚げた。

居間へ戻ると、咲代は真新しい寝床で静かに横たわっていた。夜着は、脚だけを覆うように置かれていた。

「面倒をおかけしまして」

甚六が枕元へ座ったところ、咲代は言葉を口にした。

「熱い、真心へ触れました」

甚六は小さく頷き、だがそれだけで返答は出せなかった。

(何が志か。何が心か)

見失った自分が、暗闇の内を手探りで歩く背が見える。どこまで遠く続くか、周囲に何があるのか、引き返すことはできるのか、全てが不確かで冷たく、寂しく、怖い。ここで死ぬか、とも思う。それも容易い。鋭利な物があればそれで首を突き、果てて終われる。

咲代もここで殺そう。自分も死のう。そうすれば現《うつつ》の闇は晴れる。後は黄泉《よみ》で、憂いなき世界で二人、暮らそう。

「咲代や」

甚六は、咲代へ誘うような眼差しを向けた。

「俺は今、死にたい」

咲代は手を伸ばし、甚六の膝の上に置いた。枕の上でゆっくりと頭を横へ振った。その手で、甚六の力なく垂れる手を捕まえると、つないでともに膝の上へ戻った。

甚六はしゃくりあげてまた泣き出した。肩は上下し震えた。つながれた手も、咲代の手ごと震えて抑えられなかった。


甚六は今までに、三人の家族の死を見てきた。

弟の一人は赤子のうちに弱って死んだ。甚六はまだ物心がつくかどうかの歳で、目を閉じた人形のように、冷たく安らかに眠る弟をぼんやりと見た。悲観もせず、ただ遠くへ出かけたような別れ方だった。

しばらくして、続く弟が幼くして流行り病にかかり、三日三晩苦しんだ末に息を引き取った。その時、両親が寝ずの看病をしたことを記憶している。甚六も何度も目が覚めては、その都度、弟をちらりと見たり、寝床で天井を見上げつつ案じたりしていた。

そうして、甚六は否応なしに跡継ぎとなる流れになった。それ自体は嫌でもないので、はいと引き受けた。十代の頃だった。

甚六が一人前ともまだまだ呼べぬ頃、今度は老いた父が病み、ころりと死んだ。父の亡骸は、皺だらけで痩せ細っていた。甚六は、あの枯れ木のような姿こそが、人の最期の形だと思っていた。まだ潤いを残し、成長しきらぬうちに事切れてしまうなど、本来あってはならぬものだ。

甚六は、三人の最期を目にして、命については充分に学び取ったつもりだった。人の生とは、しぶとくも呆気ない。苦しむ中で強くもなり、生温い所に置けば脆くもなる。何より自由でない。平等でもない。元々揺らいで落ち着かぬ命というものを、整えようと躍起になることは時に見苦しい。望まなくとも生はいつか終わる、死は来る、必ずいつか。だが——

（まだ俺は、生きている）

はたと目が覚めて、土間へ出て顔を濯いだ。泣き腫らしたせいか、目の奥がつんとして、自分のものでないような感覚だ。片目を交互につむり、正常かを確かめた。窓障子にはいつの間にか陽光が透け、屋内に射し込み、埃を浮かび上がらせている。

庭へ出ると、昨晩の記憶が夢ではなかったことを物語る、離れの焼け跡の光景が広がっていた。甚六はそれを前に、しばし佇んだ。家の残骸、炭となり倒れた銀杏、手前には焼けた荷車と、どろどろと溶けて見る影もない、岩がある。庭とその周囲には、焼け焦げた苦々しい匂いが立ち込めている。

その岩を見つつ、甚六はわずかだけの慈愛を心中より搾り出した。作業場からここまでの短い距離を運び出しただけでも、腕が痺れるほど疲れた。無論、竹などとは比較にならない。あの若者は岩をどこからこの町、この家まで運んできたのだろうか。話の通りに伊豆からだとすれば、想像を絶する旅路である。それを遂げたのは志だったのか、半ばで狂ってしまったとしても確かに志だったのでは。が、もはや知る術はない。

いやそもそも、咲代を手にかけたのはその若者だったのか。入るのを誰かが見たのか。

振り返ると、庭へ咲代が出ていた。着流しのまま草履を突っかけて、出迎えるふうにそこへいる。

「落ち着きましたか」

咲代の問いに一瞬怯み、甚六は応えた。

「落ち着いた」

咲代の伸ばした手に、甚六も手を委ね、掴まれて中へ戻った。

娘のように育てた女を思うのは当然であろう。そして、相手を思い、第三者を思い、世までを思い巡らした。甚六はようやく落ち着きを取り戻した。どうして狂わずに、今の自分でいられるのかよくわからない。死を欲する気持ちも今はない。ただ夢に、亡き家族たちが出てきたような記憶が微かに残る。

甚六は作業場に寄って何とはなしに竹を触ろうとした。だが、

「ない」

道具類が棚から消えていた。竹材は変わらずに置かれているが、道具だけが見当たらない。甚六が頭の後ろを掻きながらきょろきょろとしていると、咲代が土間の物陰から重たそうに道具箱を引きずって出した。

甚六は武士ではない。従って刀は持たない。死にたいと言った甚六が、どのように死のうとするのか。咲代は仕事道具の鉈や鎌に思い至ったのであろう。

「疑ったのか」

甚六は問いかけた。咲代は気まずそうに余所を向きつつ、

「疑いました」

と、白状した。

雰囲気が沈み、竹をいじる気も失せた。甚六は居間に戻り、咲代と向き合って座した。

脇には先ほどまで並んで寝ていた床がある。甚六は子供のように喚いて、やがて気絶する
ように眠ってしまった覚えがある。

「泣くと落ち着くものなのか、よくはわからんが」

甚六は違和感の残るこめかみを揉みながら言った。

「私も」

咲代は遠くを見つめて目を細めた。

「経験があります」

ああ、と甚六も思い出した。

「どうしても妹の家に預けられるのが嫌で、泣いたことがあったな」

甚六は口元をわずかに緩ませた。それは悩みなき頃だった。

「妹様が嫌だったのではなく…」

また咲代は遠くを見た。愛おしそうに細めた目に映るのはあの頃の場面だろうか。

妹様が嫌だったのではなく、ならばその後に続く言葉が甚六にはわかった。甚六が袖で拭うと、それまで滝のように流れたであろう涙はぴたりと止まったのだ。

まあ、と甚六は話を改めた。泣き通し、酷使した喉が痛み、声は上擦った。

「こうなった以上、気を立て直すのに時を要するだろうが」

今が竹取りの時季でなかったことに、甚六は深く安堵した。重い気分を引きずった男に切られる竹の身にもなってみろ。ろくな仕事にはなるまい。

甚六様、と咲代は呼んだ。甲斐甲斐しく両手を膝に乗せると、背筋も伸ばした。

「どうした」

甚六はその膝の上の手に、自らの手を重ねて少し撫でた。

咲代はうつむきながら言った。

「結婚はできません。私の方の不足です」

甚六は昨晩のように頭が沸騰しそうになった。

「お前に何の不足があるというのだ」

息が急に荒くなった。落ち着こうとまだ努められるだけ、昨日よりはましか。

「お前の意思を汲み取らず、話を適当に進めた俺が悪いのだ」

咲代は首を横へ小さく振った。

「それならば、昨晩の御話の続きをしとう御座います」

「昨晩の話だと」

ううん、と甚六は唸った。火を見届けた後、戻って何かを話したのか。

「覚えていないのだ。あれからどうした」

「すぐに倒れられて、眠ってしまわれました」

「不格好だったな、すまない」

いいえ、と咲代は否定した。

「御願いを一つ、申し上げたところで返事が聞けずにおります」

甚六は思わず身構えた。淡々と続ける咲代の口を塞いでやりたくもなったが、

「御願いとは」

平静を装いながら訊き返した。こうなったら早く言えと思った。咲代はもじもじして中々言おうとしない。甚六は少々じれったくなった。

「お前の御願いとか頼み事の類を、俺は一度たりと断わったことはない。だからお前が、今から何を頼んだとしても俺は良いと言うぞ」

背を丸め、無粋な態度をわざと取った。

「言います」

「言ってくれ」

「私を」

「うん」

「女中として雇っていただけますでしょうか」

「はっ」

甚六は眉をしかめた。

「何だと」

咲代は悲しそうに、畳を見つめた。甚六は思わず舌打ちした。だが努めて心を静め、

「急に何を言い出すのかと思えば」

そう言って、もう仕舞いだと立ち上がろうとしたところ、

「では、良いと」

着物の裾を掴まれた。甚六は立膝で止まった。

「言って下さいませ」

「良くない」

甚六は滑稽に思えて、このまま放って出ていこうとした。すると、背後から洟《はな》をする音が聞こえた。振り返って見たが、咲代はまだうつむいている。

今の世に、女として名を馳せる例はまずなかろう。志も何も、女の生涯には存在しないも同然とされてしまう。ただ、男のように何某かで成功しないと親の顔も立たぬという不安はない。女は嫁ぎ、家を支え、子が育つまで見守る役割に徹するだけだ。それは、志とは違うのか。

甚六は、女こそが世の中心ではないかと思うことがある。自分がいつまでも独身で仕事も家事も一人こなすものだから、女の生き方について、自分なりにわかっているつもりだった。女は本心置き放しで行動する。時には愛想も言わねばならないし、気苦労は計り知れない。床に這いつくばり掃除などされてはこちらの気が休まらず、有難迷惑である。

「わかった。お前を雇う、今日この時からすぐ」

「よろしく御願い致します」

「だが、うちの女中は、そこいらの者とはわけが違うぞ」

咲代は黙って顔を上げた。泣いてはいない。その見目麗しさに、甚六は今でも目が泳いでしまうことがある。

「いつもそばにいてくれ。何もしなくて一向に構わん。ただ平然といてくれれば、それだけで良い」

咲代の目が微かに潤んだ。何度も瞬きしてから三つ指をついた。

「承知致しました」

「サクヤタケの章」

あの夜から幾月か経った後、川の下流で一人の男の死体が上がった。例の若者だった。身体には無数の傷があり、何者かに殺《あや》められたと断定された。

咲代が夜這いに遭った事実について、人々は知る由もない。しかし例の若者の家、町では有名な地主の父と、彼の一人いた弟が邸内で相次いで切腹したので、何某かの事件に関わった疑い、あるいは償いとは勘繰られた。彼が咲代の結婚相手の候補と挙がっていたこ とも、伊豆から大岩をごろごろと持ち帰ったことも数多くの人に知られていたので、自ずと関連付けて考えられているのだろう。

甚六は何を能《あた》う限り、沈黙を貫いた。しつこく訊かれれば、離れの火事は不注意で起きたこと、咲代の縁談が取り止めになったことは、当人らの熱意が冷めてしまった、などと説明した。

例の若者も含め、男の本心は覚れない。ただ、咲代は元々気乗りでなかったことは事実だ。

岩の正体は、やはり大きな岩塩だった。焼け跡から破片を拾い、甚六が骨董屋に見せたところわかった。

骨董屋が言うには、塩でも美しい物は原石と見紛われることは、多々あるそうだ。ましてや巨大ならば、一大発見と騒いで持ち帰り、後で落胆する者もいるのだという。

あられ石は海岸近くでも採れるらしい。例の若者も本当に巨大なあられ石を見つけたと思ったのかもしれない。甚六や咲代を騙すつもりなどなく、彼は甚六の家へ来る道中、何者かに手にかけられた。そして咲代も手にかけられた。彼は巻き込まれる形となったと、考えても不自然ではない。

事実は咲代が知るはずだが、問い質すことなどできない。

いずれにしても結果として、多くの犠牲を出してしまった。

それ以降、静かな暮らしが続いていた。何もしてはいけない女中となった咲代は、嫁入り修業のような女たちの通いも甚六が一旦止めさせて、以前のようにしっとりとした時を過ごさせた。感情も落ち着きを取り戻し、綺麗で近寄り難い雰囲気はあったが、家事の類は平気にやった。甚六が一度、四つん這いで床を拭く咲代を咎めるでもなく優しく注意したら、

「退屈なので続けさせて下さいませ」

などと言い返された。

煮炊きする腕前も著しく上がり、甚六はいつも御馳走にありついた。名目は女中だがその実は…などと妙な疑問を浮かべつつ、煮物や魚、野菜など色々食べさせてもらった。食事中はいつも、ぼうっとしていた。

退屈凌ぎの延長なのか、咲代は竹細工にもよく取り組んだ。依然《いぜん》として竹材取りと力仕事は甚六が担ったが、選び、炙り、切り、編みなどの工程を咲代は難なくこなすようになった。その出来栄えもすでに、甚六が到底敵わぬと感じる域であった。繊細かつ儚くも、力強い。時を経て色は落ちながらも、趣を失わない竹細工の噂は町から町へ広まり、買い求めるため藩を跨いで訪れる者もいた。

「駿河竹の内に格別の名工が居る」

甚六は、自らも手がける竹細工に咲代の名を冠して売り始めた。

江戸時代は中頃、場所は同じく駿河の国、富士の麓の小さな町の話である。

甚六は縁側に胡坐をかき、庭で遊ぶ子供らを眺めていた。離れを失って久しく、代わりに何も置いていない広々とした空き地は、格好の遊び場所だった。

皆、男の子である。結婚後すぐにできた二人、十数年置いて、できた年子二人も男児だった。庭に今いるのはその二人。同じくらいの丈と格好で竹の棒きれを振り回して、ちゃんちゃんばらばらと遊んでいる。

子供らの名は何と言ったか。甚六は、はたと忘れた。「三」がついたか「四」がついたか、そんな名のはずだが後に続く字も音も思い浮かばない。義理の子に、甚六はその程度の愛着しか湧かなかった。

遊ぶ子供らは、妹が産んだ三男と四男である。子宝、特に男子に恵まれ、ますます家業の商売も安泰らしい。息子四人の父となった義弟も、いつだったか訪ねてきた折、白髪こそ目立つようになったが、貫禄が出た。屋敷にも家族の声が響き、幸福そうだった。

妻である妹は、すたすたと頼もしい足取りではるばる、隣町の甚六の所まで子を連れてきた。今は屋内にいる。広々としている割に中は相変わらずのがらんどうで、大所帯で賑わう家から見れば、幽霊屋敷のようであろう。暮らしは楽をさせてもらっているが、やはり人の手を必要以上に借りることは憚られる。

甚六は立ち上がり、襟元を掴んでぱたぱたと扇いだ。富士おろしが吹くとはいえ、この町の夏もやはり夏である。子供らは皆、着流しで着物一枚を身につけているだけだ。裕福とはいえそこは商家の子。始末に暮らしているのか、褌《ふんどし》もつけておらず、追い立てられて転げた拍子に一人、筍のような陰茎《いんけい》が垣間見えた。

遊ぶ子らを眺めるのもひと段落したと、甚六は廊下へ引き返した。耳を澄まそうにも、子供の騒ぎ声と蝉時雨で塞がれてはやりようがない。おそらくはここであろうと、居間の戸襖をそっと開けると、二人はいた。

妹が、咲代から竹編みを習っていた。甚六の足音が立っても、二人とも振り向きもせず、手先に集中している。

妹も一応は、竹職人の血を分けている。幼い頃から竹で遊び、長ずれば手伝いもするところを、甚六は見てきた。元の腕前がどれほどかは定かでないが、どの道すっかり忘れているのであろう。不器用な手付きで竹籤を編んでいる。横で咲代が手本を見せ、事細かに説明するのが不憫でもある。進めるほどに、咲代の編む籠とは影の曲線からして違う物となった。

「この先を、もう一度通します」

「こうね」

「続いて、対側も同じようにします」

「はい。こうね」

甚六は腕組みをしつつ、二人の真後ろから手ほどきを眺めた。先生の細くしなやかな指と動作に対し、教え子の皺深く短い指の動きの不体裁なこと。一方で咲代は教えながら、手をちょくちょく止めながらでも、危なげない作業で立派なものだった。甚六は思わず唸った。

咲代の編み上げる代表的な品は、竹籠である。以前から好んで作ってはいたが、それが高じてとにかく上達した。籠と似ているが、浅く広く編めば、笊《ざる》や篩《ふるい》などになる。編み方も様々に、四つ目編み、六つ目編み、茣蓙目《ござめ》編みなど数多くある。派生した方法で、花の模様を描くこともできたので、名のある方から家紋入りを頼まれることもあった。

籠だけ見ても、形と編み方で無数の種類作り出せる。竹細工は外見にこだわる品、芸術品としても世の裕福な家が買い求めた。暮らし回りの日用品だけを作っていた甚六のところも、今では手の込んだ作品を売るようになっていた。近所や親しい家へは、求められるまま、簡便に仕上げた品を譲ることもあった。もしかするとそんな品でも、名を冠して又売りされていたかもしれない。

ただ手抜き品はもっぱら甚六の方で、飾り編みの難しい物は今や、ほぼ咲代がこなした。甚六は実は妹を笑えない。まあまあには仕上げられたとしても、咲代の作品には見劣りしていた。

そんな経緯もあってか、甚六は咲代の飾り編みの入った品に限って「咲夜竹」と銘打った。「夜」の字は、幾許か違和感もあったが、思いきってつけてみた。作り手の麗しさ、しとやかさを醸し出していて満更でもない。

咲夜竹の名がどこまで広まったかは、甚六も知らない。噂に聞けば、かなり遠くまで知られているらしく、値打ちも桁違いに上がっているという。

ほうほうと何度も頷きながら、甚六は二人の、特に咲代の手籠の完成を見届けた。澄んで花の匂いのしそうな説明に、はきはきとした低い声が返事する。咲代が籤の先端を編みきって残したまま、妹の方へ手を貸して仕上げを手伝うところで、甚六は後ろから手を伸ばして、咲代の籠を取って眺めた。

竹細工は端整な形に加え、軽さにも特徴がある。片手に乗せながら周囲の籠目や四つ目編み部分の巧緻《こうち》さ、底面の編み目の奥ゆかしさなどを、両手で周囲を支えながら見た。端から飾りとする不要でも、物を入れて使うとなれば底面を丈夫にする必要があり、そのために編みを強くすることもある。緩く編めば品は丸みを帯び、柔和な印象を与える。だが、甚六はそんなことまで教えたか記憶はない。むしろ自分がそこまで意識して編むことはなかったのに、咲代は当然のごとく実践している。教えずとも掴み、鍛錬を厭わずに重ねて、甚六を超えた。

いや、そもそも甚六はそれほどの手練れであったのだろうか。

咲夜竹の品となるそれを持ってぼんやりと見惚れていると、咲代もその様子を見上げた。甚六は編み目の隙間から視線を感じ、品を黙って返した。

妹が、うん、うん、と声を上げげながら、籤の先を鋏《はさみ》で切る。危なっかしい手付きに、見ているこちらが落ち着かない。咲代は、甚六にまじまじと視られた籠目の辺りをいつまでも気にしていた。

「明らかに俺より上手いよ」

遠慮するなという意味で甚六は言ったのだが世辞と取ったのか、咲代は籠目から不安げな視線を外さない。やはり目上目下の関係は能力によって入れ替わることではないようだ。当然か、とも甚六は思う。

一方で甚六は、自らが早いうちに師匠を亡くしたので、技術にしても心構えにしても、見習える存在がいる環境は新鮮だった。咲代が特別に謙虚で直向きなのではなく、本来はそうして横に並び、切磋琢磨《せっさたくま》するのが職人の道なのだろう。

妹が横でばちばちと鋏を鳴らす。作業を終えると、咲代が品を受け取り、確かめた。

「良い出来栄えと思います」

嘘を吐くな、と甚六はにやけつつ言った。

「まあ、失礼な」

妹は嫌な顔をした。額の生え際に汗の粒が見られる。

「お前も親父に習ったことくらいはあったろうに。何だい、みっともない」

咲代から今度はその品をかすめ取ると、一瞥した。編みの力もばらばらで、色味まで悪く見えてくる。値などきっとつかない。

「もう覚えていませんね。何十年前のことかしら」

「見ていて実感したよ。やり方だけを教えても才能がなければ無駄だということを」

今度は咲代が口を挟み、

「良い品です」

と、さらに世辞を口にした。咲代の方は真夏の日向にいても汗は肌へにじまない。いつだったか甚六はそのからくりを尋ねてみたが、知りませんと言われた。

「騙されたらいけないよ。この人は皆の前では大人しくしているが、暮らしてみるとわかる。強情な本心を隠し持っているのだ」

「まあ、本当に」

妹が今度は咲代へ目を向けた。咲代はふと逸らして一切、視線を合わせない。そのような仕草で応えられては冗談ともつかず、あながち本当だと見られよう。

咲代の縁談の運びまでは知られているが、取り止めになった経緯を甚六は妹にすら細かくは話していない。親類とはいえ女の口の軽さを甚六は信用していなかった。妹も知ることは噂の範疇《はんちゅう》を抜け出せぬはずで、他人に比べれば咲代と親しい関係にはあるが、掴みどころのなさを感じているのだろう。

不穏な間を、甚六が繕った。

「咲代の品、様々な国でとんでもない値がついているらしい」

「ええ、それも聞いています」

妹が声を高くし、咲代が作って置かれた最新作の籠を、手は触れずに見回した。

「差し上げます。御使い下さいませ」

咲代はその籠をずいと妹の方へ押しやった。あ、と甚六は思わず声が出た。

「あれ。良いの」

咲代は妹に顔を向けると、ふわりと頷いた。

「どこぞの国か知らんが、偉い様が、それはそれは庶民には目の飛び出るような値をつけたともいうぞ」

甚六はまた冗談めかして言った。その噂は本当であろう。だが、作った当人にその自覚はなく興味もなさそうだ。何とも奥ゆかしく、歯がゆいことだった。

「だけども」

妹は怖々その籠を手に持つと、言い始めた。

「そこまで価値の上がる物、もったいなくてとても普段使いにできませんよ」

作品はいわゆる飾り籠ではなく、広く呼ぶところの物入れだった。それこそ野菜を入れるのにも使われる。何でも好きに放り入れて、そのうちに傷んでは捨てられ、代わりを求められる。それでも価値が出るなら、確かに庶民の暮らしには馴染まない。

妹は籠を奉るように前に置くと、今度は咲代の手を掴んで眺めた。その拍子に咲代の肩がびくりと跳ねた。

次には首元に手をやり、顔を上げさせると矯《た》めつ眇《すがめ》つ眺めた。咲代は終始、視線を斜め下へ向けていた。知ってか知らずか、それは歌舞伎の女形のやる流し目だった。

「こんなに僂そうな娘では、品に値をつけられても困りますよねえ」

妹は質すように訊いては、半ば強引に咲代を頷かせた。確かに値のつく品を作り出せるなら、その者の手や心、身体にも自然と価値を帯びるだろう。甚六は、いつだか髪結い床の女将が咲代を「売られたら相当なものにはなる」などと評したことを思い出した。あの時は容姿だけのこと、才覚の加わった今、その価値は想像もつかない。

妹は、その恐れ多くて使えそうもない咲夜竹の籠と、自ら手がけた不細工籠を持ち帰った。こちらは飾りに、こちらは惜しげなく使い古しますなどと開き直り、咲代の作品は大事そうに両手で抱え、自作は子供に持たせた。と、見送る先から妹の籠は子供らの投げ合いに使われていた。


かくして値が上がった咲夜竹の品も、甚六が自分の所から売る時にはそれほどの高値はつけなかった。運良く買えた人は皆喜んでくれた。

　ただ、竹を買い被ってはいけない。木や鉄などで作られる品よりもはるかに早く、竹は色褪せる。切って採られた時から朽ち始め、ほころび、ささくれて、くぼみなども容赦なくできる。普段使いなら寿命も当然に短くなるが、飾っていたとしてもいつまでも綺麗なままは残らない。まず白くなるし、元から白く仕上げてあったとしてもくすみが出てくる。ほんの少しの水か、乾かした布で拭いたり、ほころびは切って整えたりと欠かさずに手入れをしても、さて何年持つか。

　妹は咲代のことを儚げなどと評したが、その品こそ、いくら値打ちをつけようとも儚い物ということ、それを世間がどれほど知っているか。噂による値の高騰は、そのうちに収まると甚六は読んだ。だから、自分からは法外な値上げはしない。

　また意識して、品を減らしはする。取り過ぎた野菜や魚が出回り過ぎて値崩れしたり、流行でもてはやされた品が元の価値も失ったりして混乱することは、よくある。咲夜竹が次から次へと出回れば、自然と落ち着くはずの価値をわざわざ自分から下げてしまうことになりかねない。

　商才か常識なのか、知らぬままに甚六は漠然と考えていた。そもそも、品を減らすまでもなく、咲代は相変わらず作業は早くなかった。だから、甚六がすることといえば様子見くらいしかなかったのだ。

甚六は縁側に腰掛けて、庭を見ていた。足元に井戸水を張った桶を置き、両足とも沈めている。

庭の地面は、昼間に子供らが走り回った足跡が確然と残っている。ずるりと滑って転んだ跡もある。その時、子供は膝を擦り剥いて泣いた。しかし、今は地面が夕日にさらされ、眩しい橙色に染まり、あんな一場面をまるで遠い季節の懐かしい情景に思わせた。

退屈、という言葉を、咲代から何度かは訊いた。本音ではなさそうだが。

甚六はといえば、庭をまず持て余していた。池を掘ろうと考えたこともあったが、水源が近くになく、思案だけで終わった。では松でも植えようかと考えたのだが、手入れする暇を作れそうな気がしない。仮に石を置くやら、草木を植えるやらしても、いかにも造っただけで飽きてしまったというふうに寂れては、空き地よりも格好悪く見えよう。

できそうもないことは頭から追い出し、単純に考えてみた。咲代の何となく呟く「退屈」に、持て余した庭という「空き地」を足し、そして生業の竹で割ってみたらと考えると、何となく面白そうな案に行き着いた。

丁度良く咲代が縁側に現れ、隣へちょこんと座った。甚六は桶へ一緒に足を入れるかと提案したが、遠慮された。

「庭を持て余しているだろう、うちは」

甚六は空間を指差して言った。ええ、と咲代は応えた。

「それでね、昼に子供が遊ぶのと、お前が妹に手ほどきするのを見て、ひらめいたのだ」

「どのようなことがひらめきましたか」

「竹細工の教室を、ここに作ってみようか」

実現するか否かはさておいて、中々に大きな発想だと甚六は自負していた。

「どう思う。お前は教えることは好きか」

好き、と咲代はすぐ声に出したが、それはただ言葉を反芻するだけだったのか、表情はぎごちない。

「竹を触るのは、好き」

では人のことはどうだと、甚六は訊けない。咲代は曖昧な態度ばかりで、人嫌いと世間からは思われている。心や行いを見ずに人物を判断するのは安直《あんちょく》で時に愚かですらあるが、やはり人の見た目と態度が幅を利かす。甚六も今はだいぶましになった気はするが、人当たりは得意でない。ずいぶんと損をしていたかもしれない。

「竹を触るのは俺も好きになったようだ」

「元々はどうでありましたか」

訊かれて甚六は、ううむ、と考えた。

「望んで継いだ身でないからな。よくわからんうちにやっていた。まあ世の中ほとんど皆そうなのだが」

甚六はまた唸りながら考え、さらに続けた。

「元々は、好きではなかったろうな」

技に長けず、生活が困窮したことがそれを裏付けている。望まない仕事に就き、どちらかといえば嫌々とやっていた自分だ。仕事を嫌々やっていた時期と、ようやく好きになり始めた時期の境目に、咲代との出逢いがあった。

甚六は教えることで自らも竹をより知るようになり、やり甲斐を見いだした。咲代の現れた頃、甚六は竹細工の他には何も見せられる自分を持っていなかった。だから、竹に戻るしかなかった。尋常ではない事情を背負う女子を前にして、中途半端に竹をいじるのではなく、技の向上に精進する大人の姿を見せたかった。夢中に取り組むうちに、品の質は上がり、暮らしも良くなって、今があるのだ。

「今は楽しい。銭の話ではないぞ。好きな竹に触れていられる日々が」

はい、と咲代は同意した。

「咲代。お前の方が俺よりも竹を好きなのでないか。技も上達し、俺など超えてしまった」

「そのようなことはありません」

咲代ははっきりと否定した。が、甚六にはただの謙遜《けんそん》にしか聞こえない。

「私は、甚六様に教わったことをやっているだけです」

西日が差して、瞳を橙色に光らせた。

咲代の身体には出逢った時から大人びた部分が数多くあった。今は全てが成長してなじんでいるが、黒く澄んだ瞳だけが唯一、忍び込んで居座ってしまった女子の頃のまま、残されてあった。

「甚六様が夢中で、さも楽しそうに私へ教えるものだから、私も楽しいと感じたのです。今日だって妹様に教えている時に…」

ああ、と咲代は艶やかな声を発した。

「甚六様がこのような気持ちでおられたのだと知って、とても楽しかった」

表情にはあまり出さないが、咲代の心はその分によく動いているのだなと、甚六は見受けた。人の心よりも自身の心の方が読めない時もある。楽しいかどうか、こうして問われなければ考えもしなかったろう。

「私は、良いことだと思います。教わったように、また人へ教えゆくのも」

咲代は座り直し、縁側へ腰掛けた。着流しの裾をまくると、あらわになった足の片方をゆっくり、甚六の足の浸かる桶の水へ差し入れた。

「きっと楽しいでしょうね」

頷いた甚六は、斜めに伸びてきた白い脚と、波紋の残る桶の水面を見つめた。中年男の足の垢が溶け出して濁った水が、湧き出したばかりの清涼な水に戻ったように思えた。

甚六は正直、職人としての技量について咲代には敵わないと、だいぶ前から降参していた。それもあって、咲代が賛成しなければこの件は止めようと決めていた。

咲代は、教わることは楽しい、教えるのもまた然りと言う。それを甚六のおかげだとさえ言いきって、別の人へ教えゆくのもきっと楽しそうだとも。甚六は驚き、喜び、感心し、感情を一巡させて、今は冷静な自分に戻っている。

翌日には大工の棟梁《とうりょう》を訪ねて早速、庭を見てもらうことにした。どのような具合にと問われ、甚六はまあ、以前の離れほどの大きさを一棟、そこに突き出し屋根を造ってほしいと頼んだ。竹細工は日差しと湿気にとにかく弱い。日陰干しのできる場所を広めに確保する必要がある。そんなわけで設計諸々を任せた。

後日、棟梁が同じような風貌の職人をぞろぞろと引き連れてきて、家をとんかんと建て始めた。もともと竹の匂いのする甚六の家の敷地に、新鮮な木材の香りが流れ込んだ。

棟梁たちは気にも留めない様子だったが、真夏に、何かと手間を要する仕事を頼んだことに、甚六は心苦しくもあった。竹職人は炙りの工程こそ汗もかくが、それ以外はひんやりとした屋内で作業できる。竹取り時季の寒さは厳しいが、真夏の日差しの下での作業と比べればまだ耐えられる。鉢巻をほどいては道の脇で、たっぷり含んだ汗を搾る職人たちの姿を見て、これは重労働だと思った。

ただ、彼らの活力の源には、咲代の存在があった。咲代が気を利かせて、淹れた茶をわざわざ冷まして出した時など、皆まるで祝いの酒でも出されたように騒ぎ、美味そうに飲んだ。差し入れた茶菓子などには、ずっと飢えてでもいたように貪りついた。またこれかと甚六は顔をしかめさせられる。別によこしまな思いはないであろうが、心配になる。

だがある日、甚六は、咲代の様子に感心させられた。自作した竹とんぼを職人らに渡している。

「こちらは子供たちに」

さらに扇《おうぎ》もそれぞれに用意して、

「こちらは御内儀《ごないぎ》方に差し上げて下さいませ」

と、声をかけている。扇は材料の竹だけは用意し、町の扇屋と協力して作ったという。

これには、時に仕事中も色めいていた職人らも、はっとさせられたようだ。以降、咲代を見遣ることもなくなり、にわかに仕事も速くなった。当初の見込みよりも、ずっと早くに竣工《しゅんこう》を迎え、出来栄えも見事な、離れと突き出し屋根からなる竹細工の教室棟が姿を現した。

棟梁や、家族思いの真面目な職人たちは、短い間に芽生えた咲代らとの交流を惜しみながら去っていった。

竣工の日、妹夫婦と息子らを始め、近所の住人らが訪れた。甚六は集まった人々に、竹品作りの教室を開こうと思っている旨を伝えた。小さな町だ。噂話は瞬く間に広まり、その日の夕方頃にはもう、同じ町内に住む何人かの女たちが我が子を連れてやってきては通いたいと申し出た。甚六は広く募るつもりだったが、どうやら手習い同様にみる者が多かったようで、子供が大半を占めた。日取り、時間などを決めると、いよいよ教える実感が湧いて、こちらも胸躍る思いだった。

ひとしきり出入りが続いた後、人けの切れる時間を見計らっていたように、静かに訪ねてきた者がいた。甚六が玄関で迎えると、以前雇っていた浪人だった。彼は竹細工の教室の噂を聞きつけ、やってきたという。

甚六は妙な感動を覚えていた。あんな事件が起き、真面《まとも》な心境でいられずにいて、雇賃を払っただけで追い出すような別れだった。にもかかわらず、忘れずにいてくれた。

（生き続けていれば、何かしら縁があるものだ）

甚六は快く、浪人を引き受けた。ほどほどの人数が集まったので、大人は甚六が、子供はまとめて咲代が教えることに決めた。どの道、大人の男は咲代に習っても気が散って上達はしまい。

かくして甚六は、複数の弟子をいっぺんに取るような形で、竹細工の師匠となった。咲代も一緒に師匠となれたことに甚六が感慨深かったが、本人にはそんな気負いは別段ないらしく、集まった子供に好きなことをやらせるだけで初日を終えた。同じ子供でも一括りにはできない。やっと歩き出したような子には竹を触ったり、棒を持って振ったりさせた。もう少し大きければ、竹とんぼを作って飛ばしてみたり、竹の手裏剣を作って投げ合ったりした。教えるというより子供と仲良く遊んで過ごした。

そうして子供と触れ合う咲代の顔に、甚六はこれまで見たことがない口元のほころびを見つけた。満足そうに子を見つめて微笑む様子は母親のようでもあった。

甚六の初日は、厳かに始まり、厳かに終わった。どうも身構え過ぎて不格好だった。浪人の他は、近くに住むという庄屋の三男坊、齢十四歳だけがいた。この少年は身なりも良く、うらぶれたような浪人とは対照的。甚六は彼らに、竹の炙り、切り、割りなど手ほどきしてみせ、実際にやらせもした。庄屋の子は気晴らしに来たふうだったが、浪人は生きるために覚えるという覚悟が感じられ、心構えも対照的だった。

ともに初日を終えた、ある日の夜。甚六は教えるのに使った竹材の破片など集め火鉢へくべながら、咲代と話した。

「賑わうようになったな」

甚六は感ずるままを言った。この家は時期によって賑わい、また閑散としてきた。ある時は女子供らによって華やぎ、ある時は男ら屈託が運び込まれたこともある。

ええ、と咲代は肯定した。土間で腰を屈め、落ちていた竹籤を拾って、じっと眺めている。

「俺の方は厳しく教えるばかりの出足となったが」

甚六は手を伸ばし、その竹籤を受け取ると、火の中へ放った。炭がぱちぱちと音を立てた。

「でも、楽しくやれたし、いつぞやの恩義にも少しは報いてやれそうだ」

甚六は暗に浪人のことを差して言った。

「結構なことで」

「それで思った」

甚六は、火へ放る物もなくなり、よいしょっと腰を上げた。

「習いに来る者の家の事情は様々だ。裕福なら良いのだが、余裕がない家の者には謝儀を返そうと思う」

咲代は問い質すように、瞬きをぱちぱちとさせた。

「体裁もあるだろうから、一旦は受け取る。後でこっそりと返すか、物にして返す。暮らしに不自由を抱えながら、子に手をかけている親を追い詰めることはしたくない」

甚六様、と咲代は呼んだ。

「何だ」

「甚六様は以前より、そのように御考えでありましたでしょうか」

「意味がよくわからん。どういうことだ」

咲代は瞬きとともに視線を左右へ泳がせた。

「人々の役に立つようにと。平等な世をつくろうという御考えをお持ちなのですか」

甚六は一瞬、言葉に詰まった。だが我に返って、

「何を大それた。そこまでの考えはないぞ。何となく不憫に思うだけで、世がどうとかこうとかまでは考えられん」

と一気に応えた。平等な世という言葉の意味も価値もわからなかった。

「俺も貧乏人で苦労した。お前もそうだろうが」

問うと、咲代は小さく頷いたが、怪訝《けげん》そうな表情を浮かべている。甚六はそれが気になった。

「もう寝よう。そろそろ時季だから、朝に竹林を見てこようと思う」

話したいならば、寝床でいくらでも聞く、とつけ足して土間を上がった。

甚六は今、咲代と寝床を並べている。何よりも咲代の身の安全を考慮してのことで、他意はない。布団も一枚ずつ。咲代は隣り合わせにくっつけて用意するのだが、甚六は寝る時にすっと動かし、わずかな隙間を開けてから夜着へ入った。自分が敷く折は初めから隙間を作った。それはまるで国と国とを隔てる河川のようであり、姫の住む城を守る深い堀のようでもあった。甚六はさしずめ見張り役といったところ。戸口に近いのも甚六の床である。

しかし咲代はその隙間を、大胆にもずるずると寄せては埋めてしまうのだ。甚六は朝起きた時にそれに驚き、寝相のせいで互いの身体が近付いてしまった時などは仰天した。そんな床を巡る小競り合いが、あの破談の夜以来ずっと続いていた。

甚六は目を閉じつつ、今後のことなども考えた。駿河竹を始め、竹細工が広く世に知られるのは素晴らしいことだが、あまり大規模に教え始めると忙しくなって自分の仕事が疎かになってしまう。それでは本末転倒だ。

おそらく、大人は増えないだろう。懸念すべきは咲代の多忙か。

（しかしあの、満たされた表情は）

甚六は、過去の自分を思い出していた。子供の姿だった咲代に対し覚えた感情である。咲代が同じように未婚のまま、子供と触れ合っているうちに親になったような気になって、満足してしまって良いものか。

（もしそうなった時は、咲代も）

独身の爺ならそれもあり得るが、咲代がこのまま、他人の子など見て相好を崩しているような独り婆になるかと思うと、甚六は死んでも死にきれない。何やら寒気が襲ってきて、甚六は夜着の襟元をきつく締めた。

少しして戸襖が開く音がして、咲代の気配と香りがした。甚六が目を閉じているのを確かめ、言葉もなく足音も殺して入ってきた。気配が寝床の前まで来ては、ずずっと布団を引きずった。堀は呆気なく埋め立てられると、後は潜り込む音がして静かになった。甚六も目を閉じ暗闇の中で、眠りへ入ろうとした。

甚六は一瞬寝入ったが、夜着の手に触れる感触に目が覚めた。触れるのは、生き物のように動く人の手だった。

（寝ないのか）

「甚六様」

声をかけられて怯んだ。目は開けず、眉間にぐっと力が入った。

その手と声の主が誰かは、疑いもない。咲代は幾度も名を呼んで甚六を起こそうとした。そのうちに分厚い夜着の中へごそごそと侵入してきた。

「疑問を聞いて下さいませ」

甚六はいよいよ耐えられず、目を開けた。そんな約束してしまったかと思い出した。

だが甚六は、その疑問が何かと考える前に、自分を見下ろす咲代の姿に驚いた。

「髷をどうした」

咲代は髷をほどき、長い髪を寝間着の内に収めていた。

「先ほど、自分でしました」

「なぜに」

「朝に自分でまた整えるつもりです。やり方は知っておりますので御心配なく」

「そういう問題ではない」

咲代は応えず、甚六に寄り添った。片足を跨がるようにして、覆いかぶさってきた。

「疑問があります」

咲代の体重を感じながら、甚六は寝たまま身構えた。

「人の世を正そうと、甚六様は御考えなのですか」

「何を」

甚六は混乱しながら訊き返した。咲代は顔を下ろし、甚六の左右の瞳を順に覗き込んだ。心の奥を見透かされているようで、甚六は、

「考えてはいる」

まるで白状するかのように言った。咲代は子供へ向けるのと同じ小さな笑みを浮かべて、身体と身体を完全に重ね合わそうと、ゆっくりと動く。

「御慕い申し上げとう御座います」

「待て！」

甚六は咲代の身体を夜着ごと両手で持ち上げた。肘の伸びきるほどまで宙へ、持ち上げられた咲代は夜着を背に乗せたまま、じっと甚六の目を見つめ続けた。甚六は、身を横へ逃して咲代の軽い身体を下ろした。夜着をかけて二人並んで、向き合う形になった。

甚六は手に残る感触に、心をひどく乱された。持ち上げて退かした際に触れた、咲代の腕のつけ根、胸の端の手が吸い込まれるほどの柔らかさが未だ信じられない。それに、

（容易い）

と、感じた。抱き寄せて離れられないようにしようと思えば、それは余りに容易いことだ。女の身体は柔らかく弱く、何と容易く束縛できてしまうのか。だからこそ甚六は、自分が一瞬で咲代を退けるという行動を選んだことに安堵した。

「なぜ急にそうなる」

甚六は訊いたが、

「なぜと申しますと」

咲代からそっくり訊き返された。

「時世を憂いても構わん。平等も素晴らしいかもしれぬ。だがそれをどのように考えると、お前が急に俺に…その」

甚六は言葉に詰まった。結局、

「乗ることになるのか」

最も直截《ちょくせつ》な言い方になった。咲代はそれを受け止め、深い吐息を漏らした。咲代の花の香りが鼻腔に満ちて、目が眩むようだった。甚六には、このまま快楽に酔って気絶してしまうかに思えた。

「最初の時、甚六様が大人で、私は子供であったかと」

うん、と甚六は相槌を打った。

「定かでありませんけども、今は大人の女になり」

うん、とまた言ったがすでに嫌な予感がした。布団の堀の長き争いは、次なる一戦に突入しそうだった。

「肌を合わせて確かめたく思いまして」

「待て、待て！」

甚六は寝ながらにして後退りした。それで足りずに立ち上がった。枕元で灯る蝋燭の、丸い縁取りされた光の内に、横たわり、こちらを見上げる咲代が映る。髷をほどいた顔は丸く小さく、怪しげにさえ見えた。

甚六は言葉を失った。無理矢理絞り出しても「どうして」「なぜ」以外は言えそうにない。物足りなそうにこちらを見つめている女は、いつまでも大事に見守ってやろうと決めたあの女子と同じ人物なのか、自信もなくなった。

咲代は拒まれても、傷付くでも落ち込むでもなく、ぼんやりとまだ甚六を見上げている。試されているようで甚六は怖くもあった。

「私のことが嫌いですか」

「嫌いなわけがない」

甚六は勢いよく首を横へ振った。

「では」

「ずっとずっと守りたいと思っている。そうでなければ、これほど長く一緒に暮らしてはいない」

また何か言おうとする咲代へ、甚六はまくし立てた。

「お前が子供の姿で俺の元へ現れて以来、ずっとともに歩んできた」

甚六の言葉に咲代は、過ぎ去った日々を辿るようにうつろな目をした。甚六の目も一瞬焦点を失ったが、二人の追憶の旅はすぐに終わり、今しがたの出来事に引き戻された。

「今は大人になったように見えても、俺にとってお前は子供のままだ。実の子ではなくとも、親と子という間柄は変わらない」

「わかりました」

咲代はぽつりと言うと、半身だけ起こし、尻を上げて自分の寝床へ戻り夜着へ身体を収めた。甚六もそれを確実に見届けた後、自らの床へ入った。布団はつながったままで、油断ならぬ状況は残っている。

腹の底から大きな息を一つ吐いて、甚六は胸の高鳴りを落ち着けると、

「なぜ今日、そんな気になったのだい」

咲代を慰撫《いぶ》したくて訊いた。

「甚六様が」

「うん」

「困窮する人へ慈愛の念を持っていることを知りまして、私はいたく感動したのです」

「ううむ」

「肌を合わせた後に思い出せることがあるかと考えまして」

「それがわからん」

甚六は天井を見上げた。木目が、流れる雲のように見える。蝋燭の灯りに照らされ、まるで夕焼けに染まる曇り空である。

「思い出すとは、何を」

甚六は先ほど記憶によみがえった様々な場面を改めて思い起こしてみた。

血こそつながっていないが、咲代とは親子なのだ。富士に祀られる神、様々な宗教の

神々、八百万の神に誓って、咲代に力を振るって接したことはない。咲代が成長し、たちまち外見が大人になったと感じた時も、良い相手を探し、自分がどうするかなど考えもしないで来た。まあ厳密にいえば、心の内で不埒な想像をしたこともあったかもしれない。しかし、そんな時は厳しく、自分を叱責してきた。

肌を合わせる記憶を思い出すことなど、咲代にあるはずはない。あるとすれば、

「お前。あの縁談のことで今も傷付いて」

甚六は記憶から追いやっていた出来事を思い出した。咲代は枕に髪を擦り付けながらかぶりを振った。

「いいえ。あのことは何とも感じておりません。私も覚悟を決めておりましたのに、悪かったのです」

悪い悪くないはさておき、やはり甚六は咲代が不憫だと思う。

「何か思い出せることが、他にあるのかい」

「寄り添って眠ってみるのは駄目でしょうか」

「はっ」

甚六は訊き返した。聞き取れてはいたので、寝床の隅へ身体をやり、場所を空けた。遠

慮なく来い、という意味で。

「失礼致します」

ささやき声で言うと、咲代は甚六を再訪した。大人二人、やはり寝床は狭くなる。甚六はそれと覚られぬようにさらに退いたが、半身が布団からはみ出てしまった。ひんやりとした初秋の空気に触れたが、何苦楚《なにくそ》がと気張った。

咲代は膝を曲げて丸まり、甚六の腕を掴んで抱き締めた。身体は大きくはなったが、その動作は子供のままだった。甚六は手の指がどこにも触れぬようにと、拳を軽く握っていた。

「思い出せそうか」

はい、と咲代は応えた。分厚い布の内側で声はくぐもって聞こえた。掴まれた腕は吐息でぽかぽかと温もり、それが袖にも肌にも染み入って甚六の身体へ迫ってきた。何をどうとはいえないが、どうにかなってしまいそうだった。

「最初の頃、こうやって寝たな」

返事はないが代わりに、ぐっとまた腕を強く抱かれた。

子供の頃を思い出したくなることはあったかと考えてみると、甚六も、あるにはあったと思い当たった。今も存命の年老いた母に甘えたくなることはないが、何かこう、我儘《わがまま》にしたい衝動は日々感じていた。物を隠して知らん顔するとか、菓子を食い散らかすとかの小事ばかりではあったが。

咲代の心中を察すれば、甚六よりはずっと苦労していたのだから納得が行く。むしろ日頃気丈にし過ぎているのだ。この程度の甘えは当然か。思いが募り過ぎて肌を合わせたくなる夜も、きっとあるのだろう。

甚六様、と咲代は抱いている腕に向けて言った。

「うん」

「毎夜こうしても良いでしょうか」

ううむ、と甚六は少し考えてから言った。

「まあ、良いよ」

断る理由も権利もなかった。またかしこまって礼を述べてくるかと思えば、ここでは何も言わず、咲代はただ静かにくっついていた。

「色々と、寂しさも感じただろうが」

甚六は返事がなくても気にせず、続けた。

「守ってゆきたいと、俺は思う」

「私は」

「うん」

「甚六様に会うために、この世界に生まれてきたのでしょう」

「何」

咲代はもう応えず、静かに花の香りの寝息を立てた。

寝相に気をつけながら甚六は、夜半に何度も目を覚ました。身体は半身が外へさらされているのだが、なぜかたっぷりと温もって、朝には襦袢《じゅばん》に汗が染みていた。それを土間へ出て、脱いでみたところ、男としての反応の痕跡を見つけた。確かめてみると褌にまで。

そして落胆した。

（愚か者が！）

甚六は褌を濯ぎながら、自分を戒めた。毎夜こうしても良いかという咲代の頼みを思い出しては、ため息が出た。

子供らは咲代へよく懐いた。人数も増えて、さながら寺子屋のようになった。目を離すと好きにやってしまう大勢の子供に、咲代一人では手に余り、親たちの協力が必須になった。肝心の竹細工は咲代が手ほどきし、ばたばたと脇で騒ぐ子の面倒や、終わってからの茶の支度など、諸々の給仕は母たちがこなした。それにしても収拾はつかぬと見て、甚六は母たちの幾人かに話をして、正式に任せたいと頼んだ。皆、快諾してくれて、役割が決まると自然に場も落ち着きを取り戻した。引き受けてくれた者は皆、余裕のない家々で、甚六は謝儀を辞退することにした。

甚六の方はというと、相変わらずに閑散とした状況で、その分、手ほどきは濃密で、浪人も、庄屋の三男坊も、中々に上達した。

新たに習いたいと申し出る大人もいたが、入門するのは男ばかりだった。咲代でなく甚六が師匠となることを知ると、急に用事や都合など並べて退散する者もいた。あからさまな輩はもういないが、未だに内に邪心を抱く者は多かったのである。

まあ心で思うだけなら自由か、と甚六は大目に見た。想像までが懲罰の対象となるなら、甚六も数えきれぬほど罪を重ねている。

ただ、心では抗うつもりでも、身体が言うことを聞かぬ場合も往々にしてある。

咲代の頼みを不承不承聞いて以来、甚六は眠るという行為自体が別物に感じられた。子供がぴったりと身を寄せてくるなら、まあ嬉しい。が、大人、それも女が横にぴたりと引っつくとなると、おちおちとは眠れない。心境は複雑、身体は油断ならぬ状況が常となった。慣れ親しんだと思っていてもこれなのである。

とはいっても、甚六には親の心もしっかりと根付いている。守ること、即ち望みに応えること、甚六はそんな文言を御経のごとく頭の中で繰り返した。すると、いらぬ身体の反応は消え、眠りも深く朝も健やかに起きられた。愚かな男の境地を超えた、達成感すらあった。

しばらく、そんな温もって幸福な夜長を過ごす日々が続いた。

咲代は今日、竹細工を子供に教える日だった。家にはつき添いの母たちも来て、わいわいと賑わう。庭はさながら井戸端か、小さな市場の有り様である。世話を頼んだ母たちは手ほどきの手伝いもこなしつつ、甚六のいる所までずかずかと入ってきては、勝手知った様子で茶など淹れ、煮炊きや掃除までやった。それは頼んだ母たちに留まらず、子供が手ほどきを受ける間、親は働くということが自然と倣いになったらしい。女達の器量の競い合いとも、日銭稼ぎのような卑しさとも無縁で、ただ楽しそうにやってくれている。そんな様子に、甚六はもう誰からも謝儀を受け取るのを止めようかと思い始めていた。

甚六は、竹細工の仕事を黙々とこなした。土間からは賑やかな女たちの声がする。

「誰か来ていますよ、先生！」

見知った一人が作業場へ顔を出し、大声で言った。はいはい、と応えて甚六は立った。

通りがかりに縁側から見遣ると、離れも庭も母と子で賑わい、やかましかった。

玄関先まで出ると、戸口の外に人がいるような、誰もいないような、妙な気配がある。

「どなたか。私が主人でありますが」

問うと、は、と声が返ってきた。

「御初に御目にかかります。私は使いの者です。文を預かって参りました」

「文」

甚六は呟くように言った。

戸を開いてやると、そこには清潔な身なりの男がひざまずいていた。見たところ小脇に、竹製の籠を抱えている。甚六の顔を確かめると、驚いたように一度、目を見張った。

二人に面識はなかった。

男は京都から来たのだという。主は何々といった。もちろん、甚六に聞き覚えもない。

「はあ、わざわざここまで」

甚六は呆気に取られた。駿河の国は東海道の真ん中辺りに位置するので、通りがかる者は数多いが、さて、国のうちでもひと際小さなこの町を目指してくる人はどれほどいるだろうか。それも帝の御座す京都からなど聞いたことはない。

「この邸宅に、咲夜様はおられますか」

男は訊いた。は、と今度は甚六が声に出した。

「咲夜。ああ」

すぐに合点し、言い直した。

「咲代のことか。もしかすると竹の品を見て来たのか」

咲夜と言い間違えられたのかと、甚六はすぐ咲代の竹細工へ思い当たった。その名をつけたのは他でもない自分だ。

男は籠を掲げて、

「こちらの品、咲夜」

ごほん、と咳払いをしながら言い直し、

「咲代様の作品でありましょうか」

そう尋ねた。籠は竹製で、甚六は袖に手を入れたまま、首だけ前に突き出して見た。色は時の経過によって落ちているが、編み口の加減の均一さ、輪郭の滑らかさ、籤自体の精確《せいかく》な作りには確かに見覚えがある。そして、

（長く残るものだな）

ほのかな甘い香りが、何よりの決め手だった。

「間違いなく、うちの子の手による品だろう」

「では」

言って男は、籠を脇に戻した。手を懐に入れると次は、巻かれた文を取り出した。先ほどと同じように掲げてから、手渡された。甚六はしばらく眺めたが、何も言えなかった。

文を出すというのは易いことではない。持参したこの男の身なり、一見すると町人風でもあるが、髷の具合や着物などに見て取れる清潔感がある。使いとはいえ、どこか身分の高い家から来たのだろうとすぐに覚った。

「そちらの文を是非、咲代様へ御渡し頂きたい」

「ふむ」

甚六は短い返事とともに、それをまだ眺めた。にわかにある懸念も抱いた。

「一つ良いかな。もしや」

は、と男は応えた。訊き返す言葉でなく、それは返事とすぐわかった。いかにもかしこまっている。

「咲代へその、何というか、縁談の申し出の類なら今は全て断っている。もしやこの文もそういった内容なら、ここで」

破り捨てこそせぬが、突き返そうと甚六は考えていたところ、

「内容は私も存じておりませぬ」

男がそう答えたことで困った。竹細工を褒めるだけの内容なら良いのだが。

「わかった。まあ」

納得がいかないながらも甚六は、仕方なくそれを受け取ることにした。

「確かに」

男は立ち上がり、香る手籠を小脇に抱えたまま、道を戻った。

文は、手にした感触からして一枚二枚ではなさそうだった。甚六はそれをしげしげと眺めた。咲代へ宛てられているがゆえに、中を覗くのはいやらしい。紙幅は成竹の一節分ほどあり、端を細長く半分まで切り目を入れて紐とし、巻いた紙を結んでいた。「上」と文

字通りに上部に書かれ、さらに咲夜様と宛名があった。

文を持って甚六は奥へ引き返した。土間を見遣ると子供らの母たちが煮炊きを始めていた。味噌らしい匂いに、思わず鼻が鳴った。

廊下を作業場へと引き返すと、咲代が丁度良く勝手口から入ってきた。

「少しお借りします」

ひょいと竹材を数本、取るとたくましく胸で抱えた。甚六がいなければ勝手に借りる勢いだった。

「文が届いた」

甚六が言うと、咲代は、今しがたの甚六と同じようにおうむ返しした。

「文」

「そう。それもお前宛てに」

咲代は気付いて、甚六が持つそれに目を細めた。

「咲夜様へとあるから、おそらく竹細工に関してのことだとは思うが。まさか恋文の類ならば、お前の判断で捨てても良い」

「どなたから届いたのでしょうか」

「京都と言っていた。名前は何と言ったかな」

男の言葉を思い出した。確か、と前置きして、

「にき。いや、にぎ、だったか。変わった名だ。向こうではありふれているのかな」

そう言ったと同時に、からからと大きな音がして、甚六は思わず肩がすくんだ。見れば咲代が抱えていた竹材を落としていた。慌てて拾い上げようとするが、ただの竹の稈を中々掴めずにいる。

「どうしたのだ」

甚六は文を傍に置き、屈んで代わりに集めて拾い上げた。あごで勝手口を差し、咲代に前を歩かせた。

竹は中身が空洞であるから、数があっても大して重くはない。女なら数本、腹や胸で抱えて持ち歩ける。男ならそれよりさらに数本は大丈夫だろう。それまでは、作業場へ運び入れた後は加工するだけだったが、離れでも竹細工をやるようになってからは持ち運びすることもやや増えた。

「こんな力仕事は、俺を呼んで頼めば良いのだぞ」

離れへ向かう咲代の後について、甚六は言った。

「ええ」

咲代の声は珍しく上擦った。

離れに踏み入ると、甚六が普段、大人を相手にしている同じ場とは思えぬほど賑わっていた。咲代の姿を見ると、幾人かの小さい子が抱き着いた。それもやはり皆、男児だったから、甚六は片頬が引きつった。

くっついて離れぬ一人が咲代へ、震えている、と言った。

咲代は素っ気なくその男児を退けると、隅の腰掛けに座した。真剣に物思う表情で、ややうつむいた。両手に置かれた手はぐっと握られながら、明らかに震えていた。


ついに来たかと甚六は思っていた。咲夜竹の品、要するに咲代の手がける竹細工は、見聞の広い人ならなおさらその凄さに気付くだろう。いずれかの国まで出回ったかという噂を不思議にも感じ、渡り鳥の行く先を案ずるがごとく不確かな思いでいたが、まさか京都から文が届こうとは予想もしなかった。

咲代宛てに届いた文の内容は、まだ甚六は聞いていない。咲夜、と使いの者が呼んだことから、咲夜竹の品を見て何某かを綴《つづ》ってあったことだけは察せられる。

咲代が文を作業場でそっと拾い、部屋へ引き返す後ろ姿を甚六は見た。背は不穏なものはなく、いつも通りに凛としていた。ならば、あの尋常でない手の震えは何を意味するのか。

甚六は、咲代をここは信用してみようと思い、放っておいた。食事の後も竹細工のあれこれをまだこなし、離れの片付けなども買って出た。粗方は母親たちによって済まされていて、所在なげに見回った。雑事もなくなると、咲代は部屋に入って出てこない。甚六もやることもなく、いつもより早くに寝床を用意した。布団は寄せてくっつけて。

夜着へ潜り、天井を見上げた。板の木目は、今夜も蝋燭の灯りで西日の色へ染まる曇り空の趣だが、秋も過ぎれば外は星が明るく瞬き始めている。そう思うにつけ、どうも現実感がない。

両手は枕に重ね、首との間に挟んだ。指のつけ根まで組み合わせると、熱がそこに留まり、手のひらの内にぽかぽかと火種を持つようだった。

指の感触は、人にとって最も敏感なのかもしれない。甚六は指を隠すことで、このところ、あのつまらない欲情めいた心が鳴りを潜めている。咲代に対しては、大きくなっても懐いて離れない子供の温もりのようなものを感じるだけだ。ただ、その感覚をもたらしてくれるのはあくまで腕の部分である。敏感過ぎる指はいつも閉じ、親指も握り込んでいた。

ただ、寝相が乱れ互いの姿勢が変わることはあったかもしれないし、夢現《ゆめうつつ》の内とはいえ抱き合うようなことがなかったともはっきりとは言いきれない。

咲代は甚六に寄り添って眠るために、髷をほどく夜も増えた。朝にさっさと自分で作る髷は、髪結いにやってもらうよりもだいぶ見劣りする。それは、出入りしている母たちや子供たちには気付きようもないこと。甚六だけが気になるのだ。

ぼんやりとするうちにまぶたも重くなってきた。先に寝てしまおうと決め、甚六が目を閉じると、戸の向こうから足音が聞こえた。

(ああ、来た)

ということは、文も読んだのだろう。甚六は目を開けずにいた。両手は枕代わりにしたままである。いつだったかその姿勢で眠りこけていると、後でやってきた咲代がその腕を引き抜いてしまったことがある。今夜はそんなことはないだろうが…。

戸襖がそっと開かれ、小さな足音が聞こえてからまた閉じられた。すす、としか音は聞こえないのだが、甚六には動きが手に取るようにわかった。今は戸の前、そして歩き、近付き、今はこちらを見下ろしている。

隣の寝床に入った。いつも心の準備でも整えるかのようにそうしてから、しばしの間を置いた後に甚六の隣へ寄ってくる。今日もその儀礼を踏んでいるのかと甚六はまぶたの裏の闇を見ながら待ったが、一向に来ない。

甚六は不審を抱いた。だが文のことがまた過って合点した。

（そういった内容だったか、やはり）

と、察した。咲代も文など貰う身となり、親代わりの男と寄り添って寝るなど、はしたないと感じたのかもしれない。

甚六は諦めるように、無意識に入っていた身体の力を抜いた。長い息を吸ってから吐くと、それを寝息と決めて眠りに就いた。夢では一人、竹林へ出ては竹を採り、帰るとまた一人の家の中でそれを細工した。


いつの間にか咲代が返事を認《したた》め、その京都にいるという謎の主へ送ったことは、甚六はいつかの使いの男が再訪したことで知った。男の言うには、

「咲夜という意味の名を、御主人様より頂いたそうで。咲代様はあることを確信してい

たと文に綴られておりました」

あることとは、と甚六は訊き返した。今日も庭と離れには子供と母親たちが集まり、ほのぼのとした時を過ごしていた。秋晴れの暖かな日だった。

男はひざまずいた姿勢から、甚六を指し示した。

「御主人のことが、咲代様にとって唯一愛する殿方であると」

まさか、と甚六は表情を険しくした。

いったい、そのようなことを打ち明ける文の相手とは何者なのか。実際に男にその旨を尋ねると、自分はあくまでも使いであって、京都にいるその主とやらが咲代へ二通目送ってきただけだと繰り返す。

主のことも文に書かれているはず、男の口からは詳しくは明かせない、という。

甚六はその二通目も咲代へそれとなく手渡し、何も気にすまいと決めた。一度は嫁に出そうとした子である。互いに本当の娘でもなし父でもない。それを、咲代が文に唯一愛する男と綴った。それは俺に嫁に貰ってほしいということか。

いつだったか、髪結い床の女将やうちに通う女たちにもそれとなく「甚六さんが貰ってあげたら良い」などと言われた。しかし、親代わりの自覚ゆえに拒みそれを続けていたのだ。今になってなぜ。甚六は自分が何者かと訝った。

唯一愛する殿方という言葉も素直には心に入ってこない。咲代は、一通目の文が届いた日以来、甚六と寝床を離し始めている。甚六は早く寝床へ潜って、何も気にかけずに寝ようと努めたが、離されて迎える朝は秋風が骨身に染みた。


文のやり取りも三通目。それが届いた時には、咲代も屋内にいた。甚六が出て受け取った文を持って奥へ戻ると、

「甚六様」

と、咲代が廊下で待ち構えていた。改まって甚六を呼ぶと、

「折り入って御話したいことが」

と言って、部屋へ入った。甚六はため息を呑み込み、後に続いた。

「ゆるりとしよう」

そんな言葉が不意に出て、火鉢を灯した。咲代は円座を二つ並べ向かい合う気でいる。正座して待つ咲代の表情を正視できずに、

「湯が飲みたいから持ってくる」

甚六は言って一旦は逃げた。薬缶に湯を入れ、五徳とともに火鉢の上に置いた。湯飲みは脇に二つ並べて置いた。

「甚六様」

咲代は待ちきれないとばかりにまた呼んだ。甚六は火鉢を前にし、咲代へは背を向けていた。

「何だ」

冷たい受け答えにならぬか、自分が怖くもあった。

「その、こちらへどうぞ」

咲代は口ごもりながら言った。振り返ると、円座へと手で促された。

「あまり」

甚六は顔を戻し、背中で続けた。

「改まってほしくない気分なのだ、今は」

そうですか、と咲代は言い、しばし待った。火鉢が一度目の爆ぜる音をさせて、身体はぽかぽかと温もってきた。甚六は上に五徳を置き、薬缶を据え置いた。

部屋には長い沈黙が流れ、湯も沸いてきた頃、甚六は自分が拗《す》ねたと思われているようだとようやく察した。咲代はうつむいていた。両手は膝の上にきちんと添えられ、いつかの時のように震えてはいない。ずっと穏やかそうである。

甚六は薬缶を取ると、湯飲みへ白湯《さゆ》を注ぎ、咲代の前の畳へ置いた。

「有難う御座います」

ずず、と甚六はもうすすった。はあ、とため息が出た。

「まず、お前」

咲代へ言い始めた。咲代は湯気の立つ湯飲みに手を添えていた。

「俺などをあまり重く捉えなくて良いぞ」

言ってどこか、甚六も卑屈になった。美しくて若く、仕事もできる咲代を前に、本当はどこにも立つ瀬はない。誇れるのは少し長く生きていること、重たい物を運んでやれることくらいか。

「あれは、恋文だったのかい。竹を褒める内容だと俺は思っていたのだが」

「両方でした」

「なるほど」

甚六は納得した。品に惚れ込み、作り手に惚れ込むことは珍しくない。きっと噂で女と知り、独身とも知れば、後は向こうの考え次第。

「良いことではないか。今度こそは」

咲代は返事せずに立ち上がると、隅に置かれた棚を開けた。取り出されたのは以前に届いた文二通。黙って甚六へ差し出した。

まだ読まれてもないかのように、文はきれいに綴《と》じられていた。それに見分けがつかない。咲代が片方を指差し、

「初めに届いたのがこちらです」

と、教えてくれた。甚六は胡坐を直して、その文を開けた。

文章に関しては教養を感じさせる、かしこまって美しいものだった。その分、遠回しで理解しにくい。甚六は一応ざっと読んでみたが、要するには、

「竹の品が素晴らしいから、会ってみたいのか」

そういった内容に取れた。所々回りくどいところもあり、要約しないと不可思議な文面ではあった。

差出人は京都で暮らす、仁木という者。

〈吾は現在、御所の隅に置かれて居ります。此度、駿河国より竹編みの籠を譲られました。其の品の程、見事で在り又、名を聞き驚いた次第。咲夜という名の由来、譲った方へ尋ねては、駿河の小町に住む職人の名を冠したと云う。更には其の者、女で在ると云う。吾の心に一つ、不審な点が在り、明かしとう御座います。咲夜と、何故に付けましたか。其の名付いた品を何故に他国へ伝えましたか。京まで届いた訳、偶然でも在りと思いつつ、貴女様の御意見を知りとう御座います。文で無礼の程、御許し下さいませ。叶えば一度、貴女様と御会いしとう御座います。後、重ねて綴ります。吾の名、仁木と申す。字は自ら充て付けました。貴女様に思う所在りましたら、先ずは返書の程宜しく御願申し上げます〉

ふむ、と甚六は唸ってまた湯飲みをすすった。咲代を見てみると、じっと礼儀正しく座している。

「これにお前は返事を」

問うと、はい、と微風のような声で応えた。そちらの内容に関して訊き出すのは甚六の中で憚られ、二通目の文を開けた。これを読めばきっと、間の籠目を読み取るようにわかることだろう。

〈御返事の程、賜りました。貴女様の名が咲代と申す事も存じた次第。手前の勘違いで在った事御許し下さいませ。名付け親が現在の主で在る事、竹品に付けたのも其の方で在る事等、重々に承知致しました。心在る主に逢われ、今迄に幸福で又裕福で在るのも単に貴女様の力と御見受け致します。貴女様の内に吾の名の音に覚えが在るところで、吾の内でも充て推量の域は既に脱したところ。一度相見望みますが如何で在りましょうか。貴女様が主を慕う御心、吾にも幾許かは解ります故、臆しても居ります。驚いても居ります。是は貴女様も同じと思います。先ずは御考え下さいませ〉

甚六は紙を折り戻して二通、重ねて咲代の方へ返した。咲代はうつむいたまま受け取り、膝元へそっと置いた。

言葉が出ない。だから嫌だったのだと内心でぼやくと同時に、ただごとではなさそうと甚六は感じ始めた。

二通目の文面から見て、仁木という名に咲代は覚えがあると返書している。咲代が年端

も行かぬ女子の時に甚六は出逢ったゆえ、やはりそれが名字なのかと思いながらも、

（父なら他人行儀に過ぎる）

という懸念が浮かび上がる。文ゆえに遜っていることを差し引いても、自分の娘に貴女様などという親はいまい。一方で、そのような親だから娘を遠い町に捨て置いたのかもしれないとも思えた。

「咲代や」

返事を待たず、甚六は問うてみた。

「この文の方は、お前の父親か」

咲代はかぶりを振った。

「では、兄弟か」

それにもかぶりを振った。

「では」

と、言ったところで甚六は訊くのを止めた。

「改めて話があると言ったのはお前の方だったな」

湯飲みに口をつけ、白湯を飲み干した。咲代のそれを覗くと、まだ湯気が立っていた。

甚六は咲代の湯飲みに添えて、

「飲め。温まるから」

勧めた。咲代はそっと口をつけると、か細い喉をごくりと動かした。喉は未熟なまま炙られた白竹のように可憐《かれん》だった。甚六は、咲代の竹細工が人の心を打つ理由がその有り様と何となく重なって見えた。

仁木という男が何とかして咲代へ会おうとしているのに対して、咲代は明らかに拒んでいる。使いの者の言によれば、咲代は返事の内に甚六を唯一愛する男と述べた。慕うとかいった曖昧な言い方でないのは、元より興味がないと先方にはっきり断るための便法だったのかもしれない。

結構でした、と言って咲代は湯飲みを甚六へ返した。そのまだ湯気立つ残りを、甚六は飲み干してしまった。この温もりは、腹の内でしばらく冷めまいなどと考えていると、咲代の方が、

「冬でも私は、温もって心地が良う御座いますから」

胸に手を当て言った。それを甚六のおかげだというふうに視線を向けて、小さく頭を下げた。

「それは良かった」

さて、と甚六は空でもまだ熱の残る湯飲みを両手で包んだ。そして待った。今日は何もなく、外も静かに、鳥のさえずりだけが聞こえる。誰にも水を差されず、じっくりと待てるか。甚六は背を丸め、胡坐の膝上で頬杖をついた。目の前で片方の円座には、咲代が座している。空いた円座に座るべきは甚六であると咲代は思っているが、甚六はそうは思わない。鳥の声にも飽いた頃、ようやく咲代が話し始めた。甚六はその内容に目を見張った。

「私は甚六様が、仁木様であると勘違いしておりました。

花の咲く夜のような咲代と名付けて下さった時、ほのかにそう信じ、お供しながら育とうと決めたのです。

大人となった暁、またこの世で妻とされるかと信じました。縁談を勧められた折は、未熟にも疑いました。あられ石の大結晶は、いつか貢ぎ物として目にした実在する物です。ただ人がどれほど努めても、手に入れることは決して叶いません。あの塩の岩も、持ち帰った人も、私は一目見て愚かな人の所業とわかっておりました。

けれども、人として現れたこの身が手籠めにされた後、涙を流して悲しみ、屋敷に火まで放たれた甚六様に、人の本来の姿を見ました。何よりも、深い真心に触れることができて、私はこれ以上なく幸福でありました。

そうして、世を憂い始めた甚六様に、私は心を奪われて今に至ります。俗世に下りての戯れごととも思っておりましたが、心はもう」

咲代は一粒の涙を畳に落とした。

「あの方へ、ないのです」

甚六はいつしか目を伏せ、咲代の涙声をただ聞いていた。不思議なことに話を出まかせと疑う心は微塵もなく、どうして咲代を取り巻く事々が常識に囚われずにあったのか、今思い当たった。

(これで何もかも辻褄が、合ったのではないか)

甚六は自分の人生を顧みた。特別なことなど一切になく、平凡でつまらない生涯を送るはずだった。咲代が現れるまでは。

胡坐を滑らせ、甚六は咲代の横まで行った。袖を伸ばし、こぼれる涙を受け止めた。咲代は、あふれ出る涙に抗うように首を小刻みに振った。それは自らの事情その全てを振り払うかのようでもあった。

なお涙は止まず、咲代は甚六に抱き着き、肩口に顔を埋めて、

「こうさせて置いて下さい、どうか」

と懇願した。甚六は、

「もちろん良い、気の済むまで」

快く身体を貸した。そして咲代が脇に置いた三通目の文を片手で持つと、開いてみた。

〈御返事の程賜りまして、先ずは感謝申し上げます。貴女様が若しや、吾の知る咲夜姫と人違いで在るのなら、此度の依頼を拒む御心、確かに解ります。若し貴女様の出生並びに家族等が明瞭で在りましたら、其の程又御教え頂きとう御座います。

然し、手前の知る咲夜姫で在られるなら、相見を再度望む。不死を与うる為に下り来た手前共では在るが、今頃合と観じて居る故、支度を願いたい。重ねて申し上げるが貴女様の主への慕情、其れは戯事の一つと捉えて宜しいか。されば場合に拠りては力に拠る行使に出ても宜しいか。葦原へは近々に帰郷すると思う旨、此処に記す故、何卒御検討直しを願う〉

「ユキドオルの章」

仁木という男からの文は、三通目の以降、甚六の元へは届けられなかった。それというのも咲代が返事を認めていないせいでもあるが、月日が不自然に開けば重ねて送ってきても良いはずである。

何より三通目の文面には、明らかな怒りが見えた。途中から敬語でなくなり、指図する形となった。力による行使もちらつかされた。

甚六はそもそもの発端や現在の事情云々を知らない、いわば部外者であるから、文に見える多少の抑揚、それが脅しであろうが怒りであろうが今一つしっくりと来ない。何をそれほど怒り脅すのか、よくわからないのである。

一方で、咲代の気持ちもわからない。甚六に惚れても一向に構わない。ただこれが不倫の類なのかは曖昧である。咲代が元は女神であれ花であれ、子供の姿だったから捨てられてかわいそうだと思い引き取っただけのこと。親も探しはした。まさか子供に夫がいたとは、夢にも思わなかった。

甚六は自身の立場も見失っておろおろとするばかりであった。咲代の心がすでにその仁木という者にないことは確かである。もし咲代が今も子供のままなら、どうぞと差し出せるが、大人になって意思も持って、本人が拒む現状をどうできようか。それに、

（帰郷《ききょう》しようと誘う葦原《あしはら》とは、どこなのだろう）

京都のある西の方か、南か、北か、それとも人の想像もつかぬ場所か。三通目に記された、そろそろ帰ろうかという内容も甚六は気になった。果たして、帰る先は会おうと思えば行ける場所なのか。

嵐の前の静けさのように、しばらくは平穏が続いた。

竹取りの時季も始まり甚六は、一々に物思う暇も減った。採った竹をそのままに用いる青竹細工は、力もそれなりに必要とするので男の甚六の出番である。正月に向けた門松を始めとする飾り諸々、祝いで贈る品などもよく注文を受けた。

近頃は、甚六の青竹の品がよく求められた。咲夜竹は高級で当然に良いのだが、甚六の品も力強さや勇ましさが好まれる。さる偉い方が太鼓判を押したなどとささやかれた。

それに今、咲夜竹の新しい品はほとんど作られていない。

当の咲代は飄々と日々を過ごし、子供らの相手をした。よく懐かれ、よく慕われた。今日は仕舞いと言っても、子供らは抱きついたり手を取って離さなかったり。それでも咲代は嫌な顔はしなかった。理由を訊くと、

「子供は嫌いでありませんから」

と、はっきり言う。甚六はいつか自分も子を、などと不埒な想像が一瞬過ることもあった。

だが間違いは犯さない。子供らが咲代に寄せる思いのように、咲代から甚六がいくら慕われたとしても、恋仲のように応えることはしなかった。寝床では寄り添うことは再開したけれども、甚六は常々、こいつは俺の子だと自分に言い聞かせてきたのだ。

何を思ってか、咲代はこのところ、竹細工をすっかり後回しにして、代わりに子供に教えること、家事などに精を出している。意識的にしたことだけは、甚六には見て取れる。今回の出来事は、咲夜竹などと名付けた竹細工が出回ったことから始まった。それを慮《おもんばか》っているのだろう。

甚六が咲代の力をさりげなくも借りて成功し、世へ抱いた憂いの気持ちに咲代自身が惚れ込んだのだ。甚六が成功をしなければ、咲代の名が知られることはなく、見つかること

もなかった。甚六を慕うこともなかった。咲代はその因果を、どう捉えているのだろうか。

とにかく今はと、甚六は竹取りと青竹細工、春夏へ向けての白竹材の製作と確保に務めた。咲代が竹細工をやろうが止めようが、暮らしにすぐ響くほどの値は元々つけていない。素晴らしいとか美しいとかいう噂もそのうちに静かになっていた。

甚六は朝早く、竹林へやってきた。富士おろしは例年に増して冷たく、強い。竹林の中でもひと際高く伸びた何本かの竹が、大きく揺れている。突き出た竹の先は南の方角へ曲げられた。決して折れはしないが、しなりにしなって、風が止んでももう真上を向くことはできまい。

甚六はいつもと同じように、地下茎をともにする竹を見定めた。根元を斜めに切り、倒れた竹の稈から枝を切り落とす。一定の節ごとにまた切って、大八車へ積み込んだ。その繰り返しで数本分、どっさりと積むと帰路に就いた。西側の道へ出て進むと、竹林の高い枝葉の隙間から覗く日差しが、甚六の目を突いては隠れ、突いては隠れした。竹林を離れてもしばらく、視界には斜めに光が掛かるように感じた。

駿河にある町は、富士山との位置関係がわかりやすい。北の方角の富士を背に、日は左手から昇り、右手に沈んでゆく。富士山は連なるのではなく一山で屹立《きつりつ》している。広い裾野には大小の集落があり人々が暮らした。方位によっては富士の山頂から日が昇り、夕日も富士に沈むように見える場所もある。まさに日が富士から生まれ、富士に帰るような景観も望めるのである。

帰り道は、竹の重みで行きよりも骨が折れる。南の家までの道中、富士を背にしていると、富士おろしに背を押されて足が早まることもあるのだが、今日風は吹かなかった。富士おろしの気まぐれか、意地悪でもされたらしい。

家に着いてすぐ、ごろごろと竹を工房に持ち込み、青竹細工で使う物と、白竹として使う物とに分けた。白竹用は節を削り落とし、炙って油抜きをし、後は干す。出番は春先か、夏の終わり近くにもなる。そんな作業をせっせとこなすうちに昼時となった。

朝飯前とはよく言ったもので、甚六はいつも竹取りから戻ってから朝昼兼用の食事をとった。自分で支度はせずに、最近は咲代に呼ばれては部屋に行く、だが今日は様子が違った。

（静かだな）

物音がしないだけでなく、気配も感じられない。咲代ほど静かな者でも、いればそれなりに空気が揺らぐ。彼女特有の香りもある。それが今、家に漂うのはわずかな残り香と、取ってきてまだ新鮮な竹の爽やかな匂いだけだった。

「咲代や」

一度、呼びかけた。部屋も開けては確かめた。が、姿はどこにもない。

(急に出かけたのかな)

やいやいとやかましい近所の女たちが、どこかへ誘って連れ出したのだろう。昼までには戻れますよ、などとうそぶきながら。心配そうに留守の家を振り向く、咲代の後ろ姿がちらっと浮かんだ。

まあ腹は空いたので、土間へ下りてみた。炊き置いた米と、唐茄子と芋の煮物などが残っている。待ちきれなければどうぞと言わんばかりである。甚六は手慣れた様子で、さっさと一人分膳を用意すると、自ら持って部屋へ戻った。

「頂きます」

お先に、と心で言ってから箸をつけた。一人でも決して不味くはない。部屋はしんとしていても、咲代は今居ないだけなのだ。米を頬張り、煮物も詰め込み、瞬く間に空いた膳を持って土間に戻った。

片付けた後、縁側に出て庭と離れを見渡した。離れの突き出し屋根の下には、ずいぶんと上達した子供らの白竹が干されている。汚れなく日に焼けた竹は作り手の姿をそのままに反映するようだった。

日は丁度真上を過ぎ、西側へ少しずつ傾き始めた。耳を澄ませば町の方から人の声などもする。空には雲一つなく、渡り鳥が整然と並んでは飛んでいく。

そんな長閑《のどか》さとは裏腹に、甚六はなぜか胸騒ぎを覚えた。部屋をしつこく全て開けて確かめながら、

「咲代や」

また呼んでみる。返事はなく、呼ぶ声さえも得体の知れぬ壁のようなものに吸い込まれていく気がした。

自分ではない。誰かが咲代を呼びだしたのか。もちろん近隣の者などではなく、はるか昔より見知っている誰かが。咲代は応えるしかなく、従うしかなく、たとえ今誰を好いていようともただ、ついていくしかなかったのか。もう、この町から見えるのは、消えていく場面、後ろ姿だけかもしれない。

甚六は早足に玄関先まで出た。履き慣れた草履を突っかけて、転びそうになった。みっ

ともない中年の身を自覚しながら、とにかく道へ出て、左右を遠くまで見渡した。そこには往来する人や家々、改めて見るまでもない風景が広がるだけだった。

思えば、

(こうして急に、現れたのがあの子だった)

今が、あの日の始まりから続いた、終わりの時なのか。呆気ないが、始まりと似ている。竹林から一人帰ると、家に現れていた子供が数年後、竹林からまた一人帰ると、姿を消していた。それが最後。

甚六は居ても立ってもいられず、町をただ歩いた。行き交う人は厚着をして肩をすくめ、袖も隠している。知った顔を見ると簡単に会釈した。道の脇には桜の枯れ木が、春を待つように寒風にじっと耐えている。甚六は早まる足を、何事かに急く心を覚られないように、寒くて帰路を急ぐ体裁に装った。

ぐるりと適当に一回りしては、家に戻った。脱ぐ拍子に草履は後ろに跳んだが、甚六はそのままにして奥に入った。確か、

(居間に座していたのが最初か)

と思い出し、甚六は、その当時とは様変わりした居間の戸襖を開けた。何度も確かめた

通り誰の姿もなかった。捜すうちに咲代の姿は子供に戻り、言葉もないまま強く甚六のことを求めてきた。甚六は家財具の狭い隙間まで確かめた。白い、大人の寝間着のような着物を身に着けた女子の姿、あれは元々が大人の姿だった証しなのか。隙間に隠れて、じっと甚六に呼ばれるのを待つ不格好な姿、あの時はまさかここまで長く、また深く、ともに過ごすとは思わなかった。

甚六は屋内を見て回るのにいよいよ疲れて、作業場へ戻ると腰掛け、また竹を触った。手を見れば、技術は向上したかもしれぬが、皺がすっかり深くなった。歳を取った。齢はもう三十代の半ばを過ぎた。これで独身。周りからはもう諦めた人、興味のない人というふうに見られよう。妙な趣味を疑われても仕方ない。

一通り落ち込んでから、感傷にも浸り、少しずつ前向きさが戻ってくると、甚六はあくびをして庭へと出た。と、そこで離れにすっと入っていく人影を見た。

甚六はしばし、立ち止まった。空を見ればまだ昼下がりの時刻である。まさか、と思って離れへ向かった。閉められている戸をゆっくりと開けると、

「あっ」

女が屈み、着物の丸い尻を向けている。すうっと理解と記憶が追いつき、生地の色柄も

見慣れた、細く頼りなさそうな体躯《たいく》がそこにあった。向こうは甚六の声に気付いて、焦るでもなく、ただ艶やかに首をゆらりと振り向かせた。

「咲代」

甚六は思わず呼んだ。

「はい」

咲代は当然、返事をする。だが甚六の言葉が続かないので首を傾げた。手には床から拾い上げた竹の切れ端を持っている。

「何でしょうか」

甚六が応えないので、咲代はまた屈んで他の切れ端を拾った。もう一度床を見ては、よしというふうに頷いて、戸口まで来たのだが、甚六がびくとも動かない。通れないのにたじろいでは、小声で謝った。

「御免なさい」

「あ、すまん」

甚六は後退り、庭に出た。咲代は甚六の顔をちらちらと見ながら通り過ぎ、庭を母屋の方へと横切る途中で立ち止まった。

「何か用事がありましたか」
と、訊いた。甚六は我に返り、
「いや、何でもない」
と、ごまかした。

甚六は、今や咲代が視界に入っていないと落ち着かない。いらぬ心配とわかっても、どうしようもなかった。

傍から見たならば親を探す子供のようであったろう。うろうろ、きょろきょろとしてはみっともない。思い返してみるだけで懲りた。もっと毅然《きぜん》に竹と向き合わなくては。咲夜竹とはゆかなくとも、自分の手がけた品もそれなりに評価されるようにしたい。

この夜、咲代の方が機嫌を損ね始めた。甚六は長く一緒に暮らしてきて、咲代が普段通りに見えても、どこかに鬱屈を隠している時はよくわかる。ほんの少し動作が荒く、速くなって、甚六を見遣る頻度が著しく減る。時にはこちらを観察していて、甚六もその視線に気付いて見返すことも多いのだが、今夜は視線が合わない。食事をぼそぼそと終えて、

「御馳走様です」

小さな声で言うと、部屋を出ていった。甚六は昼にも食した煮物の残りを箸でつまんだまま、背中を見送った。

「順番、ということかい」

そう呟いて、近所からの御裾分けの漬物をぽりぽりと噛んだ。思えば、祝言しろとかしないとか、何事か憂いて互いに涙するとか、大人に見えたり子供になったり。二人は順繰りに態度や行いを重ねてきた。今度は昼夜で落ち着かぬ気分を順番に回すわけだ。それにしても今朝の甚六はまるで独り相撲。勝手に落ち込み、勝手に落ち着いただけだったが。

残り物を胃の腑に流し込んでから甚六も膳を持って立った。土間には食べ終えた膳が濯がれずそのまま置かれていた。それほどか、と甚六も心配になり、片付けは後にして奥へ戻った。

予想した通り、咲代は縁側へ出ていた。それも隅でなく真ん中辺りの、ひんやりと冷えた板へ直接に座って、しっとりと空など眺めている。夏は汗一つかかず、冬には少しも身を縮めることもない。ずっと不思議だった。火鉢にあたるのは人を真似て、それらしくしていただけかもしれない。

「良い月夜だねえ」

わざとらしく言って通り過ぎ、甚六は納戸へ行くと冬用の掻巻《かいまき》を持ち出した。縁側へ戻るとそれを羽織って、咲代の隣へ座った。咲代の視線を追うようにしばらく、夜空を眺めた。

望月《ぼうげつ》の空である。散らばる星々も瞬いている。甚六は知った星座など、ぼんやりと探しながら、咲代が何か発するのを待った。渡り鳥のように決まって現れ、草木のように季節で枯れ落ちることもない星月はたくましい。厚い雲に遮られようと、人の見上げる目が曇ろうとも、厳然としてそこにある。

咲代は言葉より前に空をまず指して、

「今宵《こよい》、最も輝くあちらが、祖神にあたります」

にわかには信じられぬことを明かした。だが今の甚六には素直に聞けた。

「いつか頂いた御餅のように、甘く優しいかは知りません。夜を照らす役目を担われ、以来ずっと欠かさずにおられます」

「偉いことよ」

甚六が感心と敬意を抱きつつ見上げると、月は丸く、白く輝いた。

「では周囲に散る星たちは皆、その方の家来にあたるのかい」

ついでに尋ねると、

「存じておりません」

と答えた。甚六にはその、関係がよくわからなかった。星は他人で、月は親類であるのかと。

「私は、葦原中国《あしはらのなかつくに》という場所からやってきました」

ああ、と甚六は文のことを思い出した。帰ろうと誘われた葦原という国は、咲代の故郷らしかった。

「親は、山々を司る者です。私はその内の草木、花、などの色彩を担いまして」

咲代はいつの間にか、視線を空から正面へと戻していた。

「石と土などの地は、主に姉が担います」

え、と甚六は訊き返した。

「姉がいたのか」

咲代は静かに一度頷いた。そして甚六の想像を直ぐ先回りして、

「姉はとても強く、髪を見なければ男とも間違われるほどです」

と、描いた姿を打ち消してしまった。甚六は思わず眉根が寄った。

「姉がいないと、私など何の役にも立ちません。石と土による地が形成されねば、草木は存在し得ません」

甚六の方を向き、一瞬目元を微笑ませた。

「竹に例えるなら、甚六様がおらねば私の役目がないのと同じこと」

「そんなわけがあるか」

「私は竹を取れませんし、刻むことも容易にできません」

諦めるような哀愁と、認めるような爽快さ、どちらをも感じさせる微笑だった。咲代はまた宙へ目をやると今度は、少し落として町と、向こうに広がる山々を望んだ。富士へ直接は連なっていない、控えめに町を取り囲む低い山々である。

「私は解せないのです」

咲代はようやく、甚六が微かに察知していた怒りの矛を覗かせた。

「何を解せぬ」

姉と何かあったのか、とすぐに甚六は察した。

「私たち姉妹はともに、仁木様の元へ嫁ぎました。ですがあの方は姉を出戻らせました。姉の容姿を嫌い、私だけを娶ったのです」

咲代は悲しげな目を、山々へ突き刺すように向けた。

「私たち夫婦には、大きな罪ができました。あの方は天孫。私が姉に同情をしても、戻ることは自らの意思で叶いません。ともに背負い、償うしかなかった」

甚六は聞きながら、その天孫という存在を思った。今は京都に下ったというその方の姿形は一切想像もできず、伸ばした意識は闇へ溶けて消えた。

「三通目を先ほど、初めて読みました」

咲代は無垢な瞳を小刻みに震わせた。

「あ、読んでいなかったのか」

甚六は驚くとともに納得した。自分はすでに読んで、怒りと異なるわずかな不満と恐怖心を抱き、今はもう萎《しぼ》んでいた。

「あの言い方は、いったい何なのですか」

見ると、手も震わせ、怒りを隠さない。甚六は掻巻から手を伸ばして、そっと咲代の背に添えた。

「まあ、あれは」

と、言い始めてはみたが躊躇した。神も人のように怒り、心も揺れるのか。咲代を見る限りはそれもあろうが、京の者の仮の姿すら知らない以上、どう言葉を継いだら良いか自信が湧かない。

「人みたいに、神さんも怒るのかい」

甚六が怖々尋ねると、

「人よりもすぐに怒ります」

咲代は早口で即答した。甚六はすっかり困った。

（喧嘩両成敗、それか、夫婦喧嘩は何とやら）

俗には夫婦のことは傍でどうこう言えるものではないが、神に当てはめて良いものか。今は人となっているのだから良いものか。

「甚六様」

「はい。ああ、うん」

甚六の言い間違いにも眉一つ動かさず、咲代は続けた。

「あの方の言うには、償いの時はすでに終わったようですが、私は帰りません。人としてこの世で生き、死にとう御座います」

かしこまって怖いことを言う。ふむ、と甚六は間を埋めた。咳払いも入れた。不自然でもこの際仕方ない。

つらつら思えば甚六も無事で済まないかもしれない。背中に冷たいものが走った。咲代は再度、月を見上げて、

「私たちにはもう、実体はないのです。残るのは役目のみ。ですからここで死のうとも」

そう言って口ごもった。甚六はすかさず問うた。

「本来、お前の役目とは何だ」

咲代は少し考えてから答えた。

「命を、彩ることでしょうか」

「ここで人として死んだらそれはどうなる」

咲代は真剣な眼差しを瞬かせてから、伏せた。そして月明かりの下、白く映る地面を見つめた。

甚六が竹を取ってきて、それを大まかには切ったとしよう。しかし細工はせずに、品とせずに切った竹自体をただ並べ置いて、どのような意味があるだろう。誰かが価値を見いだし、値をつけるか、評してこそ命は輝く。地面があれば人は立てる。石ころくらいも落ちてもあろう。それだけでよしといえるのか。

怒りは別にしても、咲代は必ず戻らなくてはならない立場ではないか。そこに因果が横たわっているように思えた。

「俺もあまり、理解できているとはいえんが」

甚六は咲代の背に添えた手を戻し、髭のざらつく自らのあごを撫でた。指には、花の彩りを感じさせる甘く酸い香りがうつっている。

「取るべき道、正解というものがあるような気がするのだが」

どう受け取られるかも恐れず、ただ甚六は適合させる必要を思い浮かべた。様々な思いと事情があっても、最善の選択は必ずある。

「わかっております」

と、咲代は言った。

「ですがあの文の内容は許せません」

口を頑なに結び、後から湧き出る雑言を喉に留めているようだった。

ふう、と甚六は息を吐いた。

「茶でも淹れるかい。そういえば貰い物の菓子などなかったかね」

甚六が努めて明るく言うと、咲代も瞬き一つでいつもの娘の表情に戻って、

「今朝方に出先で頂戴しました、羊羹があります」

などと言った。今朝というと行方不明になっていた折のことである。やはり連れ出されていたかと甚六は知った。

「ああ、良いね。俺が切る。お前は茶を淹れなさい。大事な客に出す時のように心を込めてくれよ」

おどけたように言って立った。咲代もすっと立ち上がり、後について、

「私は甚六様を愛して止められません」

背に告げた。甚六は掻巻を羽織っているせいでもなく、にわかに熱くなった。

「普通は、親子の間柄で愛するなどとは言い合わない」

「ですから私たちは」

「ともかく羊羹をどこに隠したか言え」

そこ、と咲代は竈《かまど》の隣の桶を指差した。

「こんな所とは油断ならん。さては独り占めするつもりだったな」

大股で進み屈んで羊羹の竹皮包みを拾い上げると、ふふ、という声がした。甚六が振り向くと、咲代はもう真顔になって、茶葉をつまんでは土瓶へ落としていた。

（笑ったのか）

甚六は気もそぞろに、羊羹へ包丁を入れた。

富士山は過去に二回ほど、大きな噴火をしたという歴史がある。そのどちらも千年近く前、平安京の頃である。

一度目は延暦《えんりゃく》時代に起こった。有史時代になって噴火はほぼ見られなかったため、これ以後、富士は火山として人々に認められることになった。この時、噴石や灰が降っては、町は大きな被害を受けた。

二度目はそれから約五十年、貞観《じょうがん》時代である。この時は前回にも増した規模と伝わっている。山肌を溶岩が伝い下りて、木々を炎に包み、麓は焼け野原と化した。北麓《ほくろく》にあった「剗海《せのうみ》」はその時に溶岩に埋まり、今は幻の湖といわれる。他にもいくつもあった湖に溶岩が流れ込むと、一瞬にして沸き上がった。蒸気が巻き起こり、周囲の町は霧に包まれた。さらに空からは火と灰、石まで降ってきたというから、地獄絵図さながらだったであろう。

その二度以外も、度々富士は噴火をした。雷のようにごろごろ鳴動することもあれば、火口が赤く染まることもあった。その前後にほぼ間違いなく地震が起きた。噴火によって地震が起こるのか、地震が噴火を招くのか人々は推しはかるのだが、その関係はよくわからないままであった。

駿河の国には富士信仰が根付き、登拝も盛んであった。信心深い人なら神職でなくとも富士へ登って参るのである。

曖昧な経緯ながら、富士山は江戸幕府初代将軍、徳川家康公の所有とされ、今でも将軍様のものである。噴火や地震の有無に関わらず、江戸や京の人々はある程度富士への信仰の念を持っていたであろうが、山麓となれば殊更《ことさら》であった。北麓の甲斐、南麓の駿河の二国では山を畏《おそ》れ鎮めようという意識が強かった。

二度の大噴火を契機に浅間《せんげん》大社が次々と建立され、山頂に奥宮、麓には立派な大社も造営された。とにかく祀って、祀って鎮めようと努めた。それほどに山を司る神の怒りを畏れたのである。決して怒らせてはならない。

ある時、町の神社から甚六の元へ御師が訪ねてきて、妙なことを教えていった。

甚六はちょうど庭を手製の竹箒で掃いていた。日頃はさぼっているのだが、なぜか夕べどこからか、おびただしい楓《かえで》の紅い葉が舞い込んできた。この地で暮らして久しいが、初めてのことであった。いつもとは風向きが変わったらしい。

その葉を掃き集めてたき火をした。ひとしきり済んでも、また庭の隅の方が気になって掃き始めた。要は手持無沙汰ということもあるのだが、貧弱な庭も掃き清めるうちに、どこかの立派な寺の庭のように見えてきて気分が良かった。

離れでは今日も、咲代が子供らと竹細工をしている。いくらか年上の部の集まりで、教えるよりもともに作ろうという趣向のようだ。つき添いが必要な年頃ではないので、母親たちの人数は少ない。数人ばかりが、離れの脇の日向で静かに喋っていた。

甚六は、町屋沿いの道から庭の先へやってきた御師の気配に気付いた。

「甚六さん」

目の前まで来ると頭を下げた。

「ああ、御無沙汰しています」

甚六は箒を持ったまま会釈を返した。

甚六が以前に相談した御師ではなく、当時は若くまだ修行中の修験者だった。あの時の御師はすでに亡くなったと聞く。跡取りとなったのがこの人物らしい。

神職のなりはしておらず、簡素な装束だった。富士山が閉ざされる秋冬の時季は、その格好で町や方々へ出て説法などするのだという。

「御出世なさったと聞きます。御立派になられました」

御師は爽やかに、甚六を褒めた。浮かべる笑みは、皺こそやや増えたがまだ若々しかった。御師は視線が合った母親たちにも会釈した。

「いいえ、おかげさまです。竹が上手く見つかっているのと」

甚六は謙遜しつつ、

「うちで預かった子が、中々の手練れに育ちまして」

離れの方を手で指した。

「ああ、例の」

御師は記憶を呼び起こした様子で何度も頷いた。

結局親は見つからず、甚六の拾い児となった女子。人々へは妹の友人の遺児であると説明した子。その秘密と嘘は今も流布したままだ。真実は甚六のみが知る。誠実で徳が高そうな御師を見て、甚六はこの人には真実を打ち明けても良いか、と一瞬考えた。暮らしが楽になってから、甚六の神仏への関心は薄らいだ。それが、少しだけよみがえったように感じた。

御師は慎重に言葉を選びながら、咲代が無事に育ったことは何より素晴らしいと褒めた。

「先代もしばしば、気にされていました。噂では耳にしていましたから改めてお訪ねするのは遠慮したようですが」

「有難いです。お守りくださっていることは常々感じました」

甚六は恐縮しつつ応えた。すでに亡き先代の生前の心遣いが心に染みた。

「ところで、竹細工の手練れになられたようで」

御師は咲夜竹のことを知らないようだった。飾り物として珍重される咲代の竹細工も、御師にとって関心は薄いらしい。甚六があれこれと説明すると、御師も少しずつ関心を示した。

「女性らしい、繊細な手作業が成せる技なのでしょう。竹が生える姿は雄大ですが、細工となると色の微妙な変化が趣深い。ずいぶんと儚い印象になりますね」

「まさにそうです。同じ物とは一見思われぬほど呆気ない。だからこそ」

甚六は応えつつ、自分の生業と咲代の存在に思いを馳せた。夢中にさせてくれたのは、他ならない彼女なのだ。

「続けていかなくてはならぬと、心がけています」

うんうん、と御師は満足そうに首を頷かせ、

「実は私、今に聞くまで、咲夜竹が御二方の製作であったとは知りませんでした」

ごく自然に、その名前を口にした。

「咲夜竹を御存知でしたか」

「ええ、実は先日に京からさる高名な住職様を迎えまして。その時の世間話の中で聞いたのです」

そう聞いて、甚六は胸がどきりとした。

「何でも、駿河竹の名工と称されているとかで」

なるほど、と動揺を隠しつつ甚六は言った。

「京のある偉い方がとても気に入っておられ、買い集めていると聞きました。気高い品は、やはり京へ集うものでしょうか。いやはや、駿河の国にとっても誇らしい出来事です」

御師はそう言って破顔した。甚六は内心動揺したが、覚られないよう一緒に笑った。

御師から噂話を聞いて間もなく、京都のある方が確かに咲夜竹を買い占めているという話も言い伝わってきた。江戸や京の噂、出来事が地方へ広がるのは早かった。東海道を往来する旅の者が道々で披歴《ひれき》して回るのだ。何人もの口と耳を経て、駿河の国の作った当人の元へも届いたのである。

そのある方について、噂を伝えた者の一人ははっきりと、

「公家様《くげ》」

と、呼んだ。京には朝廷があり、役職には公家が就いている。

その公家にあって咲夜竹を買い占める者、もはや例の文の主しかいない。甚六は疑った。加えて言い方にも悪意がある。「買い集める」でなく「買い占める」という言い方にはどこか険がある。甚六は悪意を察した噂話のように思われて気になった。

咲夜竹の新作は、しばらく作られていない。咲代には咲夜竹のせいで文が届いたという思いがある。だから、甚六が頼んだとしても、もう作るかどうかはわからない。買い占められ、新作もできない先に、咲夜竹の存在はいずれ消えてなくなろう。

どちらにしろ、竹細工は儚いものだ。それを、わざわざ買い占めて人目から離す必要があるのか。何ゆえに一刻も早く回収し、その存在を打ち消そうとするのだろうか。

甚六は、その噂を咲代に教えなかった。だがどこかで聞いてしまったのか、文のことなど思い出して鬱々とするのか、咲代は不機嫌なことが多くなった。他人にはわからなくとも、甚六にはいら立ちがはっきりと伝わってくる。膳の片付けをせずに立つなど、これまでなかったのだから。

不安が立ち込める中、御師が甚六の家を再訪した。庭に駆け込むように慌ただしくやってきて、

「甚六さん、荷を必要分まとめて、いつでも逃げられるようにしておいて下さい」

と告げた。何事かと甚六が訊き返すと、御師はそびえ立つ富士山を指差し、

「地鳴りが聴こえたと、山麓にある宿坊の御師から聞きました。近々に噴火と地震が起こるでしょう。今、皆で町の人らへ触れて回っているところです。甚六さんも早く支度を！」

いよいよ声を大きく荒らげた。

甚六の後ろ、縁側には咲代が立っていた。御師の話が耳に届いたらしく、富士山をぼんやりと望んでいる。

御師は他の家に伝えるため、去った。甚六は咲代へ向けて、

「聞いただろう」

促すように言った。咲代は甚六を見ながら、

「ええ」

とだけ応えた。

「荷づくりなどをして備えておこう。もうじき冬は終わるとしても、着物などはとりあえず一式、後は」

甚六は言いながら草履を脱ぎ、縁側へ上がった。すれ違いざま裾を引いて止められて、

「用心は要りません」

咲代に言われた。

「要らないのか」

甚六は逆らわずに従うことにした。踵を返して縁側、咲代の隣へ立つと、ゆっくりと富士を眺めた。

「雪がまだあれほど厚いので、熱は上がりきっていないのです。噴火するなら、もう少し雪を溶かしてからでしょう」

咲代の言う通りだろうか。富士は厚塗りの雪化粧をまだ残している。溶けるのは例年ど

おりならば春の中頃。

「噴火をすると、どうなる」

甚六は尋ねた。

「雪は火が出る前に粗方溶け出します。残りは溶岩とともに流れて」

「流れてどこへ行く」

咲代はゆらりと、眼下すぐの地面を指差した。甚六は、その仕草にいら立って言った。

「冗談では済まんぞ」

ええ、と咲代は穏やかに応えた。怒っているのか、怯えているのか、心の内は見えてこない。着流しに褞袍を着込み、外見は至って温かそうだが、甚六はどこか冷え冷えとしたものを感じた。

甚六は部屋へ戻って、一応荷物を考えた。まさか着の身着のままで逃げ出すわけにもいかない。広い風呂敷に着物の類、草履の替えなど置いてみた。さて、竹細工の道具は持とうか、寝床はどうしようか、などと思いあぐねていると、咲代が足音も立てず甚六を追ってきていた。敷居は跨がず外側から、力なく柱に片手を添えている。

「うむ」

そう呟く甚六の背に、甚六様と、咲代は蚊の鳴くような声で呼びかけた。

「何だね」

幼子に向けるように、甚六が優しい声で応えると、咲代はその声だけで満たされたふうに、後の言葉は続けなかった。

しばらく、沈黙が続いた。

甚六は腕を組み、風呂敷を見下ろしているが、もはや心は荷づくりにはなかった。

「改まって色々と話もしたい。だが俺はもう蚊帳の外ではないかという気がして、臆しているのだ」

不意に心中を明かした。

「なぜ臆されるのですか」

ううむ、と甚六は言葉に詰まった。神とはきっと咲代のことで、姉も親もそうであろう。対して俺は一介の竹取りの男。何の力もなく、どうすべきかもわからない。

「甚六様。実は私も」

咲代の声が改まった。歩み寄った、ともいえようか。

「人の身となったゆえに、自由は利いていないのです」

「と、いうと」

「憤っているのです。規模は多少変わるかもしれませんが、噴火は免れないでしょう。ですが、あの現象の源は何か私にも定かでありません」

甚六は信じた。咲代は人の身体、それも女である。押せば倒れるし、甚六もその身体を持ち上げて退けたこともある。か弱さを演じているとも考えにくい。

「私、仁木様の態度には確かに不満を覚えました。もう一つ、確かなことは甚六様と暮らす限りは、幸せであるということです」

咲代は言い終えると、熱い眼差しを甚六へ向けた。が、甚六はそれを気にせず、問い詰めた。

「では、あの富士の予兆はいったい誰の何なのだ」

咲代は本当に心当たりがないらしく、眉尻をやや下げて困り顔になって、

「確かなのは…」

そう、ぽつりと言い始めた。

「仁木様が、動き出していること」

「それは俺も聞いている」

今の関心と悩みの種はもはやそれのみといって良い。相手から見れば、咲代との暮らしは、不倫の構図にあり、誘拐ですらある。

逆の立場なら、と甚六は考えることもあった。

「迎えに来るとか、そういうことかい」

「大勢で来るでしょうね」

平然と当人は述べるが、甚六はぞっとした。風呂敷に包むべきは、もはや自分の身ともいえよう。

だが開き直れば、別の思いも湧く。

「俺の人生など別に何ということもない」

と、甚六は口に出してみた。ふてくされるつもりなどない。充分幸せだったのだ。

「私も別に」

真似る咲代に、甚六はやれやれと思った。

曲がりなりにも夫婦のように暮らす彼らは、互いの動きを他者より敏感に察知できるようだ。たとえ今は心がすれ違っていようとも。

町はにわかに、ざわついた。御師たちが富士の地鳴りのことを触れ回ったためで、皆それぞれに荷をまとめてばたばたとした。いつもは開いている店も閉まり、今まさにどこかへ逃げ出そうとする一家も見かけた。そのざわめきを余所に、いつも通りに大八車を引いて竹林へと向かう甚六は、傍から見れば変わり者だろう。

竹林へ着くと、竹も騒いでいた。溶岩が流れ来れば成す術はなく燃やされる定めの竹は不憫だ。甚六はいつもとは違う感傷を胸に、竹を切って落とした。と、ここまでは普段とあまり変わらなかった。

だが帰途、整然と街道を行く一群に思いがけずぶつかった。甚六はすぐさま、

（大名行列）

だとわかった。竹林へ続く脇道から、街道を一直線に進む行列を見遣ることができる。飾りを持つ者が先頭を歩き、次に提灯を掲げる者、さらには馬、駕籠と続いた。最後尾まで先頭と同じような役目の男たちがいた。一行全てが脇道から望めるので規模はそれほどでもなかった。

甚六も、田舎者とはいえ東海道筋に生まれ育った。東西を往来する行列は幼い頃から幾度も目にし、様相の違いなども区別できる。目の前の行列が武家のものでないことは、彼

らの姿、何よりも衣の色合いなどからすぐさまわかった。

（まずい）

と、感じた。提灯の字に目を凝らすが、富士おろしに揺られているので焦点を定められない。日差しも強かった。甚六は仕方なく諦め、遠目に望み早く通り過ぎてくれと願った。すると余計にのろのろ進むように見えて、じれったい。大八車は手を離し、一旦置いて待った。

一般に貴人は中央辺りに位置し、駕籠や馬などに乗っている場合以外は、それほどの礼は求められない。甚六は、中央部分が脇道との合流点を通り過ぎた頃合いに車を引いて近寄り始めた。そこへ達する頃には丁度、後列も通り過ぎているだろうと読んだのだ。ごろごろと引いては近付くと、駕籠の戸が開くのが見えた。甚六は足を止めた。

揺れ進んでいく駕籠の内の男が、甚六の方をじっと見つめ続けた。甚六は車をまた置くと、ひざまずいて頭を伏せた。上日遣いに男の顔だけ確かめようと試みた。その一瞬、日の巡りと月の巡りで数えられる時間とはまるで別の次元の空間に迷い込んだような気がした。

男は長髪、髭も口元とあごに見られた。眉も太く残され、少なくとも公家の容貌ではなかった。ゆったりと宙を揺れるように進む駕籠の中から、通り過ぎてもなお首を振り向けて甚六を見た。まるで睨んでいるようだった。目の奥に怒りが満ちているのかもしれない。

甚六はしばし、身体の自由を奪われ硬直した。ようやく起き上がろうと膝を伸ばすと骨が鳴り、痛みも走った。我に返ると、行列の通った道へ合流し、追いかける形で自分も急いだ。

町へ戻ると、まだざわついていた。行列を見送った興奮が冷めやらぬという様子とは違う。甚六は早足で車を引きながら、人々とすれ違った。避難する家族は皆、小さな子供を抱えているのですぐに分かった。敢えて日常のまま過ごそうという者は、いざとなればどうにでもなると考える大人たちだけらしい。

甚六は車を勝手口の脇に置いた。積んだ竹には構わず屋内へ戻ると、

「咲代」

と、子供に向けるように呼んだ。期待せずにいたが、返答はすぐさまにあった。

「はい」

と、家のどこかから小さな声が聞こえた。甚六は、母を見つけた男《おのこ》のような興奮を覚

えた。だがそれを抑えて、厳かにと咳払いをしては作業場から廊下へ上がった。

「ここにいます」

と、向こうの方から呼ぶ。甚六は声のする部屋の戸襖をすいと開けて、姿を確かめた。

「甚六様」

と、咲代はかしこまって言った。畳に直接座り、何か手に持ってじっとしている。甚六は後ろから、その手元を覗き込んだ。

「返事を待たず、重ねて四通目が届きました」

咲代は持っていたその文を胸元まで掲げ、甚六へ見せた。文はいつか見たのと同じ大きさ、おそらくは同じ紙で、外向きには上下を表す「上」とだけ書かれていた。筆跡も同じだった。

「さっき届いたのか」

「ええ、直接に渡されました」

何だと、と甚六は思わず言った。

「行列を帰りに見かけた。やはりそうだったか」

咲代は静かに頷くと、

「互いに今は人の身ですから、人以上の力などありません」

目を閉じたまま言った。甚六は、なるほど、と思った。開き直ることもなく、怯えることも必要でなかったという。

「玄関を隔て、駕籠も隔てた向こうで、仁木様は私へ告げました。帰りたくないのなら構わぬと。そしてこの文を」

咲代はさらに高く掲げて、

「甚六様へ読ませるようにと」

文を手渡した。甚六は目の前まで持ってこられたそれを掴むと、手が震え出した。

「大丈夫」

咲代は手首をそっと掴んだ。震えは不思議に大人しく止まった。

「あなたのように良心ある方を、傷付けるほどには落ちていません」

咲代は立ち上がり、部屋を出た。戸襖をぴたりと閉められ、後には甚六と四通目の文が残された。

〈此度、京より駿河の国迄来たりて候。咲夜姫の里親と視る、竹職の甚六殿へ最後、此の文を届けては私意の顕示とされとう在ります。又最後と申すには吾、元の国は葦原中国へ戻る折、不死山を経由せねば成らぬと知りて通る次第で在ります。咲夜姫の意思は既に前の返書に於いて伺うて居ります又、何卒貴殿の心配の程、吾の理解の程、差し支え無く在ります様へ。先ず咲夜姫が子供に戻りて此の世へ下りた際には、貴殿を吾と見間違えたと明かして在ります故に、貴殿の為人既に吾が吾を知る如く解りました。是又不可思議と吾が妻の志に甚く感慨も覚えた次第。延いては貴殿の居られる此の世は駿河の国へ残留する意思在る事も返書にて示されました故、其の程の理解も吾の内では既に済み致して在る事、御伝え申し上げとう在ります。只、咲夜姫より聞いて居られると察しますが、咲夜姫が親は大山津見神と云う世の山全てを司る者、又姉は石を司る者に在り、咲夜姫は花を司ります。咲夜姫が人と成りて此の世で命を終える後に其の代役は居りませぬ。又咲夜姫の命は神の身で在る頃より短いと存じます。子供より咲夜姫を育て見る貴殿には覚えが在ると察します故、明かすと咲夜姫は貴殿より先に老い死にます。其の天寿、貴殿の四半分未満と察します。又重ねるに咲夜姫の亡き後の世に草木が残るか吾にも定かで在りませぬ。此の全て知る上で咲夜姫を世に留め置こうとも吾は貴殿の御心を又咲夜姫の心共に讃える次第。咲夜姫、現在は貴殿が御内儀にも宜しく御伝え申します〉

翌朝、大きな揺れに甚六は目を覚ました。

（地震だ）

そう思いつつ、寝床の背中に伝わる揺れを感じた。それはいつもの微小な揺れではない。ゆらりと大きく右へ、また大きく左へと、荒波の上にいるように身体を揺さぶるのだった。

「いかん」

夜着から素早く飛び出すと、隣で眠る咲代へ向かった。

「咲代、起きろ。大地震だ！」

起き抜けの野太い声で言うと、後は確かめずに部屋を出た。褞袍だけ枕元から拾い上げて着込んだ。まっすぐに立つのも困難なほど、足元から揺さぶられる。開けた戸襖が、勝手にずるずると戻ってきては閉まった。家のあちこちが軋み、鋭く大きい音を立てている。

縁側に出て、柱の縁を掴んだ。外はまだ薄暗く、東の低い空だけがぼんやりと赤く染まるところだった。庭を見ると、地面も鳴っているのがわかる。内側から何者かが叩くような拍子も響く。町の方からも人の声や、悲鳴など聞こえ出した。

甚六は富士を見上げた。暗くて見えづらいが、雪化粧の頂は確かめられる。噴火が今すぐにはない、ということか。

甚六は居間へ入ると、小棚から財布を出し、懐へしまった。まだ足元は揺れる。他には何をと考えたが思いつかず、壁に触れながら廊下をよたよたと戻った。

戸を開けて中へ入ると、咲代は今も横になったまま、揺られていた。目だけは開けている。

「何をしている、早く起きろ！」

急かすと、ゆっくりと立ち上がった。手伝って夜着から身体を出してやると、白い寝間着も落ちて両肩があらわになった。甚六はすかさず手を伸ばし、肩へかけ直してやった。

「着替えて逃げる支度を」

言ったのは良いが、甚六は落胆した。咲代は昨晩、髷をほどいた。髪は額の中央から分かれて、耳の外側をそれぞれに通っては背中へと垂れている。

「また折の悪い」

甚六はつい愚痴が出て、部屋を見渡した。咲代の着替えは枕元へきちんと置かれて畳の上でずるずると、生き物のように少しずつ動いている。

「それを着て、髷も結っておけ」

声をかけ立ち去ろうとしたが、咲代は揺れに耐えきれなくなったかその場にしなしなと倒れ込んだ。甚六は手を引いて起こすと、

「もう良い。出るぞ」

白いままの格好で連れ出した。玄関から土間を見遣ると、竈の蓋と桶などが転がっていた。揺れは一向に収まらず、それらを転がし続ける。家の軋みもいよいよ危ない音を立てていた。柱や梁が折れれば家屋は崩れ、人は潰される。

「草履はどこだ」

上がり框を見下ろすと、草履が一足しか見当たらない。

(縁側か)

と、思いついたが戻る時間はない。

「お前、履け。俺はいらないから」

咲代へ草履を勧めた。見たところ甚六の物で少し大きそうではあった。だが、咲代は首を横へ振って嫌がった。

「私が裸足で」

そこまで言うとまた地震に姿勢を崩された。甚六は掴む手に力を込め、咲代を支えた。もう迷っている余裕はない。甚六は草履を突っかけると、背を屈め、

「良いから俺に乗れ！」

咲代の足をすくって無理矢理に背に負ぶうと、すぐさま走って家を出た。町には逃げ惑う人々が見られた。すでに傾いた家や崩れた家もあった。人は様々な方向へ走っている。甚六はとにかく、富士山から少しでも離れ、竹林へ向かおうとしていた。竹は大きな地震でも倒れぬことを、先代の父からよく聞いた。幼い頃、地震があると竹林へ向かって走らされた記憶がある。なるべく太った竹に、その頃は小さな身体でしがみついては、揺れの収まるのを待った。

甚六は腰を屈めた姿勢で、背に咲代を乗せて、脚の下から両手で支えた。重さはほとんど感じない。寝間着の生地は薄く頼りなく、冷たい。だが背中にぴたりと凭《もた》れる咲代の体は熱いほどだった。走る振動や揺れかでずり落ちそうになると、両手と腰でよいしょと持ち上げては戻した。咲代の両手は、甚六の胸の前で結ばれた。

走りながら、甚六は死を思った。昔を思った。事情あって亡くなった弟たちや、父を思った。彼らが亡き後の暮らしを思った。その後に待ち受ける、いつかは不明だが必ずや

来る自分の死を思った。

（今ではない）

なぜか瞬時にその思いが過ぎった。何かをやり残しているか、それともまだ死を認められずにいるのか。

咲代の熱い吐息が首の後ろに沁みた。甚六は疲れて、足が段々遅くなってきた。咲代を背負っていなくとも、ずっと走るのは無理だ。そのうちに歩いていた。すでに街道へ出ては脇道に入り、竹林はもう間近だった。同じように考える者は誰もいないのか、人けはない。だが選択は間違ってはいない。空は白み、すっかり明るくなっていた。

竹林へ着くと足を止めた。揺れはもう収まっていた。視界が揺らぐのは乱れた呼吸のせいだろう。大地はとぼけたようにそこに広がっている。竹の枝葉が揺られるのは大地のせいでなく、風がそよいでいるからだ。

呆然と竹林の前に立ち尽くし、何も考えられなくなった。

「もう大丈夫です」

咲代は背を下りようとしたが、甚六は支える両手に力を込めて止めた。草履を脱ぎ、裸足で道へ立つと、

「これを履いて」

咲代をそっと下ろした。陽光に透き通るような白い足がそれぞれ、寸の余る草履へ通された。

「温かいです」

咲代は茶でも飲んだかのように、ほっと息を吐いた。白い衣の姿は子供だった頃を思い起こさせる。甚六はぼんやりと、そんな咲代を横から眺めた。風が時折、裾をはためかせた。ほどき下ろした髪が、首から背の内へ隠れている。

咲代は、天を衝く富士山を見上げた。その様子は、やはり人のものではない。身のすくむ北風にさらされても平然とし、身なりも気にせず、置かれた状況を意識すらしていない。

容姿に関しては、姉の結婚を巡るいつかの出来事が咲代の感性に影響しているのかもしれない。かつてはきっと、もっと女性らしく、美しさに固執していたのだろう。甚六はぼんやりと思った。咲代の美しさに見惚れて生きてきた己にも、何某かの罪があり、ともに償う定めがあるに違いない。

「咲代、これを着ろ」

甚六は自らの褞袍を脱いで着せてやり、こんもりしたその身体をまた背負って、道を戻った。今度は急かされることもなく、行列の駕籠のごとくゆっくり、ゆっくりと足を運んだ。

眠るようにじっとしていた咲代が、甚六の肩口に熱い吐息をかけた。

「いざという時……」

「貴方は真に優しい」

甚六はどう受け止めて良いかわからず、ただ心を落ち着かせて歩を進めた。

家へ戻ると、小さな家財具はどれも転がっていた。作業場を見ると、白竹材も干してある棚ごと崩れ落ちていた。家が倒壊しなかったのは幸いだった。帰途、あちらこちらに潰れた家を見たし、跡形もなくがれきが積まれたような場所さえあった。その前で住人と思しき男女が呆然と立ち尽くしていた。

二人は手分けして、屋内を元へ戻した。転がった火鉢を甚六が起こし、畳にこぼれた炭の粉は咲代が拭き取った。動いた箪笥を甚六が引きずって戻し、咲代は小物を拾って元の位置に戻した。崩れ落ちた竹材は一緒に運んで離れの屋根の下に干した。

「工房の棚は、折を見て大工に直してもらう」

咲代は黙って頷いた。町の方では火事も起こっているらしく、人の報せる声が響いていた。潰れた家、焼けた家が多すぎて、工房の棚などは後回しにされるだろう。折を見てとは言ったが、甚六はそれをだいぶ先だと思った。それに、

（もう直さないかもしれぬ）

と、ふと思った。

母屋、離れともに無事だったのは、比較的新しい建物だったからだろう。庭に立つと、ここだけは町の喧騒をよそに、昨日までと変わらぬ平穏さがある。今時分には珍しく、日差しさえ、ぽかぽかと照って心が和らぐ。甚六は起き抜けから今まで、ずっと張りつめていた心が急に緩んだ。部屋に入ると、脱ぎ去った夜着を拾って潜り込み、少し眠った。

地震は、一度起きて終わるものでなく、必ず余震がくる。それも間を置いて、忘れた頃また襲いかかってくる。皆それは知っているから、大きな地震の後は、富士の噴火とともに地震の再来を警戒した。しばらくは、揺れに備えていなくてはならない。

町は閑散として、何よりも子供を見かけない。行き交うのは大人、独身や子のいない男

や女だけだった。

甚六の家に竹を習いに来ていた子供らも、一人残らず姿を消した。甚六の受け持っていた大人二人もこの時にいなくなった。こちらは元々、大した仕事ではなかったが、咲代の方は、ぽっかりと穴の開いたような形で、縁側で日がな一日過ごすことも多くなった。

咲代は、子供が好きだった。教えることが楽しい、子供は嫌いでないと話していたが、はっきりと好きだったに違いない。甚六は複雑な気持ちになった。縁側で過ごしているのはまだ良い。子供らに竹細工を教える予定だった日に、離れの中でじっと佇むだけの姿を見るのは辛かった。

甚六は、咲代の傷心を何とか癒やしたいと考えた。夜の闇を照らす蝋燭の灯り、刺すような日差しを遮る傘のような存在になりたい。いてもたってもいられず、甚六は町の噂を糸口にしてみることにした。

「麓の宿坊が開放されて、そこに家を失くした人らが居候しているらしい」

離れで寂しそうに竹を編む咲代に声をかけてみた。咲代は顔を上げたが、何も応えなかった。

「御師様が出向いては食事など面倒を見ているという。男はいない。いても誰かの父親だろう。子供と女を優先的に受け入れていると聞いた」

そうですか、と咲代は言った。まつ毛を伏せると、また竹籤を触った。甚六が遠目に見ても、その手籠は編み目の粗い不良品だった。

「一度、訪ねてみないかい。俺たちこうして暇もできたし、何なら差し入れでもして、何かの役に立ちたい」

甚六はすらすらと喋ったが、咲代がはっとして真剣な目を返したので、

（また立派なことを口走ってしまった）

と、恥じた。やはり自分には似合わない。


御師の営む宿坊は、山を閉じた冬の時季にはまず使われない。御師はその間、神職の代わりとして町の神社に務めるなどして、富士信仰を広める。元々富士信仰が篤《あつ》い駿河の人々にはさらに深いところを説き、他国や東海道を往来する人々にも信仰の意義を伝えた。

一口でいえば、富士信仰は山岳信仰、自然信仰である。祈りは自然への畏敬《いけい》と感謝、延《ひ》いては人の営みの安寧へつながる。御師はそういった信仰を、山への祈りを根本として説

いた。豊かな湧き水も、駿河湾へ吹き抜ける北風も、雪が積もらない温暖さも、富士が駿河へもたらす恵みであり、甚六も幼い頃から、そのように理解した。山の神は「浅間大神《あさまのおおかみ》」と称された。駿河を守り、怒りもする神の名である。

翌朝早く、甚六は咲代を連れて、家を後にした。町からその富士山麓の宿坊まではいくらか距離がある。大人の足でも数刻はかかるだろう。途中に宿駅、茶屋などもあったはずだが、今は開いていまい。二人は握り飯を竹皮に包んで持った。

麓を目指すのだから、眼前に富士がそびえている。先日までは浅葱《あさぎ》色の山体を絵に描かれたように美しく感じていたが、地鳴りと地震の起きたせいでひどく不気味な姿に映った。胡坐をかくようにあったものが、今にも立ち上がっては国ごと踏み潰してしまいそうに感じた。東に日が昇り、空にまだ月も居残っている。

町屋の通りを抜けて街道へ出た。ここは参道でもある。道の脇には、富士山道を示す小さな石碑が建っていた。

駿河に暮らす人は、足腰は丈夫な部類だろう。甚六も差し入れ用の蜜柑《みかん》をごろごろと包んだ風呂敷を身体に括って、いつもの草履ですたすた進んだ。半歩後ろを行く咲代は、東の空を向いて目を細めていた。

「疲れたか」

尋ねると、無表情でかぶりを振られた。咲代もまた駿河の民だった。

「泊まっても良いなどと言われるだろうが、俺にそのつもりはない。家が残る人間のために狭苦しくなっては困るだろうからな」

「ええ、その通りに」

「帰りにかかる時間も考えたいから、飯を歩きながら食うぞ」

「かしこまりました」

咲代は歩きながら、自らに括りつけた風呂敷をほどき、中から竹皮の包みを取り出し一度、ふっと見てから甚六へ差し出した。

「今、何をじっと見たのだ」

受け取りながら甚六は訊いた。咲代は風呂敷を器用にたたみ、懐にしまってから、

「懐かしい気がしたのです」

と、明かした。ああ、と甚六は合点した。

「最初の日ではなかったか、あれは」

独り身の甚六が女子を匿《かくま》うわけにもいかず、咲代を妹の家へ預けようとした。朝から

ばたついて記憶も朧だが、確かに出逢った日の夜のことだ。

「あの時は」

甚六は包みを開けながら言った。内には拳ほどの大きさの握り飯が二個入っていた。

「一個がうさぎ餅だった」

甚六は一つ掴むと、残った一つを包みごと咲代へ戻した。

「それにまさか、御月様がお前の親戚だとは思わなかった」

空に浮かぶ朝月を見ては、しばし感傷に浸った。人の相貌は至って変わるが、月はずっと同じままに巡っている。

咲代は包みを両手で持って、臆することなく握り飯にかぶりついた。

「美味いか。どうだ」

「うちのご飯です」

応える咲代の頬には、子供の頃と同じように米粒が残った。

宿坊は、時には百人近くの参拝者を泊めるという。町外れの神社などとは比べものにならぬほど広大である。

敷地は神社の様相とは似て非なるもので、鳥居でなくそこは注連縄《しめなわ》と提灯のついた、切妻《きりつま》屋根からなる薬医門《やくいもん》と呼ばれる入り口があった。門からまっすぐ続く道の先には祭壇が設けられ、そこにも注連縄と紙垂《しで》が提げられた。

敷地の中は、富士の湧き水を引いて流している。そこで信仰者が身体ごと清めるのが作法なのだという。

甚六と咲代が訪ねた折、よく知る御師が丁度姿を見せた。聞けばしばらく滞在しているのだという。

「皆の傷心の世話を大事にしたいと思うのです」

そんな心うちを明かした。厳しい信仰を持ちつつ、そのような慈悲、優しさを忘れない御師の姿勢に、甚六は感動した。

御社は母屋と離れに分かれ、玉石の庭には灯籠《とうろう》と鹿威《ししおど》しが置かれている。庭に人影はなく、皆は中にいるという。甚六は先に立って母屋へ上がった。

厳粛な雰囲気で、宿坊の内装は神社と変わらなかった。柱はいかにも太く丈夫そうで、色は濃く圧迫感もある。

屋内には女と子供が多く、中央の囲炉裏《いろり》周りに集まっていた。甚六は知った顔もある。

方々へ会釈を向けながら、身へ括った風呂敷を手早くほどくと、

「これを皆で」

と、蜜柑を勧めた。ざっと十数個ほど。目に入った人数にも足りなかった。離れにはまだ、独身の女性も多くいるという。

差し入れには真っ先に子供らが興味を示し、集まってきた。礼を言って一人一つずつ大事そうに両手で蜜柑を持っていく。

「少なくて御免な」

甚六は女たちにも謝った。皆の表情は一様に暗い。知った女が近付いてきては、甚六へ改めて挨拶をした。ここにいるということは、家をとりあえず手放したか、手放さざるを得なかったのだろう。対して自分は、と甚六は思う。卑屈になり、いっそのこと皆で不幸になれば良かったとまで思い、気の利いた言葉一つも口に出せず、目を逸らした。

甚六は母屋を後にした。

門をくぐってすぐの所で、咲代と御師が向き合っていた。立ち話のようだが、御師が一方的に何やら説明している。

「富士の山頂付近もまた浅間大社とされていますが、今現在は将軍様の所有となってい

ます」

咲代はか細い声で、そうですか、と応えた。

「甲斐国の祈祷師らがどのようにお考えかは聞けていません。しかし我々としてはそのうちにまた」

都合諸々、と御師は口ごもりながらも話した。甚六は脇でただ聞いた。そのうちに御師と視線が合った。

「皆の様子は見られましたか」

訊かれて、まあ、と甚六は恐縮した。

「わずかばかりの差し入れで、逆に余計な面倒をかけたようです」

「そんなことはありません。御心遣いが有難いことでしょう」

御師はあるべき心を説いたのだが、甚六にはひどく迂遠《うえん》に聞こえた。彼女たちからは不安しか感じ取れなかったのだ。

甚六が話し相手に変わると咲代は、ふっと抜けて母屋の方へと歩いていく。甚六と御師はその背中を目で追った。

「噂には聞いていましたが、麗しい方です。それに」

御師は甚六にだけ聞こえるように小声で言った。

「不思議な雰囲気がある」

甚六は、まだ咲代の背を追う御師の眼差しに気付いた。はっきりと捉えようというのではなく、宙に浮かぶ何か、そもそも見えぬものなどを必死に見定めようとする目だった。そのうちに涙さえ浮かべ、我に返ったのかのように袖で拭った。

「すみません。つい」

御師は謝りながら、ごしごしと目を袖で擦った。そのまま、近くの湧き水の流れにしゃがんで、手をざぶざぶと濯ぎ、その水で首まで濡らした。見ているだけで寒々しい。甚六は目を背けた。

咲代が母屋の障子戸を開けると、甚六の時とは比較にならぬほどの声が上がった。子供は金切り声を上げ、女たちも子供みたいにわあわあと騒いだ。皆が咲代の名を呼んだ。そのうちに誰かが引き込んだのか、咲代の姿は母屋の内に消えた。

「言葉が止まらなくなるのです。なぜでしょうか」

甚六は最初、御師が自分へ問いかけていることに気付かなかった。は、と気のない返事をして、目が合うとようやく、

「ふむ、なぜでしょう」

と、問い返してしまった。

「先ほど会ったばかりなのに無意識に親しみを覚えてしまい、長話をしてしまったのです。拒まれなかったのでつらつらといつまでもつまらない話を聞かせてしまって。仕舞いには愚痴のようなことまで」

御師は立ち眩みに耐えるかのように頭を小刻みに振った。

「子供にはやたらと好かれていますから。話しやすいのでしょう」

甚六は言ったが、子供だけではない。咲代の周りには女も集まり何かと理由をつけては構ってくる。甚六が言うまでもなく、男にはもっと追いかけられていたのだ。

「また今度、色々と持ってきます。わずかな蜜柑だけでは心残りだ」

「いえ、もう充分ですよ」

御師はどこまでも謙虚である。

甚六は御師にここの様子を尋ねた。食事を誰が、どこから運ぶのか、など。それで、麓の町外れに神社があり、まずそこで支度のされた物を修験者が荷車で持ち込んでいることを知った。その神社へ差し入れれば、後は自ずと宿坊へ届けられるという。

「町はひどい有り様です。空き巣なども増えていることでしょう」

御師はそう言って、目を伏せた。甚六も嫌な気分になった。人の行いもそうだが、なぜ地震の不幸が今襲ってくるのか。富士山が一転して敵のように変わってしまったことが悲しかった。

「山の御機嫌は大丈夫ですか」

「ええ、あの最初の触れ回りの以後は、音は聞こえていません。落ち着いてくれるという期待も出てきました」

御師は門の外へ甚六を連れ出した。参道から見上げてすぐ、まさに目の前に富士の頂がある。分厚い雪を被っていて、こちらなど気にする様子もない白々しさが漂う。

「町にいると不安で仕方ないでしょう。でも、ここまで懐に入ると地鳴りや不穏な様子が確かめられるので、その点の払拭《ふっしょく》はできます」

御師の述べる逆説に、甚六も納得した。遠くから見ること、あるいは知らずにいることが恐怖心を煽ることは往々にしてある。

「ところで甚六さん達は、他の方々と同じように町を離れようとはしなかったのですか」

御師の問いに、甚六も首を傾げさせられた。あの時、せめて妹の住む隣町までとか、少しでも遠くへ逃げようとは思わなかった。咲代もそれを言わなかった。

甚六は一万尺を超える山頂をまた見上げ、

(仁木殿はあの上まで行かれたのか)

当初は不審に思っていた人物のことを憂えた。地震は、山が償いを求める怒りであったのかもしれない。今いささか落ち着いたのは、彼の動向を映したとも取れる。

富士の雪化粧は輝いて美しい。だが降雪が途切れた下は、剥き出しの山肌が土色の斑になって醜い。日は西に傾き始めた。心なし、雪はより白く美しく、山肌はより粗く醜く見えた。

「私らは、離れることはしなかった」

甚六はぽつりと応えた。御師も何かしら感じ取ったのか、強く頷いた。

そこでまた、離れの方から女子供の甲高い声が響いた。甚六が門から奥を見遣ると、咲代が出てくるところだった。

「そろそろ、我々はお暇しようと思います。日暮れも心配なので」

「ええ、御世話様でありました」

御師は深々と頭を下げた。甚六も倣った。近寄ってくる咲代を待って、

「帰ろうか。長居すると皆と名残惜しくなる」

と、告げた。咲代はわずかな間を置いて、甚六を見据えた。

(この目に御師様は涙したのか)

甚六は長い間暮らしてきて少しは慣れたが、その目は人に様々な思いを呼び起こす魔力がある。いかなる心を抱いたとしても、不思議はない。

「名残惜しくなる」

咲代はただ言った。

「うん」

「皆との別れが」

「そうだ」

咲代は雪のように白い指を、ゆっくりと上げて富士山頂を指した。

「帰る決意がこの度できまして。ついては御報告をと」

その時、微かに揺れを感じた。甚六は足元を見つめた。角張った小石が、ひとりでに転がった。

「地震か」

甚六は地へ呟いた。余震だろうか。揺れは段々と強くなる。甚六は立つ足に力を込めた。

「大きい」

ええ、と御師が応えた。

「これはまずいですね」

御師は、奥へと入っていく。甚六も追おうとすると、

「甚六様」

と、咲代に呼び止められた。

「何だ」

揺れに耐えながら、咲代は細い身体を前へ折り曲げて言った。

「長い間に、大変な御世話になりまして」

甚六はかっと頭が熱くなった。黙って咲代の腕を強く掴むとともに進み始めた。

「二人とも早く!」

母屋の内から御師が顔を出し、呼んだ。

二人は御師に従い、母屋にある一室に通された。そこは襖で隔てられ、向こうには避難してきた女子供がいる。

「宿坊は、ちょっとのことでは崩れません。今程度の揺れなら、中の方が安全だと思います」

御師は手で宿坊の柱や表し梁などを指して言った。梁などは丸太のまま横に渡され、見るからに頑丈そうである。甚六はあの時、町から離れた竹林へ急いだが、神社や寺などに難を避けるのも一計だったと知った。

揺れはすぐに収まった。一瞬、数日前の大地震を想起させたが、思いのほか、静かに終わった。

襖向こうでは咲代が出て、女たちとともに子供をなだめている。揺れに驚き子供は泣いたが、女たち、母たちは気丈だった。死が頭を過っても、泣き叫ぶ子供を前に、彼女たちはずっと深く強く振る舞った。

（やはり女は強い）

と、甚六は感服させられた。御師のように信仰者が持つ強さと同様、女という生き物からも特別なたくましさが感じられる。

甚六は部屋に一人ぽつねんとして、考え込んだ。畳には中央に囲炉裏が切られてある。火はなく、しんとしていて、襖向こうからは皆と咲代の話し声が聞こえた。

まるで救いの神へ向けるような、咲代への扱いと歓迎である。あながちそれは間違ってはいない。誰もが知らずして感じ取っては態度に示しているように、甚六には見えた。高い山を見上げた時、寺社を訪ねた時、自然に厳かな気持ちが湧くのと同じかもしれない。女子だった咲代と初対面の時、甚六にはそれほど、その感じがなかった。しかし、少しずつ彼女は人以上の何かを心に宿していく。

(何者なのか。おそらくは夫の降臨を追ってきたのか)

そう思うのが自然だった。彼は先に帰ってしまったのだ。

咲代がそのうちに、戸襖をすいと開けて戻ってきた。甚六は顔を上げた。

「御師様は」

「離れの方々を見ておられます」

「そうか」

咲代は隣へ座した。甚六は部屋の隅にある円座を取っては、咲代の下へ敷いてやった。

「帰る気になったとか、言わなかったか」

甚六は確かめてみた。数刻かけてここから町の家まで戻るという意味にしてはかしこまった言い方だった。地震のどさくさで見た錯覚でもない。

「言いました」

咲代は囲炉裏を物珍しそうに眺めた。甚六は脇にあった炭を適当に並べると、置いてあった火打ち石でかちかちと点けてやった。

「文を読んだな」

甚六は手についた炭と石の粉を払い落とした。

「読みました」

厳密には最後の文は甚六宛てなので、盗み読みである。

「心のすれ違いがまた生じるのが怖くて」

「誰との心の何だって」

甚六が両手のひらを囲炉裏にかざすと、咲代も倣った。

「仁木殿のことか」

「違います。甚六様とすれ違うのが怖い」

ああ、と甚六はわかった。三通目を読まずにいたものだから、ずいぶんと遅れて憤った

ことを気にしたらしい。だがそもそも、

「俺は別に怒っていない。誰にも」

むしろ咲代から手渡されたその場では、どれほどひどいことが書かれて罵られているかと怖かった。そんな臆病者を咲代は、

「立派です」

などとまた持ち上げげた。

そこで襖がまた開き、御師が戻ってきた。二人は話を中断した。

「帰りは大丈夫ですか。良ければこの部屋を貸しますから、泊まっていって結構ですよ」

甚六は応える前に、咲代に目配せをした。咲代は知らぬふりで、手を火にかざしている。

「ああ、平気です。下り道ですし、早く着くかと」

結局、勝手に決めた。

「地鳴りもあれから聞かれませんし、落ち着いてはいると思うのですが」

困った表情で御師は言った。見張るか逃げかしかない中で、あれこれと心配している。

「いきどおり」

咲代が、ぼそりと呟いた。甚六は二人を順に見た。御師とは目が合った。

「何ですか」

御師は咲代の背に訊き返した。咲代はまた言った。

「憤り」

甚六は囲炉裏の赤い火種を見て、なぜか頷いてしまった。

「地面が憤っているのか」

咲代に問うと、何も答えない。

「罪、妬み。祈り足らず」

咲代は次々と言葉を並べた。

「悪政も然りと」

甚六は聞いて、それは話しているのではないとわかった。

「祈り足らず、悪政。それらは人の仕業か」

咲代は長い瞬きで応えた。

「妬みは、出戻らされた姉の心。罪はお前たち夫婦の」

甚六は続けた。

「憤りは誰の心か」

問うと、咲代は空中を指差した。その先には御師の姿があったが、彼もすぐ察して身を退けた。窓障子、それを彼が開け放つと、

「富士の神の憤っているのが、感じられます」

咲代は窓の向こうに見える、西日色の富士山頂を指していた。

「仁木殿はすでに帰ったか」

「多分」

「お前も帰れば、山は治まるのか」

咲代はそれには答えず、手を下ろすと、目を閉じた。

甚六は文の内容を思い出した。咲代もそれは読んでいる。残った後の世がどうなるか懸念がある限り、帰ることをすでに選んでいるのだ。

「御二方は、何を話しているのですか」

眉間に深い皺を寄せて、御師が訊いた。

甚六は、仁木の一行が富士の山道を登る様子を思い浮かべた。行列を脇道から見かけた時、人の姿まではよく確かめなかった。あの先陣を切る者たち、後列を担う者たちが本当

に公家の使いだったか、もはや定かでない。さらにいえば、文を届けに幾度も来た者すらも。得体知れぬ一行を引き連れ、山道を登るのは彼、少なくとも彼だけはこの世の者でない。人の身となり、天下った存在だった。甚六はその顔もよく見て、向こうも甚六を見た。大八車に積まれた竹が彼の位置から見えたか、見るまでもなくすでに知っていたのか。文の内容から察しては、後は甚六に委ねられた。

「御師様」

甚六は呼んだ。

はっ、と強張った返事をした御師を、甚六はまっすぐに見つめて問うた。

「咲代を富士山の頂上まで連れていくことは叶いますか」

「ヤマブシヒメの章」

仁木の後を追い、咲代も富士へ登る意を決した。標高は一万尺を超える日本最高の頂は、元いた葦原中国につながっているという。

彼らがいかにして登りきり、消えたのか。本当に登ったのかどうかは判然としないが、この世から今は消え、存在ないことを咲代は感じ取れると言った。

どのような方法で登ったのかも、確かめようがない。登山道の宿坊もこの時季には留守が多く、御師もわからないと言った。行列を連ねていたのだから至極目立つはずだが、見た者はなかったようである。

彼らの登山方法はさておき、咲代の前に重大な障害があった。

富士の山は古来「女人禁制《にょにんきんせい》」を敷く。男子のみが踏み入ることを許されていた。それを打開するため、二人は御師を味方につけた。御師はその信仰心からか、咲代が山の神の子であることを理解するのに時間はかからなかった。咲代を見ると落ち着かないし、何とか言葉をつむいで伝えてみたくなる。何か役に立てることがないかとそわそわし、とにかく、近くに寄りたくなる。御師の抱いたその衝動のわけも、甚六が理由を明かしたことで氷解した。

こうした経緯があり、御師は特例と称した隠蔽の下、咲代を山頂まで連れていっても良いと言った。だが、咲代の方がそれを拒んだ。

「なぜに拒むのか」

甚六は隣に座る咲代へ訊いた。

その日、二人は揃って町の神社に来ていた。そこは御師と若い修験者たちが務める富士信仰の社で、かつて甚六が訪ねた場所とは違う。町には大小いくつも社があり、仏教宗派の寺もある。御師は宿坊を他の者へ任せ、町へ下りてきて今、二人に対座していた。

「厚意から良いと言ってくれている。本来なら女のお前が登っては行けぬところを」

「その厚意とは崇拝の心ではありませんか」

御師は、すぐ拒まれた時に虚を衝かれ、今の言葉でいよいよ表情は固まってしまった。

「崇拝には違いないだろうが、厚意でもあろうが」

甚六は思わず語気を強めた。それに、

「支離滅裂《しりめつれつ》だ、お前。登らないで良いのか。帰れなくとも良いのか。良いのなら家へ帰るぞ」

御師も見るからに困惑している。肩は強張り、許しがあるまで力を抜いてはならぬと言われでもしたように硬くなっている。向き合う咲代は、何か思案しているようには見えた。

「何をそれほどこだわるのだ」

甚六が訊くと咲代は、

「私は人であります。ここにいる間、人としてありたい」

頑なに言った。丸く穏やかな曲線を描いてきた眉が、今は斜めに釣り上がっている。

甚六は御師の顔も見た。その困り顔は自分に対しても向けられている。

「わからんでもないか」

仕方なく言うと、御師もこくこくと頷いた。

「何か方法がありますか。特別な待遇でなく、人らしく登るための」

訊きながら甚六は途方に暮れている。当然、御師も悩みあぐねては、しばし沈黙が続いた。

当事者であるはずの咲代は我関せずとばかりに、囲炉裏へ炭を足した。伏せたまつ毛の美しさが少々憎らしい。

「今の時季、信者も山には登りません」

御師が重い空気を払拭しようと口を開き、炭から立つ煙を人のいない方へ扇いだ。

富士の開山は、春も早いうちは厳しいという。最低でも雪解けまで待ち、勧められるのは夏季である。一万尺上の空気は、真夏でも凍るほどに冷たい。他の季節は言うまでもない。

「それなので、黙って同行したところで、誰に見つかり咎められることもないのですが」

上目遣いの御師にそっと見られた咲代は、用もなくなった火箸を持ち続け、赤い炭をついた。

ふむ、と甚六が代わりに相槌を打って、

「不本意のようだ」

勝手に解釈した。咲代は白々しく顔を背けた。

「わかる。わかっているのだ、お前の気持ちは全て」

甚六はそれも本心だった。女の顔、嘘、体裁など意外とわかる。ともに暮らせばより鮮明に。

「幸せで御座います」

咲代は甚六に顔を向けると、ゆったりとした運びで、なまめかしく頭を下げた。甚六は、その動作を一瞥しただけで、御師の潤む目と固く結ばれた口元を観察した。命も投げ出しそうな顔つきだった。立場は違っていたが、こんな男らがかつて大勢いたことを甚六は思い出した。

「見つからないのであればそのままで登れば良いし、問題は天候だと思いますが」

「ええ、それはもう」

御師も我に返って言った。例えば今日、町がこの程度の寒さとして、登った先はどんな世界なのだろうか。だが考えてみると、

「噴火でもしそうな地鳴りがしたのだから、少しは山体の熱が上がっているのではないでしょうか」

思いついて、そんなことを問うてみた。御師は、さあと首を傾げた。互いに体験したことはない。話していてもまごまごとするばかりだった。

「呼ばれておるのですから」

咲代がようやく話すと、

「滞りなく事は運ぶはずです」

聞きようによっては脅迫とも取れることを言った。案の定、御師は、

「その通りです」

などと無責任に応じた。勝手な言いぐさだが信じる他ないのも事実。結局のところ、問題は咲代の心一つ、納得の行くやり方を見つけられるかどうかだけだった。

「一策ですが」

御師がさらに続けて、闇雲な議論は一変した。

「女人禁制に従い、なおかつ、人として登る方法があります。それは」


甚六は二人での帰路、行き場のない憤りを覚えた。時刻は昼過ぎ。陽光を一切として通さぬ、深い曇天だった。日を知らぬ冷たい風が首に巻きついても、甚六は怒りに任せて何も感じなかった。

御師の提案は、甚六の頭の中に何度も反芻された。悪意がないのは重々承知した上でも、咲代の強情を知らずに言った次第は、絶対に解せぬ。何度考え直しても解せぬ。

女人禁制をうたう意義というのは、様々にある。武道や伝統芸能にまつわる相続もそう

だろう。女は身籠って出産し、子の世話などに身を削られる。それを配慮したように装うのは体裁に過ぎなかった。

御師が切々と語ったところによると、修験者、延いては修行僧《しゅぎょうそう》も皆、女人とは関わらぬと決まっている。神道あるいは仏教上、男女の関係を否定する旨は元々存在しない。ではなぜそうなったかといえば、一説には修行への集中を高めること、いわゆる煩悩《ぼんのう》の一つを根元から取り除くことが狙いではあり、また、そもそも同じ修行内容をこなせる体力が女にはないからでもある。富士山も然り、女の柔らかな足と身体で登るのは危険だと考えられた。

御師は早口で結論を説明した。だが甚六は生まれて初めて、他人にはっきりと反論した。

「理由はわかります。だけどもわざわざ咲代が」

甚六の声はかすれた。

「修験者となる意味がありますか」

その問いに御師は、あくまでも提案ですと念を押した。だがもう、言葉になった以上、どう繕おうとも遅い。すでに咲代本人は、その手段があったかと、目を丸くしている。

「修験者になることで登れるのですか。人として」

咲代は御師へ身を乗り出すように問いかけた。

「ええ、まあ。理屈ですが、生身で登られるよりは、まだ」

「まだ、何ですか」

甚六は口を挟んだ。だが自分の強い口調に気がつき、

「すみません」

と詫びた。

「体裁がまだ立つ、という程度のことです。歩み寄る、とでもいいますか。女の方が修験者として富士を参拝した歴史は、おそらくありません。古くは、女帝が山頂に立ったとはいわれていますが」

甚六はこの後、黙って二人のやり取りを聞いていた。咲代は作法、方法諸々を問うた。

結局、御師の言うには今日明日の準備は難しいという。山へ登る時は決まった装束を身に着けるものだが、この時季では暖が取れない。重さで疲れ、足を取られるほどにはできず、丁度良く着込んで行く必要がある。危険であることは重ねて告げられた。

玄関をくぐると、甚六は草履を脱ぎ捨て、ずかずかと框を上がった。居間の戸を開ける

とすぐさまに寛いだ。忘れていた寒さを感じ、火鉢を点けては正面に陣取った。

咲代が後ろをついてくることは気配と足音でわかったが、戻ってからも振り向かなかったので、今どうしているかは知らない。甚六一人は冷静を取り戻すための時間が必要だった。

まず何より、当人の意思である。戻るも残るも、尼僧《にそう》のごとくなるとも。御師は提案をしただけなのだ。甚六は憤ってこそいるが人を憎みはしない。いわば罪を憎むのだ。罪とは仕組みといっても良いかもしれない。

甚六は執着するほどに、自分を恥ずかしくも感じた。紛れもなくここでは父親を務めたが、血のつながりに関係なく執着は愛情とは別物である。今の憤りにも感情以上の意味はない。炭を退け火種を吹いて消すように、自ら片をつけなくてはならない。

ただ、内心でも理屈でもわかっているのだが、身体が言うことを聞かぬだけのこと。事は先へ進み始めている。すべきことに向けて、動かないならば、置いていかれるだけのことだった。

ではなぜ、他人に反発したのか。咲代が美しいから、それ以外に理由はない。修験者となることの意味を甚六も知っている。

部屋を出て捜せばすぐにでも見られるのに、咲代の姿を甚六は頭に思い浮かべた。長く艶のある髪を結い、夜は髪をほどいて、寄り添ってくれる存在だ。朝、面倒ではないかと甚六は訊いたことがある。きょとんとした表情で、

「思ったことはありません」

と、言われた。だが気遣う心が通じたのか、嬉しそうにしていた。

(わかった)

甚六は考えが行き着いた。自分がうろたえながら抱く感情は、妬みだ。別れが惜しいか、悲しいか。それもあるだろうが大半は嫉妬心。もし咲代が遅かれ早かれ決心することがわかっていたならば、仁木に同行すれば良かっただけの話。今となって、髪を落として修験の身で登るのか。甚六はその姿を、仁木がもたらした定めとも呼ぶべき末路を妬んだ。

そんな心になったことが、過去に一度ある。縁談を決めた夜、以前の離れに二人を通し、自分はさも立派な父親然として母屋に残った。だが胸が騒ぎ、離れに駆けつけた。今にして思えば嫉妬だったかも知れぬ。しかし、彼女を救うことはできた。あれを真心と評した、咲代の心は計り知れぬ高みにあったのだろう。

甚六は火鉢をそのままに部屋を出て、咲代の名を呼んだ。

「返事をしてくれ」

すると、廊下の向こうから声が返ってきた。気配とともに爽やかな香りが漂っている。

「そこにいたのか。すまん、俺も考えるところがあって」

甚六は言った。目線を向けると、咲代はいつも甚六の使う腰掛けに座り、背を向けていたが、それは夜の影だった。髷をほどき、髪を白い首元の生え際から着物の襟まで流している。

甚六はすぐに事情を察した。大股で近付くと咲代の後ろから、鋏を奪い取った。

「止めろ！」

甚六はそれを、工房の隅まで放った。鉄の音が冷たく響いた。

甚六が覗き見ると、咲代は無表情でいた。

「自分でやるものではないはず。作法は守れ」

甚六様が、と咲代は呟くように言った。

「反対をなさるので、仕様がなく」

そう言って悲しそうな顔をした。甚六はそれが心の奥から愛おしい。

「反対はしない」

吐息交じりの情けない声が出た。

「お前の意思なのだから、俺は力添えをしようと思う」

吐息が、また声らしい輪郭を取り戻す。

「髪を切るかい」

諦めたように言った。咲代は長く美しい黒髪を揺らして、こくりと頷いた。

「剃髪《ていはつ》し、修験者となり、行儀良く帰りとう御座います」

習った作法通りに事を進めたいと話す声に、迷いは微塵もない。わかった、と甚六は応えた。

「だが、あの鋏はまずい。籤を切るのにも使う、竹の魂の籠った道具だ。俺たちの生計を支えてくれる、大事な物は避けなくては」

じっくり諭すと、咲代は、涙こそ見せなかったが洟をすすり、

「御免なさい。大変な無礼を」

と項垂れた。甚六は鋏を拾って、元の置き場所に戻した。

「良い刃物を買ってくる。お前は余計なことは考えず、待っていなさい」

「御気をつけて」

咲代は頭をさらに深く下げた。襟元から絹糸のような黒髪が垂れた。

「出家」とは仏教における用語なので、厳密には修験者と成る、道へ入るというのが正しいのであろう。身と心を俗世から離すという意味では同じである。

本来なら儀礼の内に剃髪も入るが、今回の件は例外中の例外であり、御師もあまりこだわる気はないと言った。それに今は、冬の山へ登るのに充分な服装を支度するので手一杯。こちらでできる身支度はしておきたい。ただ、

(髪を他人に切られること、咲代はためらうだろう)

咲代が髪結い床へ通うことさえ好きではなかったと、甚六は知っている。御師が儀礼を端折ったことは却《かえ》って好都合だった。

寂れた町の様子に今日も変わりはなかった。道の脇には所々、潰れた家屋が見られ、荒らされたように残骸が散らばっている。そこへ風が枯れ葉を重ね、物悲しさを際立たせている。一方で、明け方からの曇天には、わずかに晴れ間が覗いた。

甚六は、町屋にある知った金物屋を訪ねてみた。すでにそこも、もぬけの殻。玄関戸に

触ると音もなく開き、がらんどうになった屋内が見えた。確か、家族でやっている店だった。おそらく皆で揃って逃れたのだろう。

さて、と甚六は困った。鋏がなければ難しい。町屋をさらに進むと、いつかの髪結い床の前まで来た。そこも人けがない。

考えてみれば、女子供を抱える家は、ほとんどが町を離れたはずだった。今や歩いても見かけるのは男ばかりで、年配者が特に多かった。

甚六は、髪結い床の軒先に置いてあった縁台に腰掛けた。

（ここへ入って髪を切れる鋏などを探し出してみるか）

（それとももう誰か侵入してしまった後か）

ふと、天を仰げば、日差しが目に刺さる。どこかの屋根で羽を休める鳩が笑うように啼《な》いているのが聞こえる。

以前と似ても似つかぬ町並みの一角に、今一人腰掛けて佇む自分に懐かしさを覚えた。幼少期を過ぎて独り暮らしした頃は不安のない、安泰の日々だった。浅はかではあったが、この程度だと人生を開き直っては、毅然と暮らしていた。

時の流れを生きる人とは、いくつもの顔を持つ像のようなものだなと、甚六はしみじみと感じた。あの孤独の男が自分の中でなお息づいているのだ。

「どうするかな。どこか開いていれば良いが」

独り言を吐き、甚六は腰を上げた。屋根の鳩も羨ましいほど自由に羽ばたき、雲の流れる遠くの空へ消えた。

甚六は町屋の角を曲がり、さらに進んだ。忽然と変わった風景の内に、どういうわけか店々の看板が外へ出されてあった。食べ物屋、諸々のよろず屋など、開いているのかいないのか、紛らわしい。

甚六は知った男を見つけて、品物のある店はあるかと尋ねた。すると、良さそうな場所を一つ教えられた。その古い店は老爺独りでやっていて、この騒ぎでも何事もなかったように開いているという。

甚六は礼を言い、その店へ行ってみた。行き慣れた町屋から半里ほど。元より人の少ない所にあった。

「御免」

戸を引いて入ると、店名にうたう通り何でも置いてあった。広さはそこいらの小道具屋の倍はありそうだが、何でも雑多に置かれているせいで、ひどく密集して狭苦しく感じる。埃が漂う黴臭《かびくさ》さの中に、どこか金物の匂いも交じる。

甚六が奥へ向かうと、見覚えのある店主の顔があった。

「御無沙汰しています」

頭を下げると、ふん、と店主の翁は鼻を鳴らした。

「誰かと思えば、けちな竹の跡取りか」

店主は綿毛のような髭を口周りに蓄え、頭は禿げている。以前からの風貌だった。髭が全て白くなったことで前より清潔に見えた。

「ええ、おかげさまで」

甚六はへつらってみたが通じず、

「何もしていない」

と、一蹴された。

この店は、よろずの質物を扱う。いわば物を担保にする金貸し、のようなものではある。生活に難渋《なんじゅう》した者がなけなしの品を持ち寄り、銭を貰う。品は選ばずに求められては、それらを他人へ売りもする。形態は買い取り、又売りの店だった。

店主は甚六が質に用のない暮らしとなったこと、すでに知っていた。噂に聞いていたのだろう。

「金物を探していまして」

なるほど、と店主は特段、甚六を訝しむでもなく、

「どこもやっていないだろう」

とだけ、言い放った。

「臆病者は全員逃げたのだ。その点、けちの跡取り、お前は勇敢な奴だ」

はあ、と甚六は愛想も言えずに、首を掻いた。

店主曰くこの店に先日、臆病者の一人である金物屋の主人がやってきて、どっさりと自分の所の品を売り払った。逃げようとする腹積もりが一目瞭然だったという。

だが甚六にとっては、それが幸いした。店には真新しい鋏や剃刀など一揃い置かれてあった。これとこれ、と臆面もなく選んでいくと、店の奥にひと際古びた鉈を見つけた。

それを一目見て、どこか懐かしさを感じた。古くて錆びもあり、持ち手の木も色褪せている。名のある品だろうか。が、それは思い違いだった。

甚六は眉間に皺を寄せた。鉈へ手をそっと伸ばして持ってみた。木の柄のざらついた手触りに、遠い記憶がよみがえった。

（まさか売れずにずっとここに）

鉈は、甚六がいつか生活苦のために売り払った、父親の遺品だった。引き換えた銭は米となり、腹に消えた。心にはわずかながら罪悪感と、いつかは手元に戻そうという考えがずっとあったのだが、暮らしが楽になって、いつの間にかその思いも薄れた。

（もう誰かに買われただろう）

とごまかして、足を運ぶことはしなかった。心には引っかかっていたのかもしれない。

甚六は急き立てられるように、その鉈も一緒に店主へ差し出した。店主は椅子の上で片膝を組み、これはいくら、これはいくらと、値を告げていく。古びた鉈を見止めると、

「これは…」

と言葉を呑んだ。顔を上げて甚六を睨み、目を細めた。伏せるとまた鉈を見下ろして、

「こんな物に値はつけられんな。勝手に持っていくが良いさ」

ふんと鼻を鳴らしてそっぽを向いた。後はもう何も言わず、他の品の分の銭を受け取ると、居眠りを始めた。甚六は、

「有難く存じ上げます」

深く頭を下げては、店を後にした。

家へ帰ると、咲代は眠っていた。髪はすでにほどいてあり、丁寧に夜着に身体を入れて、すやすやと寝息を立てている。甚六が部屋に入っても、その目は開かなかったので、しばらく寝顔を見て過ごした。時刻は間もなく夕方になる。

甚六は買ってきた鋏と剃刀の刃の面をそれぞれ確かめた。悪くはなさそうだった。剃髪の作法は、自分もよく聞いて覚えていた。長い髪ならまず切った後、根元を剃る。手強かったら湯を用いても良いと聞いた。

咲代はもう目を開けていた。視線は合い、互いに穏やかだった。

咲代は深い鼻息で応えた。夜着の腹の辺りが少し膨らみ、萎んだ。

「疲れているのか」

「鋏などは買ってきた」

「御苦労様です」

消え入りそうな声で、咲代は言った。

「疲れているのなら、髪を切るのは明日以降にしよう。それとも」

甚六は思いつき、咲代の頭を見た。煩わしそうに髪はまとめて分けられ、なだらかな額と、整った生え際が覗いた。

「お前は寝ていれば良い。俺が勝手に切ってやる」

甚六はすぐさまに支度を始めた。鋏と剃刀は刃を軽く研ぎ、湯に一度くぐらせた。湯を入れた薬缶、ぼろ布、木製の小箱を枕元へ置いた。蝋燭を周りに何本も立てると、儀礼らしく見えるものだった。

咲代はずっと支度を目で追っていたが、甚六が隣へ座ると、目をふと閉じた。覚悟は、互いに聞くまでもなく決まっていた。

頭の位置がずれぬように、首の横に布をあてがった。

髪を手で適量掴み、鋏を構えたところで、甚六はわずかの間、躊躇した。心の内には恐れでなく、感激があった。炭よりも深く濃い黒色の糸、その束がゆらりと流れゆく。束ねれば、鏡のように光を映し出す。軽くて、どこまでもしっとりとしている。

甚六は深い息を一度吐き、鋏の刃でその束を追い詰めると、ゆっくりと握りに力を込めた。ざくりと鈍い音を立て、髪束が切り落とされた。甚六はそれを掴んだまま、木の小箱へ収めた。

「一つ、切った」

全てを、と咲代は目を閉じたまま言った。

「わかっている」

甚六は同じように、束を取っては鋏を入れた。束ごとに長さは違って、根元から残った短い髪の群もでこぼことして、藪から取られた竹の切り株のようである。落とされて物悲しくもあるが、それはまたいずれ伸びる。憂いがあり、意味があるのだった。

仰向けの体勢で隠れる後頭部だけは残し、一通りは切れた。甚六は鋏を脇に戻すと今度は、剃刀を手に取った。鋏を持つ時よりも緊張が増した。

剃刀を額の上へ構えられると、咲代は何を感じたのか、静かに目を開けた。

「初めて言うのだが」

咲代は安心したように、はい、と返事をしながら目を閉じた。

「お前は綺麗だ」

髪が落ちても、という意味があった。咲代がいつか姉のことを語った時、髪を見なければ女とわからぬなどと揶揄《やゆ》していた。咲代にとって髪は美の象徴なのだ。

甚六の言葉を聞いても、咲代は穏やかな表情のままだった。

額の生え際に当てた剃刀を、甚六はそっと奥へと押し込むように動かした。新しく良質な刃である。ずる、と軽快な音を立てると、その部分の毛髪が消えた。白い額から続く頭皮も、透き通るような白さだった。林の木々や芝を全て刈った後に残るのは土の粗い地面ばかりと人は言うだろう。だがそれは見当外れだと甚六は思う。そこは本来、人が見られる場所、立てる場所ではないのだ。

傷だけは作るまいと、甚六は鋏の時よりも集中して、剃刀を当てた。短い髪も小箱に収めた。半分ほどが剃れると、新たな剃刀に持ち替え、残る真っ白い頭皮を徐々にあらわにさせていく。

「うつ伏せになるか。前は済んだぞ」

「起きます」

咲代は目を開き、夜着ごと半身を起こした。枕に隠れていた、まだ長く残っている黒髪も背について浮かび上がった。

後ろを切り、剃る間、咲代はまっすぐ前を見ていた。甚六はその視線が気になり、何があるのか確かめてみた。そこには見慣れた、木板の壁が張られているだけだった。

その目は、出逢った時のままの水晶である。大人びてきてからも変わることがない、最後に残された黒々とした水晶玉。子供らが咲代を慕う理由の一つは、自分たちと同じ瞳を大人の咲代に見るからであろう。

そして視線は、遠い昔、妹の訪問に慌てた甚六によって、家具の隙間に押し込まれ、じっと壁を見つめた時と変わらない。あの目と視線が、今もじっとそこにあるのだった。

「終わった」

甚六は告げた。刃の扱いは、儀礼で剃髪を担う神職たちにも劣らなかったろう。竹の稈のごとく切り、節を削るがごとく剃った。

「見てみろ。これほどの髪の量よ」

言われると咲代は、振り向いて、小箱からあふれる髪の様をちらとだけ見た。

「感じております」

ほんの先ほどまで自分の一部だった髪、美貌の一端を担っていた長い黒髪に何の未練も見せない。また静かに目を閉じる姿を、甚六は悟りを開いた高僧《こうそう》のように感じた。

「これで迷いなく臨めるか。実行の日も近いだろう」

ええ、と咲代は応えた。その頷く頬に、甚六は髪がついているのを見つけた。頭にも首にも、夜着や布団、畳に至るまで髪の毛が散らばっていた。

甚六はとりあえず、布きれを湯で濡らし、咲代の頭を拭ってやった。剃る時よりも妙な気持ちになった。顔と、首元も拭った。

「着替えよう」

ええ、と咲代は淡然《たんぜん》とまた応えた。

ためらうよりは迅速にと、甚六は咲代の着物を剥いだ。肌には不必要に触れまいと気を配り、座する咲代の腰元まで布地が下ろされると、か細くも抜かりない身体があらわになった。甚六は感情を殺して、ただ床や壁の汚れに向かうように、首や肩まで入り込んだ毛を拭い取った。湯の染みた布で拭いていくと、肌は艶を増し、ほかほかと湯気を立てた。狭く柔らかい背中と、その前も確かめた。布を当てると皮膚は受けた力の分を跳ね返すように弾んだ。

「若いな」

甚六は当たり障りのない感想を口にし、後は秘めた想いとして喉を通さなかった。手の動きにも、細心の注意を払い厳粛さを保った。

丁寧に拭き終えると、布を持って立膝のまま項垂れた。長い息が漏れ、腹に当たった。

「甚六様」

咲代は声をかけ、甚六を労わった。

「咲代。一つだけ俺は、気が変わったことがある」

咲代もはっきりとした口調で、

「どんなことでも聞きます」

すぐさまに言った。その心だけで甚六は満たされた。顔を上げると、咲代が勢い込んで見つめている。甚六は、ふと笑みがこぼれた。咲代は髪をなくした今も綺麗だ。対する自分の心持ちは不埒で、どこか滑稽でもあった。

甚六は毛にまみれた鋏と剃刀を指し示し、

「俺も剃ろう。こうなったら道連れよ」

咲代は目を丸くしたが、すぐに意味を察し、温かく微笑みを返した。

「嬉しゅう御座います」

女としてだけでなく、娘として妻として喜んでいるのだ。着物をたくし上げ、その場に立って裾を叩いて、支度を始めた。

一人の女、孤児の娘、内縁の妻でもあった咲代に、甚六は幸せに暮らしたと思ってほしい。

揃っての剃髪からほどなくして、御師が支度の済んだことを伝えに家まで来た。彼の言うには今回、他に後二人の修験者が同行してくれる。その決断、命懸けのものであると甚六には充分にわかった。

御師によれば、真夏に登る富士の頂の地が、今時季の町の気候程度だという。すると今、頂は想像を絶する。雪どころか氷の世界となっているだろう。

そこで、服装はかなり重ねて着込んで行こうという。肌には包帯のように布を巻き、富士参拝に本来用いる白の装束を重ね、さらに分厚い藁《わら》の蓑《みの》を羽織る。手甲、脚絆を着用し、革製の足袋を履く。雪駄も特注できつく編んだ物を用意する。だが、それでも足りないと思われ、できるなら動物の毛の残る皮を被って進みたいのだそうだ。

朝の庭で甚六は、桶に張られた水を見下ろしていた。そこには甚六の顔と頭が映っていた。

「月のようでもあり、日のようでもある」

直感で言い表してみた。水面に映る丸い頭が微風に煽られて歪んだ。泣くようでもあり、怒るようでもあった。

咲代は笠を被り、支度を済ませて立っていた。美しさには変わりなく、むしろ顔を隠したことで妖艶さが増している。褒めてもふいと顔を逸らすばかりで素っ気なかったが、甚六も応えには期待せず、姿を見るだけで用はほぼ済んでいた。

「行こうか。きっと待っている」

甚六は声をかけた。咲代は頭を下げると、手に持った甚六の分の笠を差し出した。今朝は日が強い。午前の日向が縁側まで珍しく届き、佇むよう勧めるかのごとく床を温めた。名残はわずかにあったが、甚六は障子戸をぴたりと閉め、勝手口も見遣った。全て締めきられ、甚六には束の間の、滞りなければ咲代にとっては永遠の別れとなる。咲代が道へ出た後に振り返り、戸口をじっと見遣るので、甚六は察して、何歩か後ろに下がって待った。

思い入れは、初めに迷い込んだあのぼろ家の方にこそあるだろう。甚六は大人に育った咲代の後ろ姿を見つつ、考えた。あんな家に住んで暮らし向きも楽ではなかったが、なぜか、思い浮かべるだけならあの貧乏の時が良い。

咲代は振り返り、笠の縁を手で持ち上げると、こちらを見つめた。甚六は言うべき何かを考えたが、的確な言葉は浮かばない。ただもう一度、

「よし、行こう」

気は利かないながら、これ以上はない言うべき言葉を口にした。

家からまず近くの神社に集い、御師と同行する修験者と合流する。それから山へ向かうと聞いていた。

富士の参拝は、粗方の道筋が決まっている。区切りごと一合の酒を口にして身体を温めたことを起源とする十の区切り、十合の道程には、所々に休息を取るための場が作られている。五合目には宿坊もあるといい、一日目にそこまで上がって泊まり、翌朝に頂上を目指す。

二人が神社へ着くと、御師を含む三人はすでに待っていた。参るための白装束諸々を身に纏い、それぞれ役割がある道具、錫杖《しゃくじょう》、法螺貝《ほらがい》も準備していた。聞いた通り、同行の修験者は若者だった。顔つきは精悍。一見未熟な印象なのだが、今回はその若さこそが頼もしい。咲代は笠の下でうつむいていたので、彼らが目を奪われる隙はなかった。

「装束を用意してあります。こちらへ」

御師に手招きされ、二人は本殿の奥の間へと通された。そこには同じ装束の類が二組、並べ置かれてあった。

「着方に不明な点あれば、外に居ますので声をおかけ下さい」

そう言うと御師は部屋を後にした。着付けまでは面倒を見ないのが作法なのか、遠慮したのかはよくわからない。装束を前に立ち尽くす咲代を横目に、甚六はさっさと着替えを始めた。

包帯のごとくとは聞いたが、触ってみると厚い木綿地のさらしだった。それを肌に巻き、襦袢を重ねた。装束を羽織ると、格好がついた。その頃には咲代も見様見真似で同じように着込んだ。丸めた頭に用意された頭襟《ときん》を被り、その上に笠を乗せた。手甲と脚絆と雪駄も着けると、屋内では暑いとさえ感じるほどだ。

「これは中々。冷気が肌に当たらない」

甚六が若干の感動を覚えて言うと、咲代も同じ格好の自らを見ては、

「良いものです」

褒めたが、気に入ったような様子はない。着込んではいても、そもそも咲代は寒暖を感じていないと甚六は思っている。

甚六は手甲のはまった、露出する手の指を見た。自らを見てから、咲代のそれも見た。だらりと下がる腕を掴み、手甲の着け方を確かめる意味もあったのだが、その手の肌の様が注意を引いた。

咲代の手には、細かな皺が無数にあった。爪のつけ根から手甲で隠れる寸前の部分まで、びっしりと。冬は乾燥し、皺が増える者も多いのだが、咲代の肌となると話は違う。つきたての餅のように滑らかな表面を成し、乾燥や皺とは無縁のはずが、今見ると普通の人と同じように、寒気にさらされて傷んでいるようだ。

「前からこうだったか」

尋ねられると、咲代は恥ずかしそうに手を引いた。機嫌を損ねたようでもなく、甚六の目をまっすぐに見据えて、

「時間がありませぬ」

とだけ告げ、見られた手の部分を、もう片方の手で隠した。

「そうだった。急ごう」

部屋を出ると、御師たちからさらに藁製の手覆いと蓑を渡された。彼らもすでに身につけていた。見比べてみると、彼らは首から念珠《ねんじゅ》を提げるなど、持ち物が多い。装束、道具などは、人である彼らに験力《げんりき》と呼ばれる特別な力を宿すのだという。それが各々の信仰心を深めるとともに、山の危険から身を守るといわれた。

五人は滞りなく、町の神社を発った。特に改まった言葉はなかった。まずは以前にも甚六と咲代が訪ねた麓の宿坊に寄り、身を清めた後、五合目にもある宿坊を目指す。そこには山伏《やまぶし》とも呼ばれる修験者がいる。彼らは、町へは下りずに山での修験のみを暮らしとする。ただ冬はさらに上に行くことはほとんどないという。

街道を進んでいく。日差しも暖かく気は楽である。御師を先頭に甚六と咲代が並び、後列には二人の修験者が続いた。甚六はにわかに思い出した。脇道から眺めた貴人たちの行列。

「あの時と、何やら似ているようだ」

甚六が呟くと、御師も一瞬振り向いた。悠然と先陣をきり、手に持つ錫杖は、あの時揺れていた提灯のようである。次に進む自分は、さながら馬に跨った役人、並んで進む咲代は公家にも例えられないほどの、天の存在となるのだ。行列で駕籠にいた彼も、公家ではあっても実はその身分はさらに尊いことを、後から知った。

甚六は歩きながら隣を見た。咲代は一歩ずつ地を踏み、自らの足で進んでいる。女でありながら髪まで落とし、人としての作法にこだわり抜いた。

（この行い、きっといつか世を変える）

定めすらも、と甚六は漠然と思った。現在の世を不条理とまでは思わないが、より良い世の形がきっとあるはずだ。例えば、女子供が夜道をも堂々と歩き、等しく未来を拓ける世。そのための努力は当人たちだけに強いられるものでないことは、容易にわかるだろう。

視線を感じたのか、咲代も顔を向けた。笠の陰から今日の日和のように穏やかな目を返した。真一文字に結んだ口に言葉はない。雪駄の踏む砂利の音が優しい。羽織った藁蓑の肩には白い蝶が止まっていた。

道中、御師は錫杖を地面に突いてよく鳴らした。後列の一人も錫杖を持った。後の一人は法螺貝を持ち、これより富士の登山道と示された入り口に立つと振り向いて、威勢良くそれを吹いた。国へ向けてまず一度鳴らし、山へ向けもう一度鳴らした。大人の背丈十人分はある樹木に囲まれた山道が、眼前に待ち構える。道程はうねり、傾斜を緩やかに造られている。時折転がってくる大小の石や、降雨でできる強い流れを避ける意味もある。夏には雑草も茂り道自体が紛れて不便らしいがその点、今時季は見分けがつく。

「ここよりまず一合目と数えます。以前に来ていただいた宿坊よりも下なのですが。決まり事として、ここより富士参拝の始まりとなります」

御師は振り返り、二人へ告げた。甚六も咲代も、笠を見せるように頭を下げた。

「いよいよか」

甚六は富士山頂を望みつつ言った。隣で咲代が、はいと小声で応えた。

山道は街道よりも傾斜がある。富士の麓の駿河の民なら山歩きは誰も慣れている。今から疲れるわけにはいかない。改めて御師を見ると、その歩みは力強く、背には余裕を感じる。山伏と呼ばれる者たちはさらに強いのだろう。浮世を離れ鍛錬する彼らは頼り甲斐のある存在だった。

しばらく行くと、宿坊に着いた。ここまではさほどのこともない。見上げると日はまだ真上にあった。

宿坊にはまだ人々を預かっているという。町に戻ろうにも、地の微動は収まらず、暮らしはまだ落ち着かない。

薬医門から中を覗くと、子供らが庭ではしゃいでいた。晴天の下で見ると心が安らぐ。一行を見かけると、皆最初は揃ってたじろいだが、知った顔だとわかるとまたすぐに遊びを続けた。

この宿坊で、身を清めるのが儀礼である。御師たちは慣れた手付きで、藁蓑と手覆いを外し、手甲のまま指先を湧き水へ浸けた。いくらか掬って首回り、顔まで濡らした。若い修験者も二人して続き、彼らは笠と頭襟を外して頭も濯いだ。

「二人もどうぞ。咲代様は」

御師は怖々と言葉を選んでいた。

「簡単にするだけで、結構です」

「ここは甘えさせてもらえ」

甚六が言い、まだ強情を言い出しそうな咲代をなだめた。

不意に庭先の子供らを見ると、ここにいるのがあれほど懐いた咲代だということに気付いていない。それは格好もあるだろうが、加えて、

(髪がなくなっているからか)

そんなふうに思った。今日初めて着た装束にも当然、咲代の香りは染みていない。剃髪した今、その香りが漂うこともないのか。傍から見れば五人の修験者が立ち寄って身を清め、また登りゆく場面に過ぎない。その中に一人が女で、ましてやそれが咲代であることも誰も気付いていない。

(気付かれぬ方が良いのかもしれない)

甚六が向き直ると、咲代は控え目に手を清めていた。首元に濡れた指を這わせては、水をつける。その様子を御師は見守るが、以前のように見惚れるような視線ではないと甚六には見えた。何かが、確かに弱まっている。

甚六も身を清めると、すでに入り口で待つ若い修験者二人に合流した。

「一度、挨拶だけ済ませます。ここでお待ち下さい」

御師は四人を門前へ置いて、中へ戻った。その間、若い修験者二人も厳かに待った。咲代は目を閉じていた。そこへ、

「冷たくなかったか」

甚六は声をかけた。咲代は少し眠たそうな目で、

「平気です」

と、応えた。不思議と満足そうにも見えた。修験者となれたことが嬉しいのか、竹を子供らに教える時のように、今を楽しんでもいるのだろうか。甚六の見る限り、感ずる限りは、咲代の雰囲気自体に変わりはない。だがなぜか、修験者とはいえ若い男が咲代には目もくれずに、厳かに御師を待っている。御師も、無意識に態度を変化させている。それが、これから命を張って山へ登る緊張によるものとは、甚六には思えない。以前、咲代の

魅力は、どれほど険しくとも伊豆の山へ若い男たちを向かわせた。その力が褪せてしまったのか。

この変化は咲代自身の意図による調整であってほしい。今はただ、皆に山に無事向かってほしいと願うからこそ、人の目を特別に惹かぬように、自ら香りや気配を消したのだと思いたい。

甚六は咲代の手にまた目が行った。藁の手覆いで肌は見えなかった。

これにて、という御師の声だけが離れた所で聞こえた。彼は母屋から出て、まっすぐに戻ってきた。

「では行きましょう。日を見る限りは、問題なく五合目の宿坊まで着けるはずです」

御師は先頭を歩き始めた。錫杖を二つ鳴らすと、若い修験者が続いて法螺貝を吹いた。

「寂しくはないか」

甚六は咲代に顔を寄せ、小声で問いかけた。宿坊にまだいる人々と、今回は何の交流もなく去ろうとしている。今生の別れとなるかもしれないのに。

咲代は甚六を見返すと、また目を細めた。今度は確かに、微笑んでいる。

「御心配なく」

それは言葉以上に深い意味を持って聞こえた。きっと日や月のように、咲代も人々を見守る何某かに変わろうとしている、いや、戻っていくのだろうか。

「わかった」

甚六は強く頷くと、

「いつの日か、よろしくと伝えておく」

約束した。咲代は、それが望みです、と言って道へ戻った。

甚六にとっては未知の領域へと足を踏み入れた。麓の宿坊まではこれまでにも何度か来たことがあるが、その先には記憶の限り一度も登ったことはない。まず登ることを人から勧められなかった。

景観はそれまでと変わらず、まっすぐ伸びる高木の林、その合間に踏みならされてできた道が続く。林の奥では木漏れ日が草地を射した。冬だからまだ見られるが、夏の参拝時期だと枝葉も厚みを増すので地まで日が届かないという。昼の一時だけが真上から道は照らされ、朝の東、昼過ぎの西に少しでも傾くと林に遮られて道は暗く、また冷えるのだという。

五人はぞろぞろと進んだ。道は一本ではなく、所々で脇にも延びた。その先には浅間大社の末社《まっしゃ》があるという。富士を崇めるため、鎮めるために造られた社は、山中にいくつもあり、御師や山伏たちによって管理されている。

道中、山は静かだった。鳥の声くらいなら遠くに聴けるが、虫や獣は皆、春まで眠るので姿は見えない。人が道を踏む気配を察して、何を思ってこの季節に登ってくるのかと、自然諸々から訝られている気もする。

御師は錫杖を突きながら時々、夏の参拝道だとどのような具合なのかを教えてくれた。まず、自らも冬の富士に踏み込むのは初めてのことで、全て珍しく感じると明かした。夏なら足元に花も咲き、修験の身でもどこか心をほっこりとはさせられるという。躑躅《つつじ》や桔梗《ききょう》の一種、上の方では薊《あざみ》なども見られるという。それぞれに淡紅《たんこう》、紫などの色も様々。野鳥なら雀《すずめ》の一種である鶲《ひたき》や鶯《うぐいす》、他には鶫《つぐみ》など。こちらは年中見られるはずだといった。

そんな話に甚六も想像を掻き立てられつつ歩いた。道はどこまでも砂利と土。色味は乏しく、日が西へと傾き始めると道も林も薄暗くなってきた。空気は確かに冷たい。だが装束のおかげかそれほど寒さは感じず、むしろ蓑と装束の内の身体は山歩きによって温まっていた。

遠くの方から鳥の声がした。山中にいると、音の方角というのが町にいる時よりも捉えにくい。首をぐるりと周囲へ回し、鳥を探した。林の上方、そこは枝葉が薄く、空へ開けた所があり、浅葱色の一面を鳥の群れが通り過ぎていく。甚六は目を奪われた。

「鳥が見えた」

小声で教えると、咲代は柔らかく微笑んだ。

「気にかけておられるのです」

「何を」

思わず甚六は訊き返した。咲代は答えず、前を向いた。遠くを見つめながら、

「匂いがします」

ぽつりとささやいた。甚六は鼻に意識を集めてみたが、山の冷気が突き刺すだけで何もわからない。しかし先頭を行く御師が、

「あれは何だ」

と、声を上げた。後列の若い二人が足を早めて前に躍り出た。御師は立ち止まり、甚六たちも止まらざるを得なくなった。

「どうしました」

甚六は御師の背へ問いかけた。御師は振り向き、前方を指差した。

道の先、遠くに色付くものが見える。雑草の色、青以外はこの道中では見られなかった。それが今、道の先を何かが彩っている。目を凝らすと、

「花」

思わず口に出た。ええ、と御師も言った。

「どうしてこの時季に花が」

御師は不思議そうに言いながら、進み始めた。両脇に若い二人も並び、甚六も続いた。

（匂いがする、と）

要は香りか。甚六は咲代のちょっとした予言のようなものに心を惹かれた。隣をそっと見ると、当然という顔をしている。

着いてみると、やはり道の脇に花が咲き誇っていた。それも一種ではなく、様々な色合いを見せている。御師が道中、夏に見られると説明した花の数々と、それらは相違なかった。乙女色とも呼ばれる淡い赤、それを引き立てるように、濃淡ある紫色の花々も周囲に咲いている。

御師たち三人は、なるほどと感心した様子で話している。だが甚六はわかっていた。

（冬に偶然咲いたわけではない、これらは）

よくよく見れば、うねる道の先にもまだまだ多くの花が、先へ導くように咲いている。誰かを迎えているようでもある。もちろんそれが誰かは言うまでもない。

「迷わずに登ろう」

甚六が言うと、咲代は笠をゆらりと前に傾けた。


冬の中にほのぼのと春を感じながら歩く御師たち三人と、甚六と咲代の理解は違っていたが、皆足取りは軽く、西日が赤味を増す前には五合目の宿坊に到着した。

宿坊には、山伏と呼ばれる修験者が二人暮らしていた。ともに歳の頃は甚六と同じくらい。所作も振る舞いも落ち着いていた。体躯は特別に頑健でないが、すらりと身軽そうである。修験者と同じような、結い袈裟と装束を着けた格好だった。

二人は富士のこの宿坊に常駐し、まず下山することはないという。夏時季には他の修験者、参拝者などを迎えて泊め、御師の役目も担うが、いわゆる人間相手に信仰を説く御師とは一線を画し、山の神とひたすら向き合い続ける信仰者である。

甚六は、彼らの目の奥に妙な深みを感じた。人の心を見据えるような、深い眼差しだった。

彼らは、今の咲代を見て何かしらを感じ取ったらしい。事情はすでに伝わっているという。常識では考えにくい出来事でもあるが、そこは山伏らしく理解を示し、深々と咲代へ頭を下げた。その頭が中々上がってこない。ようやく御目にかかれました、と地に向かって一人は言った。

対して咲代の反応は素っ気ないものだったが、山伏たちにはそれは大事ではなさそうだった。宿坊の離れにはすでに囲炉裏も灯してあり、甚六と咲代二人はそこで泊まるよう勧められた。御師と修験者、山伏たちは揃ってしばらく、富士への祈りの行をするという。

二人はまるで奉られるかのように、離れへ押し込まれた。

富士の五合目、標高で六千尺は超え、雲は眼下に見られる。空気も徐々に冷たくなり、この地点で麓とは比較にならない。御師や修験者の肩や表情も心なしか強張っているように見える中、甚六は何とも感じない。もしかすると、という妙な予感だけはある。

咲代は囲炉裏の前に座して、じっと佇んでいた。

「どうだ。ここまで登ってみて」

甚六も初めてとはいえ、自分より、女の身の咲代を気遣って訊いた。咲代は炭と灰を眺めながら、口を開いた。

「思っていたよりも」

楽、温かい、などと続く言葉を察して、ああ、と甚六は相槌を打った。だが咲代は、

「見られておりました」

と、言った。その意味も甚六はわかった。

「なるほど」

鳥は常に空を舞い、花は春を待たずに道へ咲いた。それらは偶然でもなく、咲代の旅路を見守るため現れたに違いない。世の彩りを担うなどといつか明かした通り、咲代が美しい自然のものたちを引き連れる形になった。この旅路、五人だけのものではなかった。

(しかし、ここから先は別世界と聞いている)

甚六は宿坊に入る前、明日登る道の先を見据えた。聞いていた通り、五合目までの世界とは別の様相だった。草木はこれ以降の地では育たないという。日はよく当たるだろうが、風を遮る物は何もなく、吹き曝しで頂上まで続く。そこに天から直接、氷の風が降り

注ぐ。

また今の時季は、深い雪に埋もれる。山肌は白く覆われ、天からは凍る風、地も氷と違わぬ雪に固まり、人間は真面《まとも》に立つことすら許されない。

しかし、咲代を見ると、そんな心配も無用な気がしてくる。暖にありついてしばし休んでいる身体は、還す約束をした借り物のように見える。心はすでに天に届くかというところまで来た。後はもう信じ、ただ足を運ぶのみ。所詮、深く考えても恐れおののいてしまうだけ。ならば、居直ってみるか。甚六はそう確信した。

「不思議な光景を見させてもらったぞ」

甚六が言うと、咲代は爆ぜる炭を見下ろしつつ、

「すでに私」

言いかけたところで、入り口から声がした。

「もしっ。おりますでしょうか、御二人とも」

甚六が内側から戸を開けると、御師が立っていた。全身を藁で包み、彼自体が古い家屋でもあるような様相である。

「御無礼お許しを。ええ、頂と空は御覧になられましたか」

御師は人差し指を立てて言った。頂の方、それは北に当たる。この離れの戸は麓を向き、北側の壁には風対策からか、窓はなかった。

「頂と空。どうでしたかな。見上げた記憶はありますが」

甚六は首を傾げた。

御師の説明によると、山頂すぐの所に厚い雲が現れたという。麓に住む者ならよく知る、雨の予兆である。雨なら流れ落ちるからまだ良いのだが、この時季だと雨水は地に至る前に凍って雪となる。山伏の言うには、雪の降る中で登るのは危険なので、日を待つのが賢明とのことだ。

なるほど、と甚六は納得した。戸口から覗く南の空には、星々がはっきりと見られた。

「明日は様子を見ようとのことです。以降は何とも読めませんが、炭や食料などは修験の者が下山し、買い求めてきますので心配はいりません」

「ふうむ、仕方のないことですか」

甚六は腕組みをしつつ、部屋の奥へ目をやった。囲炉裏で暖を取る咲代がいる。蓑は脱ぎ、装束の白い背、頭襟の後ろが見える。

出発が遅れるほど、咲代と一緒に長く過ごせる。甚六は、ふとそんなことを考えた。

「御祈祷師様」

甚六は声に向いた。咲代の背からその声は聞こえた。

「呼ばれましたか、今」

御師は甚六に向かって問いかけた。多分、と甚六は応え、奥を目で示した。

二人、戸を閉めきって中へ入った。座する咲代の後ろに御師はひざまずき、

「御呼びでありましょうか」

もう一度、訊いた。富士を登るに従い、信心はより仰々しくなるようだ。

咲代はうつむいていた頭を上へ向けて、振り向かずにただ告げた。

「明朝、必ず発ちます」

はっと御師は声を発した。

「導きを、ただいまも感じておりますゆえ、雪は明日までに溶け、道をつくることでしょう。皆様は心配をせず、また祈りを欠かさずに御願い致しとう御座います」

御師は背をびくっとさせると、床がへこむほど頭を下げた。

「はは、かしこまりました。山伏らにも伝えておきます」

御願い、と咲代はわずかばかり横顔を見せ、再度言った。御師はそれでもしばらくは動

き出せず、極寒に身一つ投げ出されたかのように背を震わせた。ようやく落ち着き、我に返ったかのように立ち上がると、甚六の方へ向いて、

「そういうわけですので、私らは支度の方を済ませておきます。御二人はゆるりと御休み下さいませ」

強張った表情で言うと、さっさと出ていった。閉まった戸の向こうから砂利を踏む足音が遠ざかっていく。

何たることか。咲代は御師に指図している、と甚六は心中で呟いた。

離れには、厚い布団、夜着も充分に用意されてあった。大人数を一度に泊めることもあるので、それでも足りないくらいでもあろう。甚六は贅沢にも布団を重ねて敷き、夜着も着込んで、さらに上にかけるため二つ用意した。それを咲代のためにもう一式、調えてやった。

囲炉裏で沸かした湯をすすりつつ、甚六は思った。北国の冬ならこれくらいの寒さはあり得る。厳しいには違いないが、耐えられぬほどではない。

窓は東向きに一つだけだった。そこと戸口の隙間からは、ぴゅうぴゅうと風の啼き声が

漏れてくる。甚六は部屋の隅に布団とともに置かれた布きれを、窓枠と戸口にそれぞれ挟み込んでみた。隙間風は止まった。

囲炉裏に戻るとまた湯をすすった。ずず、と音を立ててゆっくり飲み干すと、

「寝るか」

隣にいる咲代へ声をかけた。咲代は湯飲みを両手で包んでいた。まだ湯気が立っている。

「先に寝る」

甚六は立って布団まで行き、潜った。境のない間取りで、寝てもすぐそこに囲炉裏が見えた。修験者は布団を広げて雑魚寝をするというのだから、敷居すら邪魔になるのだろう。囲炉裏の向こうには咲代の白い姿があり、甚六はぼんやりと半目で様子を見た。

「今夜が、最後になるなあ」

甚六は不思議と冷静に呟いた。重ねた布団の中で安心もしていた。天井を見上げながら、しばし時を数えた。

視界の隅で白い姿が動いた。すすっと装束の擦る音が聞こえた。

「甚六様」

咲代は傍に立ってこちらを見下ろしている。

「まだ起きているよ。どうした。寒いのなら隣に来い」

甚六は至って自然に言った。咲代も遠慮せず、装束を着たまま、そそくさと潜り込んできた。格好があまり良くないなと甚六は思い、

「それは脱いだ方が良い。皺が寄ったら明日がみっともない」

咲代は従い、もそもそと脱いで器用に手を伸ばして装束をたたみ隣に置いた。頭襟も外してきれいに剃髪した頭が覗いている。甚六は哀れに思った。

咲代は襦袢だけになり、甚六にくっついた。腕をいつものように抱き寄せると、

「最後になります」

と言って熱い息を吐いた。

「うむ、ともに過ごす夜は最後だ」

だからこそ、慈しみたいと甚六は思うのだ。御師や山伏などの修験者たちがかしこまって接する対象が、なぜか自分の横に寄り添っている。ついさっき御師に指図し、ぺこぺこさせた当人が、一介の竹取りでしかない男に身を寄せて、ここにいる。

「皆が今のお前を見たらどう思うだろうか」

甚六は意地悪にそう訊いてみた。咲代はすぐさまに答えた。

「失望されましょう」

それはもとより承知していると言わんばかり。だからこそ、より気高い存在でいられるのだ。

「きっと、二人で御話をするのも最後となりましょう」

はあ、と甚六はため息が出た。冷えた空気の中を白く漂い、しばらくすると消えた。

咲代の顔は甚六の腕に押しつけられた。毎夜の感触とは違う。咲代は口元を動かし、甚六の夜着の生地を、赤子がするように咥《くわ》えて濡らした。

甚六は理解しようとすることを止め、ただ感じてみようとした。昨夜までは心のどこかに抗う自分、誰に知られるでもない体裁の殻に閉じこもる自分がいた。だが最後、もう最後と繰り返し語り合ううちに意思が消えてゆくのを感じた。夜着を咥えつつ耐えた我慢の時は破れ、咲代は甚六の首元、そして口に吸いついた。

（人ではないか、やはり）

甚六の視界の内の咲代は、ぼやけていた。目は閉じられ、動作の気迫と裏腹に穏やかな表情であった。互いが衣服を剥いでいく行為は、神聖な儀式ともいえた。二人の肌からは湯気が立ち上り、空気は冷たいのだが、身体の熱が優って寒さは感じない。薄れつつあった花の香りは以前にも増して強くなり、凝縮した刺激が鼻腔をついて止まらない。甚六の視覚と触角、そして嗅覚までも支配した。

甚六はただ委ねた。咲代もおそらく不器用だった。苛々《いらいら》作った拙《つたな》い竹籠のように、甚六は粗暴に扱われた。しかし許せた。半身を起こし、乗り上げ、命までも吸い取ろうとするその最中、咲代の姿形が月のようにまた日のように光り輝いた。遠いいつか、何者かと交わした、彼女を巡る誓約《うけい》の数々。甚六は選ばれてその一つ、最後の一つを果たした気がした。もはや生の歓喜も死の悲哀も全てが渾然《こんぜん》として、あるべきそこにあるのだと認められた。今この時、息が止まったとして悔いのない刹那《せつな》、その刹那に一人の自分がいる、これまでもずっとずっといたのだとわかった。

夜半に一度、甚六は外気を吸いに出た。振り返ると、空に富士の頂がぼんやりと現れていた。闇に浮かぶ雪化粧は、天辺から湯でも注いだように、斑に溶け始めては、地肌を覗かせていた。

中へ戻ると、咲代は丸まって休んでいた。甚六は再び沸き上がった強い衝動を何とか抑え、静かに隣へ潜ると、また少し眠った。

明朝、早いうちから御師たちが離れを訪ねてきた。甚六たちも丁度準備ができていた。昨日と同じ着込みに藁の頭巾《ずきん》を重ねた。鼻からあごまでを木綿布を巻いて覆うように勧められた。加えて山伏たちが降雪を進むために使う雪沓《ゆきぐつ》、樏《かんじき》も用意されたのだが、

「必要ないかもしれません」

山伏の一人が富士を見上げ、木綿の巻き布で籠る声で言った。五合の高さの宿坊、この位置から眺める富士の頂は、町から見られる様相とはまるで違う。すぐ目の前にあり、手も届きそうだった。昨晩までは確かに雪で埋まっていた山肌も、明けてみるとすっかり溶けて消えていた。残りの雪と、ここから見る限りは小石のような岩々とで、昨日の道中で花がしたのと同じく九十九折《つづらお》りの道程がわかる。

それにしても近い。甚六は今日の道中、滞りはないのではと読んだ。すでに結末は決まってある気がした。

隣に立つ咲代を見ると、藁の頭巾の中で、朝靄《あさもや》の漂う南の空、麓の町の方を懐かしむように眺めていた。

「一応はそれぞれ、持ちましょうか」

御師が勧めて、皆に雪沓だけを渡した。縄で腰に括り、提げておく。万が一にも雪が降り積もることがあれば必要にはなると言った。

「こちらは、御神酒《おみき》となります。本日の道、一合ごとにこの酒を一合含み、身体を温めつつ進みます」

神酒の入った徳利《とくり》を修験者二人と甚六に手渡した。咲代にも手渡そうとしたが、そこはそっとかぶりを振られて返された。

酒は計五合ある。出発の今、一合飲んでは登り始める。九合目の地点で最後の一合を飲み終えて頂上へと至る。修験者の習わしに沿って、日のあるうちに登りきって戻るのである。

頂上にはいったい何があるのか。八合目より上は、幕府の開かれる前には浅間大社の領地で、今も社が建っているという。そこに到着したとして、さて何を行うのだ。甚六は考えてみたが、答えには至らず、まあ登るしかあるまい、と思い定めた。

一行は御師を先頭に、昨日と同じく列になって進む。山伏はここへ残り、北へ向き祈りを続けるという。発とうとする際、宿坊から出てきて頭を下げ、無事を願う旨、口にし

た。咲代へはかしこまり、

「御目にかかれましたこと、生涯の大事と致します。どうか御無事で」

そのように言った。咲代はまっすぐに彼らを見ながら、

「有難う。御元気で」

と声をかけてから、ゆっくりと頷いた。かくして五人は、残りの五合の道へ出立した。

御師たちが先に道へ出た。甚六はそこで、咲代を待った。神酒の強く結ばれていること
を確かめた際、もう一つ腰元に括りつけた物を思い出した。

「咲代。これをお前にやる」

山伏たちと惜別したばかりの咲代へ、甚六は声をかけた。腰の縄紐を一本ほどくと、括
られた鉈、父親の形見を掲げ見せた。

「鉈」

咲代は見たままを言った。錆付いてもはや使い物にはなるまい。元はおそらく、立派な
品ではあった。甚六はそれをよく見せた後、咲代の藁蓑をめくって装束の腰へ回した。

「これは、俺の親父が生前に使っていた一丁だ。俺が腑甲斐ないばかりに生活苦で質屋
に入れていた。お前とは出逢う前の出来事だ」

咲代は黙って聞いた。甚六は落ちぬよう細い腰へ結び終えると、提げられた鉈の刃、もはや何も切れぬ刃を手で掴んでまた見せた。

「お前がいたから、これを買い戻すことができた。だから餞別にくれてやる。傷んで何の役にも立たんだろうが」

咲代はぼんやりと鉈を見下ろした。目尻に白い小皺が寄っていた。

「大切にします、何よりも」

富士に限らず、山登りの道程は皆「合」で数えられる。古い修験者の体感に基づき、酒一合の体熱の消える地点を示してつけたという。他にも行灯の油の量からきたともいわれる。修験の者が行灯を持って登り、一合の油を使いきって火が消える地点を指すとの説だ。

諸説あって、どれも定かでないが直接の距離ではないことは共通している。まだ足取りも軽い一合目から、徐々に距離自体は短くなる。終盤はすぐ近くにも見えている距離でも、一合とされた。

五合目からの修験道を歩いてみると、傾斜こそきついが地面は滑らかだった。この辺りまでは修験者が時折石など取り除いて整備しているという。石は脇に寄せられて道をより踏み易くし、見失わぬようにしてある。雪は遠目に見た通り、一行が通りやすくしたかのように一夜にして消え、脇にわずかに残るだけだった。雪が道を覆っていたら、進むことは確かに難しい。

東の空には日が昇り、一行の横姿を照らした。周囲を遮るものはなく強い風が吹き下ろす。これほど着込んでいても冷たく感じるが、わずかでも日差しの暖かさは感じることができる。

（まだ大丈夫だ）

一行は先へ進んだ。五合目の出発点で腹に入れた神酒の熱は、歩を進めるうちにすぐ消えてしまったが、人肌の熱が装束の中に籠っている。息は吐かれる度に木綿の内で口周りをしっとりと温めた。

足を一歩、また一歩と運ぶのは昨日と同じなのだが、妙な違和感があった。それは何よりも景観の違いに他ならない。林と草花に囲まれ、まるで迎えられたかのように登った昨日と、生気のない石と土だけの場所を行く今日とでは、まるで善と悪の対比のようにも思えた。本来ここは人の踏み入れてはならない地かもしれない。業を背負う者への仕打ちの

ように、視界は靄に遮られ、十尺先の様子も見遣れない。御師は、

「朝にはこうして靄が出ます。これから晴れてくるはずです」

そう言った。錫杖を鳴らし勇ましく進む御師の背を見ながら、甚六はついていく。自らの覚悟が足りないとは思わない。これでも悩み抜いた末、自ら望んでここに立っているのだ。

退けられたとはいっても、道に小石は多い。登るほどよく見られた。足元を注意しないとつまずき、怪我の恐れもある。上も見るのは先頭の役割として、後に続く者は眼下に気を配りながら進むのが良いといわれた。甚六は従い、うつむき加減で歩いた。そうすることで足の運びもゆったりと力強くなるらしい。

しばらく歩いて、御師の足が止まった。それを見て、甚六たちも止まった。六合目に着いたといわれ、作法としての神酒を開け、また一口飲んだ。喉から熱を感じ、直ちに腹まで届いた。ほう、と思わず息が漏れた。

「大丈夫か」

甚六は隣の咲代へ声をかけた。咲代は藁頭巾の隙間から覗く顔で、静かに一つ頷いた。

甚六は、その人相が徐々に変化していくのに気付き始めていた。

靄がかった空へ向け、修験者が法螺貝を一度、吹き鳴らした。

六合目からも同じような道が続いた。小石を蹴ると、平らに見える地面をどこまでも転がっては靄の奥へと消える。凍るほどの空気の冷たさを息の度に鼻腔で感じた。慣れてくると、薄くなる空気に感覚がより研ぎ澄まされていく気がした。対して脚絆の足の先はもう何の感覚もない。こつ、という音を立てて小石が靄へ逃れる動きはわかっても、それが今、つま先に当たったたのかは定かでないのだ。

風は一瞬たりと止まず、一歩進むごとに強くすらなっている。甚六は身の危険を覚え始めた。皆が同じ心持ちだろう。御師は九十九折の曲道に差しかかった折、振り向いて、

「できる限り、静かにゆっくりと息をして下さい。一気に吸い込むと喉が凍ります」

そう言うと、錫杖を突いてまた進み始めた。羽織った蓑が震えるように揺らぎ、風が太い藁を一本引き抜くように彼方へ消し去った。

甚六は努めてゆっくりと、息を吸っては吐いた。足元にも気を配った。隣の咲代へも時折、声をかけた。静かな頷きが返ってくると、甚六もまだ進むぞという気持ちが湧いた。

重々理解しておかなくてはならないのは、御師、修験の身であっても冬の富士には決して登らない。ここにいる皆全て、初めての体験をしているのだ。

九十九折になる道の直線は、徐々に短くなっていった。まっすぐに登り、折り返すように曲がり、またまっすぐ進む。少しでも逸れれば先がすぐ断崖絶壁であるような所もある。見上げると、もはや手の届きそうな空に浮かぶ頂上があった。町から見るより近く大きく、空に溶け込みそうな天色に染まっていた。

御師の歩の緩やかになるのを感じ、甚六はまた一区切りが近付いたのがわかった。

間もなく、七合目の地点に到着した。多少の誤差はあれども、七割の道程を超えたことになる。

一行は神酒を含んだ。甚六は酔いが進んで鈍くなったのか、寒さを感じにくい。肌のさらされた目元が冷えていたのだが、感覚をすでに失っているせいで全身が凍っているような気がした。

（厳しい）

わかっていたつもりだが、いざこの場に立ってみると過酷だった。下山を決めたとしても、それでこの寒さと苦しさから逃れられるわけではない。下山中に限界が来るかもしれないのだ。その限界とは命を指す。

御師が出発を促した。静かに呼吸だけに意識を向けていた甚六も、その背について立った。修験者が儀礼の法螺貝を吹く。だがその音が今までよりいやにかすれて弱々しいと甚六が感じた時、恐れていたことは起きた。

若い修験者、法螺貝を持つその身体がよろよろと傾き、道へ倒れ込んだ。すかさずもう一人が支えて声をかけたが、目は閉じられて動きもしない。御師は心配そうに見つめたが、

「連れて下りなさい」

と迅速に命じた。酷ではあるが、甚六もそうすべきかと考えた。

改めて何を言う間もなく、若い修験者は倒れた彼を背負うと、来た道を下り始めた。ずいぶんと重いはずだが、下りのせいか、ずんずんと歩んでいく。

とにかく宿坊まで戻れたら、助かるだろう。甚六は彼らを見送りながら、隣を見た。咲代は藁頭巾と巻き布の間から、細めた目を彼らの後ろ姿にじっと向けていた。やがて靄の内に消えたところで、瞬きをぱちぱちと繰り返し、潤んだ瞳で甚六を一瞥した。言葉は交わさなかった。

法螺貝の音はないまま、三人はまた進み始めた。

別世界、まさに天と地をつなぐ場所といわれても疑いようもない。東に位置していた日

が、そろそろと真上近くに来ていた。頭に降りてくるような近さだった。それまで薄暗くもあった西の方角も一様に照らされた。日差しが含む熱は、風に遮られるのか何も感じられない。届くのは光だけだった。

道を踏む足の感触は下と変わりなかった。だが、景観は想像を超えてきた。転がればただごとでは済まない巨大な岩がそこかしこにいくつもあった。大人の身体も潰されてしまいそうな大きさ、その陰には残雪が固まっている。

花も鳥も、もはや姿はない。生き物の営みが及ばない高さまでやってきたのだ。甚六は今日、生き物を見ていない。人だけ、それも神を届けるために命を投げ出す修験集団だけだ。御供《おとも》と呼べた者、道標となってくれたあの儚い存在はもう見られない。乾いた足音と、御師の錫杖の音だけが虚しく響いた。

風はますます強くなっている。富士おろしとつけられ、国では親しみすら覚えたその風は、富士からではなく、さらに上の天から来るのだと知った。眼前にそびえる頂上から風が湧くのではない、頂はただの通り道。富士山は経由地に過ぎない。いつかの文にあった通りだった。

隣では、咲代も横を見ていた。甚六は気付くのを待ってから目配せした。

「何を見ていた」

巻き布越しにもごもご問うと、咲代はまつ毛を東に向けて示した。甚六も何となく見た。東の空、すでに真上近くに日がある。明けたその空の内にそれはあった。

「月か」

甚六も見つけて言った。咲代はこくりと頷いた。

不思議なものだ、日は大地を照らしこれほどはっきりと動くのに対し、月は静かに浮かんでいる。夜は輝き、朝はいつまでもぼんやりと居残る。甚六は歩きつつ、しばしその御月様を敬仰した。月は慎ましく天の内に佇んでいる。

意識を他に向けることで、甚六は自分の過酷な状況を、その一瞬一瞬のうちに忘れ、また思い出した。その繰り返し。倒れた修験者は、じっと状況を呑み込み、それが膨らみ過ぎてしまったのではないか。信仰心の強さゆえであろうが、しなやかに保てなければ、身も心も脆く崩れて役目は果たせない。

御師の背越しに覗くと、道の先に石碑が見えた。一帯に転がる石とは異なる、調った楕円形で縦向きに埋められていた。そこに文字が刻まれている。

「ここから先が八合目以上。元々は浅間大社の領地となります」

御師が二人へ振り向いて言った。

浅間大社に祀られるは浅間大神、読み替えて「アサマ」と呼ばれる火の神である。富士は火を噴く山であり、その神が宿るといわれてきた。こうして立ってみると、火よりも冷気を感じる。天に近付くほど大気は冷たく、命の何者も通さぬように立ち塞がっている。さらなる上に神の住む世界があるとして、そこはどのような気候であるのだろう。草木は見られるのか。

八合目を示す石碑を見ながら、甚六は神酒を口に含んだ。徳利を揺すれば、ぴちぴちと残りわずかとなった音がする。

甚六は後方を見下ろした。靄は聞いていた通り、ずいぶんと晴れた。まだうっすらとした景観だが、五合目以下の森林の樹冠が望める。併せて宿坊の母屋と離れの屋根も見える。そこへ引き返した修験者二人の姿までは、さすがに見つけられなかった。

御師も神酒を飲むと、徳利を腰へ提げた。行きましょう、と酒に枯れた声で言い、進み始めた。甚六はその背を追い、足元を見ていた。八合の石碑から道を横切る線を頭の中で引いてみる。そこを跨ぐとついに、

（入った）

何某か心に熱いものを感じた。それは内に秘める使命感であり、向かい行く志に違いなかった。自らの役目を燃えるように思い、火の神までも思う余りか、身体は沸々とした。修験者が区切りごとに吹いた法螺貝の音が、心に高く響いた。

だが間もなくして、御師の足取りが怪しく鈍くなった。驚くよりも甚六は、

(きっと仕方がない)

なぜかそう理解した。御師は、甚六の方へまっすぐに倒れ込んできた。錫杖は手離され、道へ甲高い音を立てながら転がった。

甚六は御師の身体を支え、ゆっくりと道へ座らせた。

「申し訳ありません」

突然のことに、御師は呆然としながら詫びた。心はきっと前に進んでいたのだろう。しかし、身体が一つの限界を迎えた時、なす術はなかったのだ。これからどうするか、と甚六は悩んだ。先ほどの修験者と同じように背負って下りるか。

御祈祷師様、と咲代が御師に呼びかけた。

「貴方の志、しかとお受けしました。もう充分でありますから、引き返して下さいませ」

ここからは私たちのみで、とつけ加えた。言われて御師はがっくりと項垂れ、身体を激

しく震わせた。

「俺が背負って下りるか」

甚六は覚悟を決めたが、咲代は否定し、南の斜面を指差した。甚六は薄靄の中に黒い人影を見つけた。それは下る修験者ではなく、登ってくる一人の者だった。

「山伏様が今、こちらへ向かっております。御祈祷師様はわずかずつでも下り、彼と合流して下さい。後は私たちで登り、済ませます」

咲代に言われ、御師は錫杖を杖にして立ち上がった。勇ましかったその音も、法螺貝と同じく脱落しては、もう聞こえない。御師は錫杖を預けようとしたが、甚六は断った。儀礼のためよりも今は安全のために持っていた方が良い。御師は何度も詫びては、ふうふうと息を切らして杖を突きながら下り始めた。

今は弱々しい後ろ姿に、甚六は心から感謝した。もし自分と咲代のみで頂を目指したとしても、絶対に成し遂げられなかった。多くの心と力添えを得て、ようやくここまで来たのだ。

すでにここは山の神の見守る所、すなわち懐に入ったのも同然で、頂は見上げれば目と鼻の先にある。ただ、駆ければあっという間に着きそうに見えても、二合を数える道程はなお険しい。御師の先導がないことにも不安は募る。

甚六は後の役目を、咲代の風除けとなることと決めた。後ろにぴたりとつかせ、前を歩くのだ。咲代へは、

「蓑の裾元を掴んでおけ。何かあれば引っ張るのだ」

と言った。咲代は黙って聞いた。

歩き始めてすぐ甚六は、御師がこれまで風を一身に受けてくれていたことを知った。富士おろしなどという愛称ではもはや呼べない。天からの凍るような風に、身体でなく精神が臆するのを感じた。それは足取りを鈍らせる。だが、御師の労苦を思えばこそ、心を折るわけにはいかなかった。

目を開けるのも辛いほど強く冷たい風は、瞬間たりともその攻撃を緩めない。

甚六は蓑を掴む咲代の手を感じながら、進んだ。一歩、一歩と踏み締める。目の前と感じた頂が離れてゆくような気がする。後ろ手を伸ばし、咲代の手に触れてみる。藁の手覆い同士がかさかさと触れ、その音で居場所を感じては安心した。さあ進むぞ、と気持ちを立て直した。

御師から言われたことを、甚六は頭の中で何度も反芻した。足の運び方、呼吸の仕方、

気の持ちようなど。何より命のやり取りにすでに身を投じたことを理解すること、言い換えれば命を失う覚悟をした上で、かつ大切に守り抜く決意をすることだった。生きたいとだけ願えば足は後ろへと向いてしまう。進むこと、守ること、そのどちらも全く同等に願う絶妙な心こそが、頼りなく狭い一歩であっても前へと向かわせるのだった。

九合目を示す石碑が上方に見えてきた。人の手が入り、形を成す物があること自体が嬉しくも感じた。後ろ手でまた触り、

「あと一つだぞ」

声を張った。咲代の手は甚六を触れ返した。

九合目に着き、最後の神酒を飲んだ。徳利を腰からほどくと、石碑に括りつけた。身体を起こし、周囲を見た。北には山頂、後ろは皆、薄雲のかかる天、それも眼下に広がった。上にも天が満遍なくある。

素晴らしいと、思った。達成感もここにして湧いてくる。この景観は信仰心すら超越した山の恵みを体現しているように見えた。

よし、と思わず声を発した。甚六にはまだ余力があった。進もうとして咲代の手を取り、視線を送ると、にわかに様子がおかしいことに気付いた。

「どうした」

咲代は藁と布の内で、目を伏せていた。どうした、と甚六はもう一度、訊いた。咲代は顔を寄せ、小さな声で、

「身体が重たくなります」

と言った。同時に手覆いの片方を掴み、脱いだ。甚六はすかさずその手を押し留めた。だがその手のひらを見て、眉をしかめた。

肌には無数の細かい皺が寄り、色味も青白く、血管が不格好に浮き出ていた。

「身体が」

咲代がまた言おうとするのを制して、甚六は手覆いを嵌めさせた。嵩張った手を握ると、

「あと少しだから」

そう言い告げた。咲代は咲代らしくなく、不安げに目を泳がせた。

手を引いて、最後の一合の道程へ出た。咲代の足は鈍い。甚六はここもまた冷静な心構えで越えるぞとして歩を踏み出したが、蓑の裾に掴まる手が弱々しく感じた。

甚六は彼の文を思い返した。人の四半分足らずで老いて死ぬと記された咲代の寿命は、

もう折り返して余命も残り少ないのだろう。子供から早く大人になっただけではなく、日々老い続けていた。その早さは想像を絶した。

(竹のように成長したのではなかった)

いつかの連想を勘違いだと知った。竹は百年生きる。美しい花をその頃に咲かせ、以後もまだ生きるとすらいわれた。確かに最初、若いうちに凄まじい早さで成熟はする。だがそれ以後も立派に力強く生き続けるのが竹である。対して咲代は全く違う。美しくも儚い、一輪の花だ。一時期咲き誇り、ほどなくして散る。

裾を引く手は、もはや力なくつながるだけとなった。甚六も引かれて遅くなった。咲代の足はよたよたと、一歩運ぶのが精一杯なほどに見えた。

「咲代」

呼ぶと、悲しげな瞳をこちらへ向けた。

人は老いを、自らの身体を通じて少しずつ理解しゆくものだ。だが咲代には時間がない。心が追いつく間もなく身体がずんずん老いていく。甚六も喉の奥から迫り上がるような悲しみを覚えた。目の奥が熱くなる。駄目だ、とすかさず自分を叱った。

「乗れ、早く」

屈んで背を差し出すと、咲代は両手を前に伸ばし、寄りかかってきた。甚六はその全身を受け止めると、背に負ぶった。互いの藁蓑も待っていたかのように、乾いた音を立てながら絡み合った。

いよいよ登る脚は、甚六の二本だけとなった。頂上までの最後の一合の道程、すぐ目の前に頂は見えている。

咲代が崩れ折れた前後から、甚六は天の色の変わるのに気付いた。それまで瑠璃《るり》のように鮮やかな色をしていた天一面が、今は鈍色《にびいろ》になった。一歩踏み出す度に、不気味な予感に胸を刺された。しんと、冬の匂いが鼻腔をついた。真冬の町中でも感じる、音もなく空を白く染める匂いだ。

やがて、雪が激しく降り出した。放られるかのごとく速く、どさどさと積み重なって道を白く染める。足で踏むのが地面ではなく積雪と変わった。甚六は背に咲代を乗せた格好のまま、腰に括っていた雪沓を取った。雪駄を脱ぐと道脇へ置き、雪沓に両足を通した。両手を咲代の脚の下へ戻すと、持ち上げて姿勢を直した。

「ついに雪が来たぞ」

そう呟いても、背からの反応はない。甚六は雪沓で白い道を進み始めた。見上げると、目の前にあったはずの頂上は消えていた。

ただひたすらに歩いた。道の険しさはわかっていたつもりだ。甚六は憤りも憂いも、何もかもの感情を超え、ただ足を踏み出すことにだけ集中した。自分が今、背負っているのは人の世の希望だ。命、ただあるだけでは足りない。美しくあってこその命。その美しさを彩るのが咲夜姫だ。その存在なくして世にもはや意味はない。

（必ず連れて帰る！）

その一心で雪を踏んだ。

しかし頂上へ向かっても、一向に辿り着けない。方向を誤ったか、雪で道を見失ったかと疑うが、傾斜を感ずる限りは合っているはずだ。

ひたすらに進んだ。降雪のぶつかる視界、その隙間から空を見ても鈍色ばかりで、もはや暗闇ともいえるほどになっていた。

疑わず、ただ登り続けた。一合の道程、これほど長い。最後の一合、これほど厳しい。甚六は感嘆すらした。

九合目の石碑に徳利を括ったのが遠い昔の出来事のように思えた。それほど歩いた。永遠とも思われるほどの時間をかけた。

「甚六様」

背の咲代に甚六は、はっと気付かされた。足が思わず止まった。

「何だ」

「呼びかけて」

「何を」

問うたが甚六はすぐ、何を、ではなく誰かを呼ぶことだと悟った。ここは天と地をつなぐ日本最高峰、その頂は目前だった。

「お前の親を呼ぶぞ。名を何という」

問うと咲代は、名を明かした。アサマも膝元へ置かれるという、山々を司る大神の名を。

「オオヤマツミノカミ！」

甚六は鈍色の闇へ向かってその名を叫んだ。

「貴方の子を返しに来た！」

「人はこれより進むことができない！」

「どうかここで子の身を受け取ることは叶うか！」

立て続けに告げ、問うたが、声は自らの内へ響くばかりで一寸先にも届く気がしない。びゅうびゅうと、烈風が吹き続けた。

「どうか！」

最後に懇願した時、甚六は視界を遮る雪の変化に気付いた。冷たく降り注ぐ雪の結晶、その落ちる様がゆらゆらと、風になびく情景へと変わった。

それに伴って、耳につく音の全てが消えた。しんと、脳裏に流れる気の音だけが確かめられる。見開いた目の先、鈍色の天が徐々に明るくなる。

甚六は一瞬、死後の世界を思った。

「花だ」

視界に舞う、それが花弁であることを確かめた。空はすっかりと白く広がり、そこから同じ白色の花弁が降り続けた。

甚六は手を差し出した。花弁は藁の手のひらに乗った。その花弁、指先ほどの小さな一枚が、はらりはらりと手の上に落ちては重なり、積もっていく。甚六はその花への見覚えがあった。

「咲代、見ているか。竹の花だ」

そう言うと、背の上で咲代は首を起こし、甚六と顔を並べ、花の舞い散る空を眺めた。

「竹の、花」

「そうだ。百年に一度つける幻だ。富士にこれほど咲いていたのか」

大元である竹の所在は掴めなくとも、甚六は咲代に教えた。いつかの話も教えた。

「お前と出逢う前、俺は藪の中で竹の花を多く見つけた。その後、帰ると子供のお前がいた。竹の花とともにお前は降りてきたのだ」

甚六は歩き始めた。道に雪はなく、花弁が積もった。

甚六の背から、咲代は手を伸ばした。舞う花弁は意思を持つかのように、その手の上に集まってきた。

「ああ、綺麗」

咲代は震える声で言った。

二人は進むうちに、花弁が頭にも背にも、至るところへ積もった。遠目には雪にも見えそうなそれが、幾重にかかっても軽く、どこか温もりがあった。咲代も同じように感じると言った。

甚六は、綺麗で温かいと感じる他に、花弁の持つ香りにも気付いた。それは紛れもなく、幾年もずっと感じてきて、今は懐かしい香りでもあった。

一歩ずつ、まだ進んだ。足がどこを踏むのか、どれほどの傾斜なのか、山のどこかも定かでなく、白色の面に雪沓が乗り、浮かび、また乗る、その繰り返しだった。疲れもなく、不安もなく、静かに進んだ。目は前を見据えたが、白い空が眼前まで広がって、もはやどこの場所でもなかった。それが不思議だと思いつつ、だが心地が良いあまりに甚六は咲代を背負って進み続けた。そのうちに咲代の方から、

「きっと着いております」

と、告げられた。甚六は足を止めた。見回すと、一面が花弁の淡い色で満たされている。ここが何のどこなのか、想像ができたとして、実際に立つことはまず叶わなかったであろう。

甚六様、と咲代は呼んだ。まだ何度も呼び足りない、そう言っているような気がした。

「何だい」

甚六が応えると、咲代は背からゆっくりと降りた。甚六が振り向き、二人は久々に対峙した。

咲代の目尻には、細かな皺がびっしりと寄っていた。手覆いを外すと、藁の面と相違な

いほど皺の寄る手が見えた。その手で巻き布を首元まで下ろすと、老婆の顔が現れた。皆、このようになる。甚六はそう無理矢理に思うことで、自分を納得させた。長さの問題ではない。元の美しさの問題でもない。人はいつか皆、この道を行く。醜いと言い表すのは身勝手だ。

何を見ても綺麗などと感動を言い表したことのなかった咲代が、なぜ今は花弁を見てそう言うのかもわかる。

「一つ、甚六様に明かさねばならぬ、嘘があります」

咲代はしゃがれた声で、言った。うん、と甚六は返事をした。

「葦原は、もう過ぎております」

「そうなのか」

咲代は力がもう入らないのか、まっすぐには伸びきらぬ指を、後ろへ向けた。微かに震えてもいた。

「葦原は今、人の住む国であります。私が帰るのは」

そこで一度、口を噤《つぐ》み、今度は前を指差した。

「黄泉の国」

甚六は、はたと理解した。黄泉とは、確かにいう。意味もわかる。

「そうだったか」

やはり、とつけ加えようとして甚六は止めた。もはや理由も、経緯も、どうでも良かった。ただ今、もう戻れぬわずかな時が迫る。

「俺は全て、良かったと思っている」

甚六はそう言い、両手を広げた。咲代はよろよろと頼りない足取りで、その胸の内に収まった。

「甚六様」

うん、と甚六は応えた。

「初めて貴方と会った時、怖くありました」

「すまなかった」

「捨てられると思った時は、寂しくありました」

「すまない」

「結婚を勧められた時は哀しくありました」

「不甲斐ないことをした」

「貴方と出逢えて良かった」

「俺も」

咲代は甚六に腕を回したまま、顔を見上げた。

「貴方と離れとうありません」

「俺も」

甚六は即答した。寿命のもはや尽きようとする咲代をじっと見つめ返した。老いてもやはり女子の頃のままの澄んだ瞳からは、とめどなく涙が出てきた。天寿も違えば、きっと生きた時代も違う。知らずにいれば悲しむこともなかった。

何も知らぬままでいられたらどうだったろう。例えば竹の強さも、儚さも。人の世のことも、生きる意味すらも。そうであったら幸福だったろうか。安寧だったろうか。

「だが、定めだ」

甚六は咲代の弱さを認めた。それは人として育まれた今の咲代の心だった。極言すれば人など、単身では何も成せない。それを弱いと感ずるのもまた人だけだった。

咲代は人となり、甚六を追い求めてきた。時には泣き、怒り、感情を出だしては甚六と対等の人になった。甚六もずっと真剣に向き合った。暮らしも楽になった。名も馳せた。

だがそんなものはつけたしに過ぎず、人であろうが神であろうが失ってはならぬものがあり、甚六はその何某かを今も背負っていた。両手が塞がろうと、この身が凍ってしまおうとも、守らなくては。風雨を凌ぐ屋根のごとくあらねば。時には包み温める腕とならなくては。

咲代はもう、飽きるほど、焼きつくほど、甚六の名を呼んだ。甚六はその度々に全て応えた。いつも一緒にいた。これからもいると約束をした。思い出してくれと頼んだ。

（咲代！）

最後、甚六の方から大きく呼びかけた時、抱きしめていたはずの両腕が交差し、甚六は前につんのめって転んだ。一人、地面に膝と手をつき、見下ろしたそこは、命の住めぬ世界、富士の山頂の地だった。ここで巻き起こっているとされる、富士おろしが身体をびゅうびゅうと揺さぶり始めた。凍るほどに冷たく、残酷な風だった。

甚六は立ち上がった。地面は平坦だった。ここが最も高い位置かと、確かめるように周囲を見た。わずか先に、社が見えた。鳥居があり、灯籠も置かれていた。甚六はそこへ近付き、鳥居をくぐると社の前に立った。

閉ざされた社殿らしき建物は、静かに佇んでいた。風に吹かれ続け、それでもじっと建ち、神が祀られてある。天に最も近い場所で、甚六はしばらくの間、目を閉じて思った。言葉にしようとすれば、どこか軽薄になってしまう。沈黙の内に感謝の念を浮かべた。目を開くと、手覆いにまだ一枚、白い花弁がついていた。

甚六は下山し、御師と修験者たちの無事を確かめた。事が済んだことを知ると、彼らは声を上げて泣いた。泣きながら、今後の祈りと修験を誓った。

山伏たちはやはり残り、甚六たちはさらに下りた。宿坊で御師と別れると、一人の家に帰った。すぐに落ち着く見込みもなかったが、しばらくは静かに暮らした。

咲代を叩き起こして背負い、竹藪へ避難したあの大地震から四十九日後。富士山は大きな噴火を起こした。

富士山の噴火は、頂上からではなかった。規模は小さくないが、後年にまとめられた記録によると、人は亡くなっていない。ただ町への被害はあった。その結果を見れば、祈りが通じたのかもしれず、まだ人の許される余地があったのかもしれない。噴火自体は、山頂から東側の斜面で起こった。憤る山の神を最後に戻ったある一人がなだめ、せめてもと逸らせたのかもしれなかった。その噴火によって、富士山の東の脇には、富士よりは背の低い山が生まれた。富士を親と例えるなら、小脇に幼子を連れて歩くようにも見え、その姿形で現在まで至っている。

小さな山は、宝永山《ほうえいざん》と名付けられた。

後年、甚六は妻を娶った。歳の頃はほぼ同じ、物静かな女で、家の事をよくする優れた妻であった。夫の生業、竹細工にも興味を示したが、不器用でものにはならなかった。子は一人身籠り、その養育へ暇を費やした。

生まれた子は娘で、妙なことに両親とは似ていなかった。肌は富士の雪化粧のごとく白く、産後すぐの血を拭った時から光り輝いて見えたという。甚六はその娘に並々ならぬ思いを寄せては、特別に意味ある名をつけた。

娘はすくすくと育った。甚六によく懐き、竹取りから帰る父をいつも裏手の戸口で出迎えてくれた。妻と同様、そのうちに竹細工にも挑戦したが、すぐに飽きてやらなくなった。

本来、女が夢中になる仕事ではなかったらしい。いつかの経験は、甚六を勘違いさせていたのである。

翁の風貌となっても甚六は竹取りを続けた。自らの足で竹林まで出向き、見定め、品となるに相応しい竹を取ることを人に任せはしなかった。林の中を見回ることも怠らなかった。元は取り忘れや素人の出入りを見張る意味であったが、甚六の中で習慣付いたその見回りには、本人も意図せぬ理由があった。時に古い竹を見つけては、いつかの花と実の光景を思い出した。今、その光景に本当に出逢いたいわけではない。以後に巻き起こった様々な出来事や、若い自分に戻りたいといった欲求もなかった。ただ懐かしく、思い出として、そこにあるからこそ足が向くだけであった。甚六にはもう家族がいて、守るべき存在があった。

駿河に暮らす限り、いつも空には富士がそびえている。いつかの自分たちを描いたように変わった山の姿にも、甚六は心のどこか温もる感を覚えた。何にも触れていない手にも同じ感覚があった。妙な縁によって、甚六は自らの内に二つの情が備わることを自覚していた。一つは人への愛情そのもの、もう一つは愛ではなく神への忠誠、信仰の心であった。小さな神の子に手をつながれ、横顔を見上げられた。甚六は前を向き続けた。

その心を保ちながら、形あるものへの愛情も疎かにせず、甚六は人として生き抜いた。

歳を取り、床に伏してからも、見上げる視界には家族がいた。美しく育った娘と視線が合った。悲しそうに見つめる表情へ、笑みを返した。礼を言った。

「有難い。有難い」

最後の瞬きを終えると甚六は、黄泉の国でのある再会を想い、生涯を終えた。

あとがき

静岡県の富士地域には、竹取物語に関する独自の伝承があります。それによると、かぐや姫は元々富士の神であり、結末は月ではなく富士山へと帰っていくのです。また竹取物語のかぐや姫は、古事記に登場するコノハナノサクヤヒメと同一であるという説もいわれます。実際に富士山にまつられる浅間大社の祭神も、現在はサクヤヒメですが、過去にはかぐや姫ともされていました。

それらの伝承と説にもとづき、富士の噴火の歴史を下敷きにして執筆したのが本書です。

伝承には相通ずる部分があり、ニニギノミコトの犯した罪を償うため、サクヤヒメが現世に下ったことと、竹取物語でかぐや姫が最後に不死の薬を帝に託したこととが、まさにつながるように思えるのです。

物語の舞台は一般的には平安時代なのでしょうが、本書では敢えて江戸時代としました。私なりに読者が受け入れやすいよう「小説としての大衆性」を重んじたからです。加えて、江戸時代に起きた富士山の宝永大噴火が、平安時代の二度の大噴火になぞらえれば、富士山と竹取物語にまた深い関わりが見えてくると感じたからです。

　そんな奇妙なつながりに着想を得て、美しいがゆえに罪を帯びた姫の降臨と帰還を、小説として書き上げました。本書のあらすじは架空であり、もちろん史実ではありません。とはいえ、本書をきっかけに古事記や竹取物語、また富士山の歴史についてわずかなりと興味を持っていただけたなら幸いです。

　本書を出版するにあたり、校閲と編集に尽力くださった静岡新聞社編集局出版部の佐野真弓様、また最初に相談に乗ってくださった庄田達哉様、本書を手に取ってくださった皆様、そしてこれほどに深く美しい富士の伝承を語り継いでくれた静岡の全ての人へ、心より感謝申し上げます。


令和二年、冬。山口歌糸。

山口歌糸
1985年神奈川県川崎市生まれ。静岡県富士宮市在住。書店員などの職を経て、2019年にフリーライターとして独立。2020年「竹取の赫野姫、古事記の佐久夜毘売」で市民文芸ふじのみや第46号随筆の部優秀賞。

小説　咲夜姫

令和３年３月31日　　発行

著者・発行者　山口歌糸
発売元　静岡新聞社
〒422-8033 静岡市駿河区登呂 3-1-1
電話 054-284-1666
印刷・製本　藤原印刷株式会社

ISBN978-4-7838-8020-2 C0093
定価はカバーに表示しています。
乱丁・落丁本はお取り替えいたします。